Rotbuch Krimi

ROGER L. SIMON
SCHWARZER SCHNEE

ROTBUCH KRIMI

Aus dem Amerikanischen
von Gabriele Dietze

Rotbuch Verlag

Roger L. Simon lebt mit seinen beiden Söhnen und seiner Frau in Los Angeles. Außer Krimis macht er Filme. In deutscher Sprache sind erhältlich *Das Geschäft mit der Macht* (1985), *Die Peking-Ente* (1986) und *Kurzschluß in Silicon Valley* (1987), alle im Goldmann Verlag. *Schwarzer Schnee* ist das vierte Buch der Moses-Wine-Serie; es war im Jahr 1987 in der Auswahl des *Edgar* und wird mit Bette Middler und Richard Dreyfuss verfilmt. Weitere Titel werden im Rotbuch Verlag folgen.

1. Auflage

Originaltitel: The Straight Man

Umschlagmotiv von Hendrik Dorgathen
Gesamtherstellung: Wagner GmbH, Nördlingen

ISBN 3-88022-606-7

Für Jesse und Raphael

»Wenn die Analyse vorüber ist,
beginnt das Problem.«
Sigmund Freud

1

Es gibt nichts, was einen so nachhaltig deprimiert wie ein Seelenklempner. Als ich vor fünf Monaten in die Praxis von Dr. Eugene Nathanson kam, weil ich nicht wußte, was ich mit meinem Leben anfangen sollte, fühlte ich mich gar nicht mal so schlecht. Und es lag auch nicht daran, daß er ein Therapeut war. Er war ein Krüppel. Herr im Himmel, er saß im Rollstuhl. Und da kam ich mit meinen unerheblichen Problemen, und der Typ hatte Kinderlähmung oder so was gehabt, und trotzdem war er Psychiater mit allem Drum und Dran einer blühenden Praxis im Santa Monica Canyon.

Er lächelte mich höflich an, als ich mich in einem beigefarbenen Ledersessel von Eames niederließ, der zwischen seinem Schreibtisch und einer Photographie eines nicht mehr ganz taufrischen jüdischen Bohemien plaziert war, die, wie ich später erfuhr, Fritz Perls, den Erfinder der Gestalt-Therapie, darstellte.

»Was kann ich für Sie tun?« fragte er und drückte auf den Servoschalter, der die automatische Rückenlehne seines Rollstuhls aufrichtete.

»Ich weiß nicht genau.« Ich zögerte und betrachtete Nathanson. Er war ein dunkler Mann mit dicken Augenbrauen. Die schwache Beleuchtung des Raumes ließ ihn rätselhaft, ja, fast bedrohlich erscheinen. »Ich habe einen Job als Sicherheitsbeauftragter einer Computer-Firma gekündigt, und ich weiß nicht, was ich jetzt machen soll.«

»Was würden Sie denn gern tun?«

»Expandieren vielleicht. Mein eigenes Detektivbüro eröffnen. Aber ...« Ich zuckte mit den Schultern.

»Sie sind Detektiv ...?«

»Privatdetektiv, ja.«

Er zeigte keine Reaktion, obwohl ich annahm, daß Privatdetektive nicht gerade täglich in sein Büro gestiefelt kamen. An einem Ort wie diesem erwartete man eher Rechtsanwaltsgattinnen oder frustrierte Filmskriptautoren.

Er saß eine Weile da, ohne irgend etwas zu sagen. Jetzt kamen mir meine Probleme immer trivialer, wenn nicht sogar albern vor. War ich etwa zu einem Psychiater gegangen, um meine Karriereplanung zu besprechen? Für fünfundneunzig Mäuse die Stunde? Ganz

schön heftig, wenn man bedenkt, daß man den gleichen Rat umsonst von den etwas helleren Angestellten aus den hinteren Räumen der Arbeitsvermittlung kriegen konnte.
»Sie wirken deprimiert.« Er sagte das so, als wäre mein Zustand nichts weiter als eine simple Tatsache. Nichts weiter.
»Sie haben vermutlich recht«, antwortete ich und ließ meinen Blick unbehaglich von seiner Bücherwand auf den Kaktus vor seinem Fenster abirren.
»Wie erleben Sie das?«
»Was meinen Sie?«
»Wie fühlen Sie es ... in Ihrem Körper?«
»Hm, es tut irgendwie weh ... im Magen ... in der Leistengegend.«
»Beschreiben Sie es genauer.«
Und das war so ziemlich das letzte, was wir für eine ganze Weile über meine Karriereprobleme verhandelten. Ich verbrachte die nächsten Wochen damit, Gestalt-Spiele zu spielen – auf dem Fußboden herumzurollen, verrückte Gespräche mit meinen Eltern und meinen Kindern zu erfinden, alte Freundinnen und meine Ex-Frau anzuschreien und wie ein Indianer in schamanistischer Trance auf- und abzuhüpfen, also mich überhaupt so aufzuführen wie ein Irrer auf einem drogenfreien LSD-Trip.
»Und was hat das alles damit zu tun, daß ich mich nicht aufraffen kann, wieder Detektiv zu werden?« fragte ich schließlich nach einer weiteren Sitzung, während der ich auf einem Schreibtisch gestanden und wie Cicero auf dem Forum Romanum deklamiert hatte.
»Was glauben Sie?«
»Was ich glaube? ... Was meinen Sie damit, was ich glaube?« Ich wurde immer sauer, wenn er mit seiner üblichen Seelenklempnertour kam und ablehnte, direkt auf meine Fragen zu antworten.
»Ich möchte Sie darauf hinweisen«, sagte ich, »daß wir hier meinen Kies verbraten und wir auf einer Lohn-für-Leistung-Basis arbeiten. Wenn Sie glauben, daß Sie es wissen, dann sagen Sie es mir.«
»O.K. Sie möchten eine klinische Diagnose? Sie leiden an einer dysthemischen Depression, die durch eine akute Verminderung

Ihres Selbstwertgefühls hervorgerufen wurde, höchstwahrscheinlich stammt sie von einem Trauma, das Sie während der oralen Phase Ihrer Kindheitsentwicklung erlitten haben. Nun, hilft Ihnen das weiter?«
»Zur Hölle, nein.«
»Ich hatte auch nicht angenommen, daß es das tut.«
»Wie ist es damit? Ich fühle mich lausig, weil ich einen einflußreichen Job hatte und jetzt wieder ein einfacher Schnüffler bin?«
»Klingt logisch.«
»Und was soll das bedeuten, Dr. Seelenklempner? Werde ich jetzt bei jeder Art von Rückschlag in tiefe Depressionen eintauchen?«
»Bis Sie lernen, etwas dagegen zu unternehmen.«
»Und wie soll ich das machen?«
»Finden Sie heraus, warum Sie nichts unternehmen. Finden Sie heraus, was Ihnen das Scheitern einbringt.«
»Herausfinden, was mir das Scheitern einbringt? Ein leeres Bankkonto ist alles, was es mir einbringt. Wenn ich keinen noblen Computerjob gehabt hätte, säße ich nicht mal hier, weil ich Sie gar nicht bezahlen könnte.«
Aber offensichtlich war das nicht die ganze Geschichte. Mein sogenanntes ›Scheitern‹ brachte mir in den darauffolgenden Wochen weitaus mehr ein, und ich hatte auch Gelegenheit, mehr darüber herauszufinden, als ich jemals wissen wollte.
»Also, Ihre ursprüngliche Scheitererfahrung hängt mit Ihrem Vater zusammen ...« Nathanson schubste mich vorsichtig einen Nachmittag weiter auf dem steinigen Pfad der Therapie.
Eine plötzliche Traurigkeit überkam mich, als ich an meinen Vater dachte. Er war ein erfolgreicher Firmenanwalt in einer mächtigen Wallstreet-Kanzlei gewesen. Er war selten damit einverstanden, was ich tat, obwohl er es niemals gesagt hat. Ich hatte ein starkes Gefühl von Verlust, als es ihn nicht mehr gab, aber auch ein nagendes Bedauern, daß etwas zwischen uns nicht zuendegebracht worden war. Vielleicht auch nur deshalb, weil ich nie mit meinem Jura-Studium fertiggeworden war.
Nathanson mußte das bemerkt haben, denn er sagte, »Wissen Sie, Moses, es ist nicht die Trauer. Die meisten Patienten, die nach psychotherapeutischer Hilfe suchen, leiden an Störungen ihres

Selbstwertgefühls wie Sie ... dem Gefühl innerer Leere, dem Mangel an Initiative ... sexuellen oder sozialen Unangepaßtheiten verschiedenster Art ... meistens kommen diese Probleme aus der frühen Eltern-Kind-Beziehung. Aber ...«, er sah mich direkt an, »ich bin sicher, daß Sie Ihr Problem mit der Zeit lösen werden.«
Damals teilte ich sein Zutrauen in die Lösbarkeit meiner Probleme in keinster Weise. Ich war mit der Begeisterung eines abgeschlafften Amtsschimmels in mein kleines Privatdetektivbüro nach Los Angeles zurückgegangen. Ermittlungshilfe bei Zivilgerichtsprozessen, vermißte Personen, Versicherungsklagen – ich bewegte mich wie ein Roboter von einem Fall zum nächsten. Sogar eine ökologische Sache mit einer dicken Klage wegen Umweltverschmutzung im Valley interessierte mich kaum. Mein soziales Leben war auf dem Nullpunkt oder »less than zero«, wie einer von den neumodischen Romanen von diesen jungen Flippern heißt. Und mit der Angst vor AIDS, die jeder hatte, dem noch ein halbes Hirn geblieben war, beschränkte ich auch meine Zufallstreffer, selbst wenn sie heterosexuell waren. Nicht mal meine Tagträume gaben mehr viel her. Die einzigen Zugeständnisse an mein persönliches Vergnügen waren ein BMW Turbo, der mir von meinem hochbezahlten Job bei Tulip Computers geblieben war und mein viel zu teures, viel zu kleines ›modernes‹ Apartment, das ich auf der Kings Road in West Hollywood gemietet hatte, inklusive Panoramablick auf die Stadt und völlig nutzloser Luxus-Küchenbar mittendrin.
Meine Besuche bei Nathanson waren zum einzigen Fixpunkt meines Lebens geworden. Dreimal die Woche marschierte ich in seine Praxis. Dazwischen standen einige schlaflose Nächte an, in denen ich mich mit ein paar Pillen in einen dösenden Zustand versetzte, um wenigstens zwei Stunden Erholungsschlaf zu tanken, bevor ich wieder in der nächsten deprimierenden Dämmerung angekommen sein würde.
Während dieser schlaflosen Nächte wurde ich von bösen Gedanken heimgesucht. Meine Kinder seien erwachsen geworden und hätten mich verlassen. Alle meine Beziehungen zu Frauen hätten in Katastrophen und Desastern geendet. Meine Freunde hätten sich von mir abgewandt – oder seien furchtbar von mir gelangweilt. In meiner Arbeit sei ich ein mieser Dilettant und Schnüffler zweiter

Klasse, der nie das Jurastudium beendet hat. Weit und breit nichts, auf das ich mich freuen könnte, aber noch vierzig Jahre sich ständig wiederholender Depression vor mir. Die Wahrheit war offensichtlich: Ich war auf dem geraden Weg, als Säufer in der Gosse zu enden.

»Meistens wird es schlechter, bevor es besser wird«, sagte Nathanson in einer Sitzung, als er gerade von einem Kurzurlaub aus Hawaii zurückgekommen war.

»Danke, danke, wenn es noch ein bißchen schlimmer wird, dann können Sie mich gleich an einen Morphiumtropf hängen.«

»Ein interessanter Fall könnte Ihnen helfen.«

»Ich dachte, daß ein interessanter Fall nur eine kurzfristige Ablenkung von meinen Problemen wäre ... Daß ich Ruhe in mir selbst finden soll.«

Nathanson lächelte. »Sind Sie nicht etwas hart gegen sich?«

»Brutal.«

»Ist Ihnen jemals gekommen, daß Sie mehr vom Leben erwarten als die meisten anderen Menschen?«

»Das ist aber ganz untherapeutisch, so etwas zu sagen. Ich habe immer gedacht, ich bezahle Sie, damit ich alles haben kann, was ich will.«

Diesmal lächelte Nathanson nicht. Er drückte auf seine Servolenkung, um sich so aufzurichten, wie er es normalerweise zum Ende der Sitzung tat, und schaute mich direkt an. Wieder fielen mir seine dichten Augenbrauen auf, seine dunklen, fast schwarzen Augen, die gleichzeitig durchdringend und bedrohlich waren.

»Moses, etwas ähnlich Unprofessionelles habe ich noch nie getan, wahrscheinlich ist es meine erste Aktion dieser Art, aber eine Patientin von mir braucht dringend Hilfe. Ihre Art von Hilfe.«

Sofort spürte ich ein befremdliches Unbehagen. Unter normalen Bedingungen wäre ich absolut erfreut gewesen, neue Arbeit zu kriegen, besonders Arbeit, die versprach, interessant zu werden. Aber ausgerechnet hier? In meinem sicheren Hafen vor irdischem Ungemach – uneinnehmbar von Frauen, Arbeit, Eltern und Kindern. Sogar von meiner eigenen Einsamkeit. Alles kann hier sicher »wiedererfahren« und »reintegriert« werden. Ich würde wieder ganz werden. Aber ... auf Kosten eines Jobs?

»Ich sehe, Sie machen sich wegen etwas Sorgen, Moses. Was ist es?«

»Ich möchte die Arbeit hier nicht unterbrechen.«

»Glauben Sie, das könnte passieren?«

»Ich habe nicht den Eindruck, daß ich hier fertig bin.«

»Ja, da stimme ich Ihnen zu. Sie machen einige Fortschritte, aber …«

»Einige Fortschritte?«

»Ja, einige. Sie hatten Widerstände gegen die Therapie wie jeder Patient –« Er kurbelte seinen Rollstuhl ein paar Zentimeter in meine Richtung. Seine Behendigkeit verblüffte mich immer wieder. »Ich verspreche Ihnen, meine Anstrengungen, was Sie betrifft, zu verdoppeln. Das zuallermindest schulde ich Ihnen, wenn Sie mir diesen Wunsch erfüllen. Ich wäre Ihnen unendlich dankbar, Moses, genau wie meine Patientin. Und fühlen Sie sich völlig frei, ihr zu berechnen, was immer Sie für angemessen halten. Sie kann es sich leisten.«

»Wer ist sie?«

»Emily Ptak.«

»Emily Ptak? Die Frau von Mike Ptak?«

»Sie kennen sie?«

»Nein, aber ich weiß natürlich, wer er ist oder vielmehr war. Otis Kings *straight man**.«

Das mußte man nicht weiter ausführen. Jeder in L. A. kannte diese Geschichte und die Hälfte aller übrigen Amerikaner. Vor einer Woche hatte Mike Ptak, ein ehemaliger Starkomiker aus dem Fernsehnachtprogramm, einen Kopfsprung von seinem Penthaus im Albergo Picasso auf den Sunset Strip gemacht. Er war auf dem Kundenparkplatz des Fun Zone – Amerikas bedeutendstem *comedy club* – niedergegangen. Demselben Club, und es kommt mir vor, als sei es gerade gestern passiert, in dem Ptak seinen Durchbruch mit einer Art von hip Dean Martin hatte als Partner von Otis Kings funky-rap-stakkato Jerry Lewis. Oder war er so was wie der weiße Aykroyd zum schwarzen Belushi?

Ich starrte zu Nathanson rüber. Meine Sehnsucht nach einer siche-

* Standardfigur der amerikanischen stand up comedy. Der leicht törichte ›normale‹ Partner, auf dessen Kosten der andere die Witze macht. (A. d. Ü.)

ren Heimstatt verminderte sich langsam auf Kosten einer intensiven, stark voyeuristischen Neugier, jener selben Neugier, die mich ursprünglich zu meiner Berufswahl motiviert hatte. Es war nicht sehr wahrscheinlich, zur Zeit einen ähnlich interessanten Fall in Los Angeles zu finden. Und schließlich war es ja nicht sicher, daß es meine Therapie beeinträchtigen würde. Abgesehen davon muß ich zugeben, ich fand die Idee durchaus zwingend, daß mein Seelenklempner in meiner Schuld stehen würde.

»Gebongt«, sagte ich. »Ich werde es machen.«

»Gut«, antwortete Nathanson. »Ich werde Emily Ptak sagen, daß sie Sie anrufen kann. Bis zum nächsten Termin.«

2

»Sie glauben also, daß jemand Ihren Mann umgebracht hat.«

»Ich weiß nicht. Ich ...«, seufzte Emily Ptak und wanderte unentschlossen zu meinem Wohnzimmerfenster, hinter dem sich die pastellfarbenen Schachbrettfelder von West Hollywood ausbreiteten. Emily hatte darauf bestanden, mich in meinem Büro-Apartment zu treffen, weil ihr an Anonymität gelegen war und sie ihre vier Jahre alte Tochter Geneviève mitbringen wollte. Ich parkte Geneviève in meinem Schlafzimmer vor dem Kabel-TV und organisierte eine Tasse Kräutertee für Emily, die immer noch nicht in der Lage war, sich klar auszudrücken. Sie stand auf, trank ein paar Schluck Tee, dann stellte sie die Tasse auf dem Schreibtisch ab und begann, zwischen dem Mikrofilmlesegerät und dem Sofa hin- und herzupilgern, wobei sie krampfhaft ihre Hände rieb und verknotete.

»Warum setzen Sie sich nicht einfach einen Augenblick hin?«

»Nein!«

Aber dann setzte sie sich doch zaghaft auf die Sofakante. Mein Blick wanderte von ihren hochhackigen Schuhen über das wenig schmeichelhafte graue Kimonokleid zu ihrem schmutzigblonden Haar, das sie kurz und punkig trug, was ihre groben und schweren Gesichtszüge eher unterstrich als sie verbarg. Obwohl Emily Ptak mit einem In-Komiker verheiratet gewesen war, trendige japanische Fähnchen trug und kaum älter als siebenundzwanzig Jahre sein konnte, war schon etwas von einer Matrone an ihr. Etwas merkwürdig Liebenswertes war daran – so, als ob sie sich im Grunde genommen schrecklich gerne von ihrem glamourösen Leben absetzen wollte, das sie sich so wohl nie gewünscht hatte. Aber es waren auch Anspannung und Strenge an ihr.

»Gene hat mir nur das Allerbeste von Ihnen berichtet.«

»Gene?« In der ersten Sekunde wußte ich nicht, von wem sie sprach.

»Sie meinen Dr. Nathanson.«

»Ja, ich bin jetzt, hm, ungefähr zwei Jahre bei ihm.« Emily errötete und fummelte eine Carrera-Sonnenbrille aus einem Etui, das sie nervös aus der Tasche gefischt hatte.

»Was machen Sie außerdem?«

»Sie meinen, was ich arbeite? Nun, ich bin diplomierte Sozialarbeiterin, aber im Moment setze ich mich einige Tage in der Woche für Eddy Sandollars Stiftung Cosmic Aid ein, in Ojai. Er macht eine wirklich sehr originelle Arbeit mit der Hungerhilfe. Ich möchte gern noch mehr dafür tun, aber ...« Sie wies mit dem Kinn zum Schlafzimmer.

»Ich verstehe, und wie kann ich Ihnen helfen?« fragte ich, wobei ich mehr wie ein Priester als ein Detektiv klang. Oder noch eher wie Nathanson. Direkt hinter mir konnte man durch das Fenster eine große Reklametafel sehen, die den Sunset Strip beherrschte und eindringlich zu SAFE SEX aufrief. Sie zeigte ein halbes Dutzend barbrüstige homosexuelle Jungs, die sich um eine winzige, lächelnde jiddische Mamme gruppierten. L. A. LIEBT DICH WIE EINE MUTTER, stand drauf und die Nummer des AIDS-Notrufs. Ein anderes Plakat zeigte ein verhungerndes afrikanisches Kind mit der Aufschrift HILF IHM ÜBERLEBEN und die Kontonummer von etwas, das sich California Hunger Project nannte. Das war West Hollywood in den Achtzigern – die Jahre der sieben Plagen.

Emily spielte immer noch mit ihrer Sonnenbrille herum, die sie weit von sich weghielt und fortwährend auf- und wieder zuklappte.

»Mike hat das nicht gemacht«, sagte sie. »Er war kein Selbstmordtyp.«

»Was ist ein Selbstmordtyp?«

»Er war nie deprimiert. Wegen überhaupt gar nichts.«

»Wirklich?«

»Wirklich. Ich weiß, daß es verrückt klingt, aber er ließ einfach nichts an sich ran. Dabei war nicht mal besonders toll, was er gemacht hat, aber auch das hat ihn nicht gestört. Er war glücklich damit, *straight man* zu sein.« Sie schaute zu ihrer Tochter rüber, die man durch einen Spalt in der Schlafzimmertür sehen konnte und die mit einem traurigen, unbewegten Gesichtsausdruck auf den Bildschirm starrte. »Er war nicht wie ich. Ich bin eine typisch endogene Depressive. Bei mir ist es fast so schlimm wie bei Gene.«

»Er ist depressiv?«

»Therapeuten sind die depressivsten Leute auf der Welt. Wer, glauben Sie, hat als Berufsgruppe die höchsten Selbstmordraten?«

»Oh ja, ich weiß«, antwortete ich. Das war das allerletzte, was ich brauchen konnte, einen depressiven Seelenklempner. Mit meinem sprichwörtlichen Glück war so was höchstwahrscheinlich eine ansteckende Krankheit. »So«, versuchte ich den Faden wieder aufzunehmen, »haben Sie sonst noch was über Mike – oder basieren all ihre Vermutungen auf Charakteranalyse?«

Sie blieb stehen und schaute einen Moment lang gedankenverloren ins Leere. Dann klopfte sie eine Zigarette aus der Packung, zündete sie an und starrte schmerzerfüllt auf das Streichholzbriefchen. Es war vom Plaza Atheneé in Paris.

»Kennen Sie viele Leute aus dem Showbusiness?« fragte sie.

»Sicher, wenn man sein halbes Leben in L. A. zugebracht hat, muß man schon einige kennen.«

»Was halten Sie von ihnen?«

»Im allgemeinen glaube ich schon, daß sie ein tolles Leben haben. Jedenfalls machen sie einen großen Aufstand drum. Wer sonst kann wirklich alles machen, was er will – mehr oder weniger –, und kriegt ein Vermögen dafür bezahlt?«

»Strafbedürfnis«, sagte sie. »Manche geben dem Lustprinzip soviel Raum, daß sie ihren Todestrieb gar nicht bemerken, bis es zu spät ist.«

Endogene Depression, Lustprinzip. Diese Frau hatte wirklich gründlich Therapie betrieben. Sie kannte alle Schlüsselworte.

»Und was hat das mit unserem Fall zu tun?«

»Was wissen Sie darüber?«

»Was in der *Los Angeles Times* stand. Sie behaupten, daß Mikes Karriere am Absaufen war. Drei Wochen vorher hatte sich seine langjährige Partnerschaft mit Otis King aufgelöst. Eine Woche später hat King dann einen Vertrag über drei Filme mit Global Pictures über sechs Millionen Dollar plus Gewinnbeteiligung unterzeichnet. Das könnte einen Mann in den Selbstmord treiben. Jedenfalls fand die Polizei das ausreichend ... Ist das soweit korrekt?«

»Was die reinen Fakten betrifft, ja.«

»Was sollte ich sonst noch wissen?«

»Otis King ist ein klinischer Schizo mit extrem manisch depressiven Tendenzen.«

»Und was soll das heißen?«

»Er ist eine menschliche Zeitbombe. Er nimmt alles. Kokain, Heroin, Speedballs, Freebase, Methedrine, Percodan, Männer, Frauen, Kinder, Transvestiten und Hunde.«

»Klingt freizügig.«

»Richard Pryor sieht ihm gegenüber aus wie Mutter Theresa.«

Die Türglocke läutete.

»Einen Augenblick«, sagte ich und guckte durch den Spion. Mein dreizehnjähriger Sohn Simon stand da in seinem dreckigen Clash T-Shirt und seinen angenagten Shorts und grinste mich an.

Ich öffnete die Tür einen Spalt und sagte: »Hallo, Sportsfreund, schön dich zu sehen. Komm doch ein bißchen später wieder. Jetzt ist Geschäftszeit.«

»Ich weiß, Dad, aber es ist ein echter Notfall. Ich brauch unbedingt sechzehn Dollar, schnell.«

»Sechzehn Dollar?« Ich sah über die Schulter nach Emily, die sich diskret abgewandt hatte. »Wofür, zum Teufel?«

»Spray-Malerei.«

»Was hast du vor? Einen Anschlag auf jemandes Garagentür, so daß ich dich mit Kaution von der Polizeiwache holen muß wie vor zwei Wochen?«

»Aber nein, wir haben eine ordentliche Erlaubnis.« Er blickte, Zustimmung heischend, hinter sich, wo drei seiner Kumpel an der Hausflurwand lehnten und hart daran arbeiteten, wie Gang-Mitglieder auszusehen, es aber noch nicht ganz schafften. Das war seine normale Clique, der KGB – die Kings of Graffiti Bombing. Für ein weißes Mittelklassenkid war Simon heftig ghettoidentifiziert und verbrachte seine Zeit hauptsächlich mit Break Dance, schwarzen und Chicano-Slang Üben und Graffiti Sprühen. Meistens mit letzterem. Das Verrückte daran war, daß er es wirklich sehr gut konnte.

»Sieh mal. Deine Mutter kriegt dafür Unterhaltszahlungen. Abgesehen davon kennst du das Gesetz. Selbst wenn ich dir das Geld geben würde, verkauft sie dir niemand. Du brauchst einen Erwachsenen, um in Kalifornien Sprühfarbe zu kaufen.«

»Ja schon ... das ist der Grund, warum ich dachte, du könntest vielleicht mit uns kommen.«

Darum gings also. Ich nahm ihn zur Seite. »Hör zu, Bester, du siehst doch, daß ich beschäftigt bin.«

»Dad, ich weiß ... aber versteh doch. Wir haben eine spezielle Erlaubnis gekriegt, eine Farbbombe an die Hauswand der Pan Pacific zu werfen.«

»Wer hat euch die Erlaubnis gegeben?«

»Der Typ von der Parkverwaltung. Und wenn wir es nicht jetzt machen, dann ...«

»Haben deine Freunde es nicht mt ihren Eltern probiert?«

»Sie haben sie nicht finden können. Dad, Graffiti ist Kunst. Das hast du selbst gesagt. Außerdem ist das ein Wettbewerb. Die Typen, die die besten Sachen machen, werden nach New York gejettet, um an den nationalen Meisterschaften teilzunehmen!«

»Ist gut, ist gut. Was für eine herausfordernde Aufgabe. Dann wartet unten in der Halle, bis ich fertig bin.«

»Danke, Alter, du hältst dich gut.« Simon umarmte mich fest und raste zu seinen Freunden. Ich wandte mich Emily wieder zu.

»Es tut mir leid. Ich hab einen Halbwüchsigen mit Identitätskrise. Er glaubt, er ist ein Bürger der Dritten Welt.«

Aber Emily hatte sich längst zurück auf das Sofa gesetzt und starrte in den Raum. Ich ging zu ihr rüber.

»Also, was soll das alles bedeuten?« fragte ich, »glauben Sie, daß Otis King für den Abgang seines Partners verantwortlich ist?«

»Ich weiß nicht.«

»Es ergibt nicht viel Sinn, wenn man bedenkt, daß Otis nun ein ordentliches Vermögen machen wird.«

»Das mag schon sein. Aber was immer passiert ist, ich weiß, daß es kein Selbstmord war. Und wenn ich nichts unternehme ...« Sie verstummte und biß sich so fest auf die Lippen, daß ich einen Blutstropfen sehen konnte, der sich auf ihrer Unterlippe bildete. »... Ich weiß nicht, was ich Geneviève sagen soll, wenn sie heranwächst.« Sie guckte zum Schlafzimmer. Das kleine Mädchen hatte aufgehört fernzusehen und stand in der Türöffnung und starrte uns dunkel an, ohne zu zwinkern, was mich für eine Sekunde an den Film *Der Exorzist* erinnerte. »Wie sind Ihre Sätze, Moses?« Aber bevor ich antworten konnte, sagte sie: »Ach, lassen wir das. Ich vertraue Ihnen. Schicken Sie mir die Rechnung.«

Alle meine Klienten sollten so sein, dachte ich.

»Wie kann ich Otis King erreichen?« fragte ich.

»Das ist nicht leicht. Er versucht von den Drogen runterzukommen und ist in einer Vierundzwanzigstunden-Therapie bei Dr. Carl Bannister in der Malibu-Kolonie. Bis er kuriert ist, wird ihn Dr. Bannister in absoluter Isolation halten. Niemand kommt an ihn ran.«

Himmel. Noch ein Seelenklempner.

3

»Es ist die verborgene Absicht der Psychotherapie, den Leuten das Gehirn zu waschen, damit sie die Gesellschaft, so, wie sie ist, akzeptieren. Sie sollen sich wohl in ihrer Haut fühlen und nichts ändern wollen. Stimmt das nicht, Moses?«

»Ich habe das Gefühl, ich würde mich in keiner Gesellschaft wohl in meiner Haut fühlen.«

»Das liegt daran, daß du immer auf deinen Bauchnabel starrst. Wenn du versuchen würdest, zum Wohle anderer zu arbeiten, müßtest du nicht ewig mit dieser langen Fresse rumlaufen. Denk an die Freiheitskämpfer in Südafrika und in El Salvador ... den neuen Widerstand gegen den Faschismus in Chile ... die tapferen Kämpfer gegen den sowjetischen Sozialimperialismus ... Ach übrigens, was macht dein Sexleben?«

»Das ist halb so lebendig wie die Demokratische Partei.«

Meine Tante Sonya und ich fuhren von Venice Richtung Osten den Pico Boulevard entlang. Es war nicht ganz mein Alltagsstil, eine Siebzigerin zu einer Falluntersuchung mitzunehmen, aber ich hatte meine letzten beiden Rendezvous mit ihr abgesagt, und ich wußte, wenn ich es ein drittes Mal versuchte, würde ich den Rest meines Lebens darüber diskutieren müssen.

»Und ich möchte noch hinzufügen«, sagte sie, »daß, wenn ich vom Wohle anderer Leute spreche, ich durchaus nicht das spezielle einer gewissen älteren Mitbürgerin meine. Ich meine nur ...«

»Ich weiß, ich weiß. ›Das größtmögliche Glück der größtmöglichen Anzahl.‹ Das wissen wir dank Jeremy Bentham.«

»Gott sei Dank hast du nicht alles verlernt in dieser narzistischen Kultur, die sich zur Nabelschau und der Akquisition persönlicher Besitztümer verdammt hat!«

»Schon gut. Schon gut.« Wir bogen gerade in den Kundenparkplatz des Fun Zone ein. »Ist es denn vertretbar, wenn ich diesem ausgebeuteten Arbeiter meinen BMW zum Parken überlasse, oder sollte ich es selbst tun?«

»Wie soll er sonst sein Geld verdienen?«

Der Fun Zone war am östlichen Ende des Sunset Strip. Ein typischer Achtziger-Trendoider-Postdeco-Club mit einer düsteren Kachelfassade in Grau und Rosé und einer Eingangstür aus poliertem Stahl, die aussah, als sei sie vom Maschinenraum der Queen Mary ausgeborgt. Man erreichte sie über eine Auffahrt, die den Club von einem kürzlich errichteten architektonischen Kunstwerk abtrennte, das Albergo Picasso hieß. Das Badehotel im europäischen Stil, wie es sich selbst nannte, sah von außen wie ein Haufen vielfarbiger Würfel aus, die von der kubistischen Periode des Meisters inspiriert sein sollten. Die Innenräume waren in »harmonischen Tönen« aus der Blaurosa-Periode gestaltet. Das war genau die Szene, die meine New Yorker Freunde früher ins Feld geführt hätten, um sich über L. A. zu mokieren, und wofür sie sich jetzt auf lange Wartelisten setzten wegen der minimalistischen Küche. Und überhaupt war die Stadt mit ihren kleinen deutschen Autos und dem sich vermindernden Smog durch die pure Kunst des Weglassens zur spirituellen Kapitale der *material world* geworden. Und das war – wie uns Madonna vorsingt – die Welt, in der wir lebten.

Der vernebelnde Duft von Ruhm oder wenigstens der Traum davon war das treibende Motiv des Fun Zone. Wenn man durch die Stahlportale eingetreten war, befand man sich in einem Korridor, der mit Hunderten von signierten Photographien hoffnungsvoller Komiker gepflastert war, die hier aufgetreten waren, um wenigstens einen zweiminütigen Gig in einer Mitternachts-TV-Show bei Carson oder Letterman zu landen oder – wer weiß – vielleicht sogar ein Engagement in einer geilen *comedy* für Warner Brothers, mit Hilfe dessen sie ein kleines Depot für den sommerlichen Kampf ums Dasein anlegen konnten. Wie, um die wirklichen Größenordnungen durcheinanderzubringen, öffnete sich der Korridor in eine größere Halle, die mit riesenformatigen Portraits der Komikerstars Chaplin und Lenny Bruce dekoriert war. Auf dem Ehrenplatz am Ende der Halle hing ein über drei Meter hohes Bild vom lieben Gott persönlich, Richard Pryor, gleich neben dem Hauptsaal. Der Fun Zone hatte drei Säle – einen für die Starattraktion, einen für den hoffnungsvollen Nachwuchs und einen dritten, Combat Zone genannt, der ausschließlich weiblichen Komikerinnen vorbehalten war. Richard Pryor war der Mann, der diesen Club auf die Landkarte des Lands des Lächelns gebracht hatte, als er vor fast zehn Jahren hier seine erste Ein-Mann-Show gegeben hat.

Nicht sehr weit von Pryor entfernt und offensichtlich erst vor kurzem aufgehängt, war ein kleines Bild von Ptak und King. Da Mikes Leiche kaum kalt war, standen einige Leute herum, um es sensationslüstern zu betrachten.

»Was für ein Marshmallow«, sagte Tante Sonya, als sie Ptaks Gesicht betrachtete. Ich muß zugeben, daß ich einen ziemlich ähnlichen Eindruck von dem soften, feisten Mann mit dem leichten Überbiß hatte, der uns da in Schwarzweiß anstarrte. Ich hatte ihn einmal als Gast in einer Letterman-Show auftreten sehen und nicht besonders witzig gefunden. Genaugenommen schien er noch unbegabter zu sein als die meisten *straight men*. Er konnte nicht singen, er konnte nicht tanzen, und leider konnte er auch keinen Witz erzählen. Im Prinzip war er eine Art Anachronismus, ein Komikertyp, der nicht in unser Zeitalter paßte. Andererseits war King so etwas wie eine schwarze Straßenversion von ›Dennis the Menace‹, das entfesselte Unterbewußtsein – er übertraf die übelsten Phantasien der kriminalitätshysterischen Weißen – der Mugger-Komiker. Auf der Photographie sah er aus, als sei er aus Draht gemacht, nur Muskeln und Knochen in Sneakers, Jeans, T-Shirt und umgekehrt aufgesetzter Baseballkappe. Man konnte nicht entscheiden, ob das breite Grinsen auf seinem Gesicht einfach nur böse und unverschämt war. Soviel Energie lag darin, daß die Schwingungen noch über die Photographie hinaus zu spüren waren. Er hatte eine solche Anziehungskraft, daß man in Sekunden Ptak vergaß, obwohl er sich ja auf dem gleichen Bild befand. Er rutschte wie zusammenfallender Badeschaum durch den Abfluß.

»Genau, das ist es, was ich sexy nenne«, sagte Sonya, aber sie sprach gar nicht über Mike oder Otis, sondern über eine rothaarige Frau um die Dreißig, die man durch die Tür auf einer Bühne sehen konnte, wo sie verzweifelt versuchte, ein Publikum zu beeindrucken, das wie eine Mischung aus sehr gelangweilten Kaliforniern und Touristen aus Iowa aussah.

»Ja, ja«, sagte sie, »manchmal glaube ich, ich bin eine Ein-Personen-Minderheit. Mein Anliegen ist dermaßen obskur, daß ich nicht mal einen Terroristen dazu kriegen könnte, mich zu kidnappen, wenn ich nackt durch die Straßen von Damaskus liefe.«

Ein winziger Anflug von Gelächter und Gläserklirren war im Raum. Das Mädchen zuckte mit den Schultern und langte nach der Wasserkaraffe. »Wissen Sie, warum die Kanadier uns Pepsis nennen? Nein? Na, wir sind halb flach, auf Flaschen gezogen und grinsen wie Idioten, wenn man auf uns tritt.«

»Was ist das denn für ein Akzent?« fragte ich.

»Ihrer? Was bist du – ein völliger Idiot? Sie ist eine Pepsi. Eine

Frankokanadierin! Liest du keine Zeitungen mehr? René Lévesque ist zurückgetreten. Das ist das Ende der Parti Québecois, der separatistischen Bewegung. Darüber redet sie doch.«

»Oh.« Jetzt wunderte ich mich nicht mehr, warum die Kalifornier nicht lachten. Ich bezweifelte auch stark, daß die Leute aus Iowa das lustig fanden.

Ich trat näher an die Tür und schaute sie mir genauer an. Sie war in dem simplen blauen Sweater und den schwarzen Lederhosen sehr elegant und hatte genau die schmalen Hüften, um die du deinen Arm legen willst, um sie an dich zu drücken. Sonya hatte recht. Sie war attraktiv. Aber ausgesprochen glücklich sah sie im Moment nicht aus. Eher wie bei einer Beerdigung erster Klasse.

»Was machst du hier, Wine? Amateurtalent-Schuppen ist Montag.«

Ich hatte ihn seit fünf Jahren nicht mehr gesehen, aber ich mußte mich nicht umdrehen, um die Stimme von Art Koontz, Mordkommission, wiederzuerkennen. Als ich es dann doch tat, war ich überrascht, wie gut er aussah. Fünfzehn Pfund weniger, gestylte Klamotten und einen Haarschnitt aus *Gentleman's Quarterly*. Früher hatte er ausgesehen wie ein Body Guard für Popeye Doyle in *The French Connection*. Heutzutage macht jeder was aus sich.

»Ich hätte nie gedacht, daß du ein Freund der Komödie bist, Inspektor.«

»Jedermann lacht ab und an gern, Wine. Aber es ist natürlich nicht leicht, mit euch vom Hippie zum Yuppie umgedrehten Typen Schritt zu halten. Man weiß heutzutage nie, wer einen BMW fährt. Stimmt es, daß japanisches Rohfischessen out ist – oder bin ich einer Desinformationskampagne des *California Magazine* zum Opfer gefallen?«

»Du siehst aber auch nicht gerade aus, als ging's dir schlecht, Koontz. Netter Anzug. Von wem ist er? Armani?«

»Gianni Versace.«

Ich pfiff durch die Zähne. »Die Jungs von der Mordkommission denken wohl, du wirst gefilmt, wenn du immer solche Klamotten trägst.« Er runzelte die Stirn, aber ich lächelte ihn strahlend an. Wenn ichs recht bedenke, war es sogar ganz schön, diesen alten Bastard nach so langer Zeit wiederzusehen. Außerdem ersparte es mir glatt eine Fahrt in die Stadt. Er konnte nur aus einem Grunde hier sein, und ich war sicher, daß er wußte, daß es bei mir genau derselbe war.

»Wie wärs mit einem Drink?« Ich deutete auf eine Bar in der Combat Zone, wo die Frankokanadierin sich noch immer an ihrem Publikum die Zähne ausbiß. »Das Vichy geht auf meine Rechnung. Oder ziehst du Perrier vor?«

»Bourbon, Bourbon mit keinem Wasser.«

Ich führte ihn zur Bar, bevor er seine Meinung ändern konnte. Sonya hielt sich an unserer Seite. Koontz beäugte sie mißtrauisch.

»Das ist meine Tante Sonya Lieberman.«

»Deine Tante?« Er sah sehr ungläubig aus und wandte sich mir zu. »Sieh mal, ich weiß nicht, wer dein Klient ist – obwohl ich es mir leicht vorstellen kann. Aber falls du darauf aus sein solltest, aus der Sache einen Mordfall zu machen, dann kann ich dir hier und jetzt sagen, vergiß es. Ptak hat das ganz alleine fertiggebracht.«

Ich mußte ihm zustimmen, daß es ganz so aussah. In den Zeitungen stand, daß er fünf nach sechs ins Hotel gekommen und direkt mit dem Aufzug nach oben gefahren war. Genau um neun Uhr zweiunddreißig, drei Stunden und siebenundzwanzig Minuten später, nahm er den Expreß nach unten. Der Aufzug führte direkt zu seiner Suite, und der Fahrstuhlführer, ein Mr. Sanchez, bestand darauf, daß er in der Zwischenzeit niemand anderen nach oben gebracht hatte. Des weiteren hatte der Hausdiener, Mr. Nastase, ausgesagt, daß nach seinem Eindruck niemand in der Suite gewesen sei, als er Mr. Ptak mit den Koffern nach oben begleitet hatte. Und er hatte einen ziemlich genauen Überblick über die Räumlichkeiten bekommen, weil Ptak eine Führung durch all die Extras wollte wie Fernsehen mit Großprojektion, Video und quadrophonische Musikanlage, Flügel, Bar, Gourmet-Küche, Billardtisch usw. ... und der Hausdiener Nastase scharf auf ein fettes Trinkgeld von dem dicken Hollywood-Show-Business-Fisch war, wie die *Los Angeles Times* berichtete. Natürlich wurde die Frage der Notausgänge diskutiert, aber die konnten nur mit einem Schlüssel geöffnet werden, und diese waren entweder im Besitz von Ptak oder des Hotelmanagements. Und Ptak hatte seine Schlüssel in der Jackentasche, als er seinen ultimativen Kopfsprung machte.

Als unsere Drinks kamen, bezahlte ich sie mit Karte. »Danke für den Drink, Wine«, sagte Koontz. »Ich kann mir vorstellen, daß du für diesen Fall sehr gut bezahlt wirst, aber tu uns beiden einen Gefallen und laß die Finger davon. Organisier dir eine schöne Schadensersatzklage, zum Beispiel gegenüber einem Zahnarzt mit Maserati, und leer dem die Taschen. Die Lady – und ich weiß, daß es eine Lady ist –, die dich angeheuert hat, ist im Moment bis über beide Ohren mit ihren eigenen psychologischen Problemen beschäftigt, die ziemlich schlimm sind, aber nicht halb so schlimm wie die ihres verstorbenen Ehegatten. Und ich bin sicher, daß wir uns als gebildete Menschen darüber einigen können, daß jeder Mensch das Recht hat, Hand an sich zu legen. Es sei denn, du willst mir plötzlich mit Religion kommen.«

»Ich nicht, Koontz. Ich bin ein Kreditkarten tragender Atheist, wenn man von den zwei Jahren mit Baghwan absieht, als er noch im Geschäft war. Aber kannst du mir erzählen, was zur Hölle du hier tust, wenn alles so klar und einfach ist?« Ich klang nicht ganz so entschlossen, wie ich beabsichtigt hatte, denn es gelang mir nicht völlig, meine Augen von dieser Frankokanadierin abzuwenden. Ihre Zähne waren schief und ihre Nase war zu groß, aber irgendwas war an ihr dran. Vielleicht hatte sie meine Anima berührt, um mit den Jungianern zu sprechen, oder vielleicht war sie einfach nur höllisch sexy. Wie dem auch sei, ich hatte jedenfalls einen Knoten im Magen wie seit Jahren nicht mehr. Unglücklicherweise hatte das Publikum nicht die gleichen Gefühle ihr gegenüber. Gerade hatten sie begonnen, ungnädig herumzubuhen. Ein Witzbold in der ersten Reihe forderte sie auf, ein paar Froschschenkel zu essen und nach Montreal zurückzuhüpfen.

»Außerdem, mein lieber Wine, kann ich dir mitteilen, was ohnehin kein großes Geheimnis mehr ist, seit irgendein Idiot von der Staatsanwaltschaft es heute morgen der *Times* ausgeplaudert hat, daß dein Freund Ptak bis an die Haarspitzen unter Strom stand, als er letzte Woche aus dem Fenster des Picasso flog. Er war so vollgestopft mit Speedballs, daß er möglicherweise dachte, er sei Superman und könne fliegen. ... Entschuldigen Sie, gnädige Frau.«

»Ich weiß, was Speedballs sind, Inspektor«, sagte Sonya scharf. »Aber nicht vom Senioren-Bowlingclub. Speedballs sind Heroin und Kokain. Zwei Teile Koks und drei Teile H. Es kommt ganz darauf an, wer mixt.«

»Ja, das stimmt«, murmelte Koontz dümmlich.

Die Frankokanadierin verließ bei spärlichem Beifall, abgesehen von meinem, die Bühne, und ich wandte mich wieder ganz den beiden anderen zu. »Also ist es wieder mal der übliche Hollywood-Drogen-Cocktail, der große Karrieresaft für die Organe der Rechtspflege von L. A. Da könnt ihr wirklich was draus machen, vielleicht einen neuen Fall Belushi. Jetzt wundere ich mich gar nicht mehr, daß der kleine Staatsanwalt es in Umlauf gesetzt hat. Was will er werden? Stadtrat oder Richter?«

»Es wird keinen neuen Fall Belushi geben«, sagte Koontz eisig. »Diesmal werden wir die Sache im Ansatz stoppen, die Quelle finden und sie verstopfen.«

»Ach, sag bloß, Koontz. Verkauf mir doch nicht diesen Einzige-Quelle-Müll. Du kannst in dieser Stadt doch sechsundzwanzig Ausfahrten vor Brooklyn Drogen kriegen. Das weißt du doch besser als ich. Du hast Rampart fünfzehn Jahre lang durchgekämmt. Die haben doch mehr Dealer dort drüben als Taco-Stände.«

»Da unten in Rampart ist aber nicht die Unterhaltungsindustrie. In diesem Fall hat Brooklyn auch gar nichts damit zu tun. Es geht um die Bronx.« Er nahm den Drink an sich und beugte sich zu mir rüber. »Wir sind darüber informiert, daß ein bestimmtes Individuum von der anderen Seite dieses Landes versucht, die Kontrolle über den Drogenmarkt einer außerordentlich wohlhabenden Schicht unserer Gesellschaft, ja, einer unglaublich wohlhabenden Schicht, zu bekommen. Und wie du sicher weißt, hat dieser Sektor einen immensen Einfluß auf die Auffassungen und die Moral unserer Kinder, genaugenommen auf den geistigen Zustand fast der ganzen Welt. Zum jetzigen Zeitpunkt kann die Anwesenheit eines Privatdetektivs, der wegen eines unbedeutenden Selbstmords, an dem sowieso nichts mehr zu ändern ist, unnötigen Staub aufwirbelt, nur hinderlich für eine komplizierte und wichtige Untersuchung sein. Als Bürger und Familienvater fordere ich dich auf, die Finger davon zu lassen.«

»Das kann ich nicht machen, Koontz, ich habe jemandem versprochen, mich darum zu kümmern.«

»Wem?«
»Meinem Therapeuten.«
»Deinem Therapeuten? ... Herr im Himmel, da warst du ja noch besser dran, als du nur ein kleiner Roter warst!«
Er stürzte seinen Drink runter und putzte die Platte.

4

Ich blieb noch einige Minuten mit Sonya sitzen. Dann erkundete ich das Gelände, während sie zurückblieb, um einem zweieiigen Komikerinnen-Zwillingspaar zuzusehen, das abseitige Witze über Inzest machte. Ptak war ganz in der Nähe des Fun Zone gelandet, denn ich konnte noch Reste der Umrißzeichnung am Bühneneingang erkennen, als ich um die Ecke ging. Ich betrachtete die verblaßten Kreidestriche und sah dann vom schwarzen Asphalt hinauf zur Penthausterrasse, von der er höchstwahrscheinlich runtergesprungen war. Sie hatte eine kleine weiße Ziermauer. Von hier sah es so aus, als könne man sehr leicht darüberklettern, sogar darüberstolpern. Ich stellte mich mitten in den Körperumriß und versuchte, mir seine Bewegungen vorzustellen, aber immer, wenn es um Selbstmord ging, ließ mich etwas in mir davor zurückschrecken, allzu genau darüber nachzudenken. Ich weiß nicht, ob alle Menschen so empfinden oder ob das nur mein Problem ist. Als ich ein trockenes Würgen hinter mir hörte, war ich gar nicht sicher, ob es mein eigenes Geräusch war. Ich drehte mich zum Bühneneingang um und sah die Frankokanadierin, die sich mit einer Hand am Türrahmen abstützte. Verlegen sah sie nicht aus, als sie mich bemerkte.
»Was für ein Desaster«, sagte sie.
Ich nickte mitfühlend.
»Schlimmer. Es war eine Katastrophe. Ich gebe es auf, jetzt in der Sekunde. Es ist für immer vorbei. Niemals wieder. Nur ein selbstzerstörerischer Idiot tut etwas, in dem er definitiv nicht gut ist. Wußten Sie, daß ich Labortechnikerin war? Und Photographin. Auch einmal Disc-Jockey in Gaspé. Wie ich auf den blöden Gedanken gekommen bin, Komikerin zu werden, werde ich nie verste-

hen.« Sie beugte sich vornüber und würgte erneut, aber es kam nichts mehr. »Jessas, haben Sie ein Alka Seltzer oder so was?«
»Es tut mir leid, ich ...«
»Ist schon gut ... Mein Gott, Sie stehen ja mitten im Zielpunkt. Ein anderer deprimierter Komiker hat hier ins Gras gebissen. Ich bin ja nicht direkt abergläubisch, aber wenn ich Sie wäre, würde ich sehen, daß ich da rauskomme.« Ich trat aus dem Zirkel heraus.
»Was für eine Scheiße!« fuhr sie fort. Ihr Akzent war außerhalb der Bühne um einiges schwächer, aber sie hatte noch die gleichen schmalen Hüften und das gleiche umwerfend rote Haar. »Komiker sind wirklich hoffnungslose Fälle. Es wäre sicher todtraurig, wenn sie nicht solche Stereotypen wären. Es ist genauso wie bei Pagliacci. ›Ridi del duol che t'avvelena il cor!‹«
»Was heißt das?«
»›Lach über den Kummer, der dir dein Herz vergiftet!‹ Ich hab Ihnen doch erzählt, daß ich Disc-Jockey war. Und was für ein Job das war. Oper für Holzfäller von Mitternacht bis in der Früh. Aber vielleicht hab ich einfach nur kein Sitzfleisch.«
»Vielleicht gehören Sie zu den Rastlosen?«
»Wissen Sie, was ich eigentlich sein will? Privatdetektivin«, sagte sie und nickte voller Überzeugung.
Ich brach in Gelächter aus.
»Was ist daran so lustig?«
»Sie würden es nicht mögen.«
»Woher wollen Sie das wissen?«
»Ich weiß es eben.«
»Und was macht Sie so sicher?«
»Ich weiß wahrscheinlich mehr darüber als irgend jemand, den Sie bisher getroffen haben.«
Sie betrachtete mich kühl. »Ah so ... Na, dann auf Wiedersehn.« Sie wandte sich zum Gehen.
»He, wo gehen Sie denn hin?«
»Ich kann Leute nicht ausstehen, die Urteile über andere Leute fällen, selbst wenn sie Privatdetektive sind, was Sie wohl sein müssen, denn wenn Sie keiner sind, sind Sie der egozentrischste Mensch, dem ich je begegnet bin. Abgesehen davon sind Sie offensichtlich hier, um Mike Ptaks Tod zu untersuchen.«

»Jetzt gehen die schnellen Schlußfolgerungen auf Ihr Konto.«

»Des weiteren«, fuhr sie fort, ohne sich damit aufzuhalten, mir zu widersprechen, »wenn Sie nur ein bißchen gut in Ihrem Job wären, würden Sie mich befragen wollen.«

»Würde ich das? Und warum?«

»Ich habe genau hier gestanden, als es passiert ist.«

»Wirklich?«

»Genau. Ich bin hier vor meinem Auftritt herumgelaufen und habe versucht, mich an meine Gags zu erinnern oder vielleicht sogar, sie zu vergessen, als ich hörte, wie jemand etwas schrie, und dann sah ich etwas herunterfliegen.«

»Etwas schreien? Was schreien?«

»Ich bin nicht sicher. Etwas wie ›nestral‹ oder ›nestron‹ oder ›neutrum‹.«

»›Neutrum‹?«

»Verrückt, nicht? Also, jedenfalls klang es so ähnlich. Mein Englisch hört sich gut an, aber es ist nicht perfekt. Haben Sie jemals versucht, in einer fremden Sprache aufzutreten? Das ist kein Spaziergang. Aber natürlich ist es nicht halb so schlimm, wie jemandes Eingeweide über den Asphalt verstreut zu sehen wie den Hühnersalat von gestern.«

»Haben Sie der Polizei davon erzählt?«

»Aber natürlich. Es ist kein Geheimnis. Ich habe es der Polizei erzählt, und jetzt habe ich es Ihnen erzählt, Mister ...?«

»Wine, Moses Wine.«

»Ja. Mr. Wine ... dann gute Nacht.« Sie wandte sich wieder zum Gehen.

»Warten Sie doch eine Sekunde.«

»Ich brauche wirklich dringend Alka Seltzer, Mr. Wine.«

»Ich würde Sie gerne wiedertreffen.«

»Aus welchem Grund?«

»Ich weiß nicht. Die üblichen Gründe. Single, geschieden, männlich, sucht nach attraktiver Rothaariger mit Sinn für Humor und durchwachsenem beruflichen Werdegang für gemeinsamen Spaß und ...«

»Oh«, sie sah enttäuscht aus. »Ich habe gedacht, Sie brauchen Hilfe für Ihren Fall. Ich habe das ernst gemeint, daß ich Privatdetektivin werden will. Ich nehme sogar Kurse in der Volkshochschule. Auf Wiedersehn.«

Sie verschwand im Club.

Ich entschloß mich, Sonyas Ausbildung in der Kunst der Komödie noch etwas auszudehnen und einen Besuch im Albergo Picasso zu machen.

Ich ging durch den Haupteingang rein und durchquerte die Halle. Dabei kam ich an der Kopie einer afrikanischen Maske vorbei und einer Reproduktion von Picassos *Guernica* in voller Größe hinter dem Schreibtisch des Portiers. Dort stand ein großer blonder Typ in den späten Zwanzigern, der einen dunklen Anzug mit den traditionellen gekreuzten Schlüsseln trug und sehr gelangweilt wirkte. Er sah aus wie ein Surfer, den man auf ein Mädchenpensionat geschickt hatte.

»Wie geht es Ihnen? Ich heiße Mark Burg«, erzählte ich ihm, »ich bin der Mitbesitzer von Second Skin Leathers unten in Redondo Beach. Kennen Sie den Laden?«

Er öffnete nicht einmal den Mund.

»Na, ich glaube, Sie kennen ihn nicht. Also jedenfalls sind wir auf Qualitätsleder wie dieses spezialisiert.« Ich wies auf meine eigene Jacke, die ich als Sonderangebot auf dem Flohmarkt von Mexiko-City aufgegabelt hatte. »Und Eidechsenleder, Straußenleder und andere gefährdete Tierarten. Haben Sie jemals einen Anaconda-Gürtel gesehen?«

»Nein.« Er schien einen Hauch interessierter zu sein.

»Die sehen toll aus mit unseren hautengen Hosen aus jungfräulichem Rehleder. Es gibt ja Leute, die ihre alte Navajo-Türkis-Schnalle dazu tragen, aber ich finde, das ist ein bißchen passé. Meinen Sie nicht auch?«

»Ja ...«

»Wie auch immer. Jedenfalls kommen ein paar sehr wichtige Verkäufer von Mailand rüber mit all ihren letzten Schreis, und – Sie kennen ja Redondo Beach – das ist nicht der richtige Ort dafür. Natürlich haben wir über einen Bungalow in Beverly Hills nachgedacht, aber mein Partner meint, ich soll mir unbedingt das Penthaus im Picasso ansehen.«

»Das Penthaus ist geschlossen.«

»Wirklich? Bis wann?«

»Bis auf weiteres.«

»Renovierung?«

»Polizeisache.«

»Ah, ja. Gut, sehen Sie, die Jungs werden erst in sechs Wochen da sein. Bis dahin wird es doch sicher wieder geöffnet. Und die brauchen eine nette geräumige Suite. Einen Platz, wo sie all ihre Warenmuster beisammen haben. Sie haben immer eine Menge besonderer dabei. Und die geben sie immer gern dem Personal. Sie haben dann das Gefühl, sie gäben riesige Trinkgelder. Und Sie kennen doch diese Europäer – die denken doch, ein Portier sei eine ganz große Nummer.« Ich ließ dieser Information Zeit, sich zu setzen, aber nicht zu lang. »Wie war noch Ihr Name, mein Herr?«

»Edward Lomax.«

»Könnte ich nicht einen winzigen Blick in das Penthaus werfen, Mr. Lomax? Wenn die Polizei es verschlossen hat, dann ist ja niemand drin im Augenblick, oder?«

»Ja, das nehme ich an«, sagte er und versuchte ein Lächeln angesichts der zukünftigen Trinkgeld-Naturalien. Erst Koontz und dann dieser Typ. In Los Angeles drehen mittlerweile wegen Essen und Klamotten alle durch.

Er klingelte dem Hausdiener. »Nastase!«

Sofort tauchte ein gedrungener Mann mit Bürstenhaarschnitt und kleinen Fett- und Muskelpaketen am Körper hinter dem Vorhang auf. Ein Kreuz baumelte an seinem Hals, und sein Atem roch schwach nach Knoblauch, was ihn trotz der vorgeschriebenen Arbeitstunika ›Blaue Periode‹ erscheinen ließ, wie einer alten Photographie eines römisch-griechischen Ringkampfes entsprungen. Er schien so über die Maßen fehl am Platz in dieser so entschieden gestylten Umgebung, daß ich einige Mühe hatte, nicht laut herauszulachen.

»Zeig Mr. Burg die D'Avignon-Suite«, sagte Lomax und gab ihm den Schlüssel.

Nastase sagte kein Wort, bis wir mit dem Aufzug zur Hälfte heraufgefahren waren. »Sie sein religiöser Mensch, Mister?« Er hatte einen fetten osteuropäischen Akzent.

»Komisch, Sie sind der zweite Typ, der das heute abend von mir wissen will. Nein, ich bin nicht besonders religiös ... aber ich sehe, Sie sind es.« Ich deutete auf sein Kruzifix. »Ich wette, Sie sind rumänisch-orthodox.«

»Ja, ja«, antwortete er stolz. »Aber woher Sie das wissen, Mister?«

»Nastase wie Nastase, der große rumänische Tennisspieler.«

»Ja, ja, sehr groß. Er Ilie, ich Vasile Nastase.« Der Aufzug öffnete sich zur Penthaus-Suite. »Vasile Nastase aus Moldau. Ganz nah an Ort, Amerikaner kennen gut, Transsylvanien!« Er lachte, als sei das ein gigantischer Scherz, aber dann guckte er plötzlich sehr ernst, als wir den Flur der D'Avignon-Suite betraten. Es war nicht allzu überraschend, daß uns eine Reproduktion von Picassos berühmten *Demoiselles* direkt ins Gesicht starrte. Nastase fiel auf die Knie und bekreuzigte sich. »Ein trauriger Platz, Mister.«

»Ja«, sagte ich, »Ich habe gehört, daß hier letzte Woche ein Komiker Selbstmord begangen hat.« Ich ging in das Wohnzimmer, während Nastase an der Tür herumlungerte. Es sah so aus, als sei die polizeiliche Untersuchung beendet. Die üblichen Warnschilder, daß man keine Spuren verwischen solle, waren entfernt worden, und alles war wieder sorgfältig wie normale Hotelräume, die auf Gäste warteten, hergerichtet. Falls es Anzeichen eines Kampfes gegeben haben sollte, waren sie nicht mehr sichtbar. Ich ging weiter ins Schlafzimmer. Nastase schlich hinter mir her, als läge Draculas Fluch in der Luft. »Sie sind doch nicht abergläubisch, oder?«

»Die rumänisch-orthodoxe Kirche ist autocephal, Mister.«

»Autocephal?«

»Nicht unter Jurisdiktion von andere Kirche. Hat eigenen Bischof in Bukarest, sogar unter Kommunisten.«

»Und was hat das mit Aberglauben zu tun?« fragte ich und ging auf den Balkon hinaus.

»Nein, nicht dahin gehen, ist böser Platz.«

Ich beachtete ihn nicht, ging zum Balkongitter und sah zuerst hinunter in Ptaks letzten Zielbahnhof und genoß dann die glitzernde Aussicht runter nach La Cienega und den Baldwin Hills und dem Flughafen. Dann wandte ich mich wieder Vasile zu, dessen graecoromanische Ringerfigur sich im Balkoneingang duckte.

»Wo waren Sie, als es passierte?«
»Ich nicht hier«, sagte er schwach.
»Ja, das ist gut. Aber wenn Leute wie dieser von Gebäuden runterfallen, denk ich mir, stellt doch die Polizei einen Haufen Fragen.«
»Sie fragen, aber was das soll?«
»Ja, was das soll? Wenn Sie nicht da waren, waren Sie nicht da. Aber wo waren Sie?«
»Warum Sie fragen?« Er machte einen Schritt auf mich zu.
»Reine Neugier. Ich bin im Ledergeschäft und interessiere mich für die Motive von Leuten. Aus Verkaufsgründen.«
»Also, ich nicht hier. Ich sage Ihnen. Ich nicht mag Ihre Fragen, Mister. Warum Sie wissen so viel über Rumänien?«
»Ich weiß nicht viel über Rumänien. Alles, was ich weiß, ist Nastase und Nadia Comaneci.«
Vasile sah nicht sehr beruhigt aus. Er kam einen weiteren Schritt auf mich zu. Ich ging um ihn herum wieder hinein, nur zur Sicherheit.
»Noch eine andere Frage. Meine Geschäftspartner ... Sie sind sehr besorgt wegen Feuergefahr. Wie kommt man hier in einem Notfall heraus?«
Vasile kam zurück und schloß den Notausgang auf, ohne ein Wort zu sagen. Er führte in einen dunklen Versorgungsschacht.
»Ganz schön düster hier«, sagte ich. »Nehmen wir an, Sie würden hier draußen rumturnen, nur so aus Spaß, und die Tür fällt zu. Kann man wieder reinkommen?«
»Wenn Sie das machen, Sie dumm«, sagte Vasile.

5

»Die Frankokanadierin? Ihr Name ist Chantal Barrault.«
»Bar Rot?«
»Nein, du Analphabet. Bah-roh. Wie Jean-Louis Barrault, der große Star aus dem Goldenen Zeitalter des Kinos.«
»Vor Cheech und Chong?«

»Cleveres Kerlchen. Schon immer ein cleverer Bursche gewesen. Vielleicht solltest du mal deine Angewohnheit, deine ganzen Aggressionen mit blöden Bemerkungen zu kaschieren, therapieren lassen.« Ich war gerade dabei, Sonya zum Seniorenzentrum zurückzufahren, und nahm die Gelegenheit wahr, ihren Ausführungen über die Welt der Komödie zu lauschen. »Das machen diese Komiker auch, die greifen das Publikum an wie diese dumme Nudel aus der Mitternachtstalkshow, oder sie machen blöde Witze über Kokain. Überhaupt hat Kokain schon lange die Schwiegermutter als Hauptquelle des Humors abgelöst. Was ist denn aus Lenny Bruce geworden? Das war noch ein Könner. Nebenbei, interessiert es dich zu erfahren, daß zwischen dem Fun Zone und dem anderen Comedy Club, Joysville, eine große Konkurrenz besteht?«

»Ich glaube, wir werden verfolgt.«

»Wirklich?« Sonyas Gesicht hellte sich auf. Ich wußte, daß sie es toll finden würde. Zum Teufel – man kann auch noch mit dreiundsiebzig Jahren ein bißchen *action* im Leben gebrauchen. Allzuviele Möglichkeiten gibt es dann ja nicht mehr. »Woher weißt du das?«

»Das Auto hinter uns hat den rechten Scheinwerfer aus.«

»Ja, und?«

»An der letzten Ampel war der linke aus.«

»Du glaubst, der schaltet die an und aus?«

»Mit so nem kleinen Schalter unter dem Armaturenbrett. Das ist eine Art rollende Tarnung.«

»Clever, clever.«

»Nicht clever genug für uns, hab ich recht?« Ich bog in eine kleine Straße ein und kam direkt vor einer hellerleuchteten Imbißhalle zum Stehen.

»Bleib sitzen.«

»Klar, Häuptling Bull Drummond.«

Bull Drummond? Das muß wohl noch aus den goldenen Zeiten des Nickelodeon stammen. Ich stieg aus dem Auto und marschierte geradewegs in den Laden, um sofort wieder zur Hintertür rauszugehen, ohne dem verwirrten Verkäufer auch nur einen Blick zu widmen. Draußen zog ich schnell eine alte Baseballkappe aus der Tasche und eine nichtverschreibungspflichtige Hornbrille und lief schnell um den Block. Dann überquerte ich den Boulevard an der nächsten Ampel.

Wie ich erwartet hatte, stand ein ziemlich mitgenommener crèmefarbener Toyota ein Stück weiter an einer Stelle, wo man einen guten Überblick darüber hatte, wer aus der Seitenstraße kommen würde. Ein massiver, dunkelhaariger Typ in den Fünfzigern, wahrscheinlich ein Ex-Bulle, saß auf dem Fahrersitz und trommelte ungeduldig auf dem Lenkrad herum. Ich näherte mich beiläufig, machte mir im Kopf eine Notiz von der Autonummer und ging weiter unten über die Straße. Dann betrat ich durch die Hintertür wieder die Imbißhalle, kaufte mir ein Sechserpack auf die Rechnung von Emily Ptak und kehrte zum Auto zurück. Der Toyota folgte mir den ganzen Weg bis nach Venice und dann wieder nach West Hollywood zurück, nachdem ich Sonya abgesetzt hatte. Er blieb noch eine halbe Stunde vor dem Haus stehen. Es war halb zwei. Dann machte ich das Licht aus und legte mich schlafen.

Am nächsten Morgen rief ich meinen Informanten bei der Kfz-Meldestelle an, um den Eigentümer des Toyota rauszukriegen. Normalerweise brauchte er etwa eine Viertelstunde für die nötige Information, also machte ich mir einen Kaffee und glotzte noch ein wenig aus dem Fenster, rüber zu der AIDS-Reklametafel und dem California Hunger Project. Eine Meile weiter hinten glühte das Astro-Haus im Morgenlicht. Es war ein klassischer Art-Deco-Minikratzer aus den Zwanzigern, der eine ähnliche Spitze wie das Chrysler Building in New York hatte. Von seinem Standort aus dominierte es die eine Hälfte von Los Angeles, aber seine beste Zeit war vorbei, seine Basreliefs waren verwittert und seine bleiverglasten Fenster vernagelt oder herausgefallen. Wenn sich jemand die Mühe machen würde, es zu restaurieren, wäre es ein Schmuckstück. Aber wir waren im Zeitalter der sterbenden Schwulen und der verhungernden Afrikaner, und da schien mir eine Gebäuderestauration kein allzu dringliches Projekt zu sein.

Der Toyota, ein dreiundsiebziger Corolla, gehörte einem gewissen Stanley Burckhardt und war sein einziges angemeldetes Auto. Er hatte eine Eintragung in die Verkehrssünderkartei wegen Überfahrens einer roten Ampel aus dem Jahr 1984 und war 2380, Sixth Street, Los Angeles, gemeldet. Ich rief ihn sofort an.

Das Telefon antwortete: »Seelenfriedenversicherung. Kann ich etwas für Sie tun?«

Ich legte gleich auf. Seelenfriedenversicherung. Das war sicher einer meiner Kollegen, offensichtlich ein Spezialist für unheilvolle häusliche Verwicklungen – Scheidung, Ehebruch, Überwachung von Wasserbettmotels mit Porno-Kabel-TV –, all das, um es kurz zu machen, was einen Privatdetektiv zu einem schleimigen Schnüffler machte. Das sah ja erst mal einfacher aus, als ich gedacht hatte.

Ungefähr eine halbe Stunde später hielt ich mit dem Wagen vor Burckhardts Büro. Es war an einem heruntergekommenen Abschnitt der Sechsten Straße, der man ihre Bezeichnung als Wundermeile hier nicht ansah, oder wie irgendso ein italienischer Film hieß, *Christus kam nur bis Eboli.* Hier war das Eboli für die endlosen Glitzerfassaden der Wundermeile. Hier wurden sie von einem in die Jahre gekommenen Getüm abgelöst, das sich Fallbrook Arms nannte. Mein Sohn Simon und seine Kumpels hatten es ein wenig mit Graffiti verschönt.

Ich schenkte weder dem abgeblätterten Stuck Beachtung noch den verpißten Korridoren und marschierte direkt in Burckhardts Büro im vierten Stock. Ich platzte so schnell in sein Zimmer, daß er keine Zeit fand, seinen Schokoladenriegel aus dem Mund zu nehmen oder das *Penthouse* zu verstecken.

»Was ist los?« fragte ich. »Konnten Sie sich niemand für die Frühschicht leisten, oder sind die Jungs einfach besser als Sie? Vielleicht ist Ihnen bekannt, daß einige von uns sogar am Tag arbeiten. Es gibt sogar welche, die arbeiten in Bibliotheken, im Gericht oder im Wahlregister. Natürlich gibt es auch welche, die überhaupt nicht arbeiten.« Ich war dabei, eine Menge Vitriol über diesen armen Versager auszukippen und fühlte mich nicht besonders wohl dabei. Ich hatte den scharfen Geschmack von Selbsthaß im Mund.

»Ich weiß überhaupt nicht, wovon Sie reden«, brachte er endlich hervor.

»Ach, kommen Sie, Burckhardt. Sie wissen genau, wovon ich rede. Also, wer hat Sie beauftragt, oder wollen Sie, daß ich Ihnen eine Zivilklage wegen Verletzung der Privatsphäre anhänge?«

»Herr im Himmel, so halten Sie doch mal die Luft an. Sie sind also im gleichen Geschäft? Bei dem Auto, das Sie fahren, müssen Sie aber einen Haufen mehr Kohle machen als ich.«

»Das Auto ist vom letzten Jahr. Aber im Ernst. Ich weiß nicht, hinter was Sie her sind, aber es geht hier nicht um einen armenischen Feinkosthändler, der versucht, gleichzeitig mit seinen drei Geliebten und seiner Ex-Frau zu jonglieren. Es könnte leicht sein, daß hier jemand ermordet worden ist, und ich bin sicher, daß Sie nicht in ein Kapitalverbrechen verwickelt werden wollen, besonders nicht auf der Seite der Killer. Also werde ich Ihnen jetzt einen ganz einfachen Vorschlag machen: Sie erzählen mir, wer Sie angeheuert hat, mich zu überwachen, und ich bin bereit, das alles zu vergessen ... und außerdem werde ich Sie bezahlen.«

»Wieviel?«

»Zweihundert Dollar.« Was sollte es, es war schließlich Emilys Geld.

»Das reicht nicht. Sie können mich nicht kaufen. Was glauben Sie, wen Sie vor sich haben?«

»Zweihundertundfünfzig.«

»In Ordnung«. Er schaute in plötzlicher Verlegenheit weg. Auch ich war peinlich berührt. »Die Sache ist nur, ich kenne den Namen des Typen nicht.«

»Sie kennen den Namen nicht?«

»Ich wollte gestern abend gerade zumachen ...« Zumachen. Es war eine der sichersten Wetten in ganz Kalifornien, daß dieser Junge auf der Couch hinter mir schlief. »... als dieser Junge völlig entnervt und aufgelöst hier hereinstürmte. Er muß so um zweiundzwanzig/dreiundzwanzig rum gewesen sein. Er war ziemlich ausgezehrt, aber ich glaube nicht, daß er ein Drücker war.« Im ersten Moment begriff ich nicht, daß er von Drogenabhängigkeit sprach. Der Typ war wirklich von gestern. »Er hat mir ein Auto gezeigt, das beim Fun Zone geparkt war, und mir gesagt, daß ich hinterherfahren und alles über seinen Besitzer, was er tut und so weiter, herausfinden soll – das war der BMW mit Ihrer Nummer. Er gab mir sofort fünfundsechzig Dollar und versprach weitere hundert, wenn ich alle Informationen zusammen hätte. Ich soll alles zu Händen von B und B, Postfach soundsoviel in Glendale, schikken.«

»B und B, wie der Cocktail für alte Ladies, Brandy und Benedictine?«

»Das habe ich auch zuerst gedacht. Aber als ich darauf zu sprechen kam, hat er ganz komisch reagiert, so, als wolle er auf keinen Fall mit Alkohol in Verbindung gebracht werden, als hätte ich ihm ein Wasserglas voll von meiner Hausmarke aufgedrängt.« Er nickte in Richtung einer halbleeren Flasche allersimpelsten Sprits auf einem Teewagen. »Also, jedenfalls hatte ich es sowieso nicht richtig mitgekriegt. Es war B für B statt B und B.«

Großartig, dachte ich, das klärt die Sachlage völlig.

»Jedenfalls hat mir der Junge die fünfundsechzig schnell gegeben und ist davongerannt wie ein verschreckter Koyote auf dem Wilshire Boulevard. Haben Sie jemals so etwas gesehen, einen Koyoten auf dem Wilshire Boulevard? Ich nur ein einziges Mal. Das war am Tag, bevor Eisenhower gewählt wurde. Also das ist meine Geschichte. Mehr kann ich Ihnen nicht erzählen. Ich glaube nicht, daß es die zweihundertfünfzig wert ist, aber ...«

Ich sah mich einen Moment lang um. Irgend etwas an diesem Raum verursachte mir Kopfschmerzen. »Stanley, Sie sind doch Profi in unserem Geschäft.«

»Aber ja, sicher, sechsundzwanzig Jahre jetzt.«

»Gut, Sie und ich wissen, daß einem bengalischen Tiger einen Zahn zu ziehen genauso schwierig ist, wie den Inhaber eines Postschließfachs in Glendale herauszukriegen.«

»Oh ja, das stimmt.« Dieser Ton schien ihm zu gefallen.

»Nun, dann kann ich Ihnen ja folgenden Vorschlag machen.« Ich fingerte nach einem knatterfrischen Hundertdollar-Schein in meiner Brieftasche. »Ich gebe Ihnen diesen Hunderter jetzt, damit Sie die Post in Glendale überwachen und herausfinden, wer hinter dem Postfach steckt. Und weitere hundert für jeden zusätzlichen Tag und eine Prämie von fünfhundert, wenn Sie mir erzählen, wessen Postfach es ist.«

»Klingt großartig, Kumpel. Ich bin Ihr Mann.«

Burckhardt und ich veranstalteten ein Kopf-an-Kopf-Rennen, wer als erster aus der Tür kam. Auf der Straße fühlte ich mich schon besser. Es war ein strahlender Tag Anfang Oktober, meine Lieblingsjahreszeit in L. A., und es war der Eröffnungstag der neuen

California Lottery. Ich ging in den Schnapsladen über die Straße und kaufte ein Los. Es war so ähnlich wie Bingo, man mußte drei Felder mit den gleichen Zahlen haben, um zu gewinnen. Die ersten beiden zeigten fünftausend Dollar an. Die nächsten vier Felder waren Nieten, als ich sie abrubbelte. Ich nahm es als einen nicht allzu schlechten Start und ging zurück zum Auto. Auf jeden Fall mußte ich nach Malibu fahren, um Otis King zu sehen, und allein der Gedanke an die Nähe des Meeres machte mir gute Laune. Unterwegs hielt ich bei der Telefongesellschaft, um im Wilshire-Buch nachzugucken, ob bei B für B irgend etwas Auffälliges zu finden war. Ich sah auch nichts in den Telefonbüchern von L. A. der letzten fünf Jahre, was in dieser Beziehung irgendwie bemerkenswert gewesen wäre. Mir war klar, daß ich eigentlich auch die Firmennamen im Handelsregister in der Hill Street hätte überprüfen sollen, aber es wäre die reinste Sklavenarbeit, und ich wünschte mir jemanden, dem ich diese Arbeit hätte anvertrauen können. Früher habe ich gern meinen ältesten Sohn Jacob mit solchen Aufgaben betraut, aber der mußte sich jetzt in der Schule aufs College vorbereiten.

Da fiel mir auf einmal Chantal Barrault ein. Vielleicht meinte sie wirklich ernst, daß sie Privatdetektivin werden wollte. Ein Besuch im Handelsregister würde sie kurieren. Wie auch immer, eine Frau wie sie wäre ziemlich verrückt, wenn sie eine Eintragung im Telefonbuch hätte. Ich guckte einfach nur so mal nach. Offensichtlich war sie nicht verrückt.

Chantal Barrault ging mir nicht aus dem Kopf, als ich nach Malibu hinausfuhr. Ich verlor sie erst dann ein wenig aus meinem inneren Auge, als ich in den Tunnel kam, der vom Santa Monica Freeway zum Pacific Coast Highway führt. Als ich dann am Wasser war, fragte ich mich wie immer, warum ich nicht hier lebte. Vielleicht war es die Angst vor der Isolation, nicht mittendrin in West Hollywood zu wohnen, der neuerstandenen Kapitale von Gay Pride und Gray Power und gefillte Fisch à la mode. Aber ich träumte oft davon, daß ich, wenn ich wieder jemanden finden würde, mit dem ich zusammenleben wollte, bestimmt hier rausziehen und ein Eckchen in den Malibu-Hügeln aufstöbern würde, die so sehr nach Portugal aussehen, und von dort aus den Walen beim Blasen zuschauen würde.

Ganz bestimmt wollte ich nicht in dem weltberühmten cordon sanitaire, der Malibu-Kolonie, leben. Alle haben wir verschiedene Abstufungen von Ehrgeiz und meiner bezog sich nun gerade nicht darauf, in einer Zusammenballung von hundertzehn Zwei-Mille-und-mehr-Häusern zu wohnen – mit 28 Tennisplätzen.

In Wirklichkeit war Malibu, so wie die meisten anderen Dinge auch, nicht mehr ganz das, was es einmal war – die Strand-Metropole des Film-Glamour. Das Auf und Ab der Unterhaltungsindustrie hat seine Opfer gefordert. Ein paar der teureren Residenzen waren an Flüchtlinge des Jet Set verkauft worden und an Petrodollar-Riffraff aus dem Iran und Saudi-Arabien. Aber jetzt, bei absackenden Ölpreisen, würden einige zweifellos weiterziehen und ersetzt werden. Von wem? Ich hatte keine Ahnung.

Ich sinnierte noch immer über dieser Frage, als ich am Torhaus der Kolonie angekommen war, das einem dieser imposanten Bauten nachgebildet schien, die normalerweise den Weg zu den wirklichen Filmstudios versperrten. Genaugenommen war es ebenso einfach, in die Kolonie zu gelangen, wie in ein Filmstudio. Alles, was man dazu brauchte, war ein wissender Blick, ein modisches Auto und den Namen und die Adresse von einem, der drin wohnte ... Ich habe schon oft gedacht, daß es großen Spaß machen müßte, einen Bogner-Jogginganzug anzuziehen, einen dieser neuen Mercedes-Caravans zu mieten und rechts auf einer der engen Straßen zu parken, welche die teuren Strandhäuser von den preiswerteren Besitztümern des Hinterlandes abtrennen. Dann würde ich in aller Seelenruhe ein paar Mondrians abhängen, während ich meinen Freunden und Nachbarn herzlich zuwinken würde.

Dr. Carl Bannister wohnte Nummer 63A, in einer zweistöckigen Glas- und Holzkonstruktion auf der landzugewandten Seite. Die Jesse-Johnson-Review wummerte mit maximaler Lautstärke durch die Mauern, diese Megadezibels mußten aus gigantischen Lautsprechern kommen. Ich hämmerte extralaut an die Tür, um gegen den Super-Sonic-Sound eine Chance zu haben, aber ein etwa zwanzigjähriger muskulöser junger Mann in einem Banana-Republic-T-Shirt öffnete beinah sofort, als ob er auf mich gewartet hätte. Ich bemerkte die Videokamera oberhalb der Tür und verstand.

»Ich suche Dr. Carl Bannister«, sagte ich, wohl wissend, daß ich zuerst diesen Mann treffen mußte, um eine Chance zu haben, seinen Patienten zu sprechen.

»Haben Sie einen Termin?«

»Nein, habe ich nicht. Aber es handelt sich gewissermaßen um eine sehr wichtige Sache und –«

»Dr. Bannister hat gerade einen Patienten.«

»Das geht in Ordnung. Ich werde warten.«

»Es kann sehr lange dauern. Manchmal hat er einen Patienten über fünf Stunden an einem Stück.«

Ich nickte. »Ich werde warten.«

Der junge Mann sah unglücklich aus. Er wurde mich nicht so leicht los, wie er gedacht hatte. Hinter ihm sah ich eine junge Frau im Bikini mit Notizblock vorbeigehen, eine Malibu-Sekretärin.

»Wie, sagten Sie, war Ihr Name?«

»Wine, Moses Wine.«

»Warum geben Sie mir nicht einfach Ihre Telefonnummer, und ich werde dem Doktor sagen, er soll Sie anrufen, Mr. Wine?«

»Ich würde lieber warten.«

Ich klemmte meinen Fuß in die Tür, gerade als er versuchte, sie vor meiner Nase zu schließen, und keilte mich dann bis zum Wohnzimmer durch. Kaum hatte ich die zwei Stockwerk hohe Halle mit einem im Boden eingelassenen Kamin betreten, als ein Mann in den Fünfzigern eintrat, der ein Paar verwaschene Khaki-Shorts, Bastsandalen und kein Hemd trug. Er hatte silberne Drahthaarlocken à la Joseph Heller oder Norman Mailer, aber einen durchtrainierten Körper. Seine scharfblickenden, fast katzenhaften haselnußbraunen Augen gaben ihm die charismatische Erscheinung eines hochkonzentrierten Hypnotiseurs.

»Dad«, sagte das Banana-Republic-Hemd, »das ist Mr. Wine.«

»Moses Wine«, ergänzte ich.

»Oh ja, der berühmte Detektiv. Ich habe viel über Sie gehört, von Freunden aus der Personalabteilung von Tulip Computers. Die haben Sie sehr ungern verloren. Es ist mir eine Ehre, Sie kennenzulernen.« Er verbeugte sich mit ironischer Eleganz. »Zweifellos sind Sie hier, um Otis über diese schreckliche Sache mit Mike zu befragen.«

»Wenn Sie keine Einwände haben.«
»Aber überhaupt nicht, überhaupt nicht. Es sei denn, Sie wollen Otis allein sprechen. Er darf über die nächsten sechs Monate nicht unbeaufsichtigt bleiben.«
»Die ganze Zeit?«
»Nach seinem Kontrakt nicht. Von seinem ersten Joggingschritt in der Frühe bis zu seiner letzten Nachtvorstellung ist jemand von uns bei ihm. Und wenn er mitten in der Nacht aufwachen sollte, bestehe ich darauf, daß man mich weckt.« Bannister machte seinem Sohn und seiner Sekretärin Zeichen.
»Sie meinen, daß sein Filmvertrag besagt, daß er nicht alleine sein darf?«
»Aber nein.« Die Sekretärin winkte Bannister, der aufstand, um zu einem blinkenden Telefonapparat zu gehen. »Sein Vertrag mit *mir* – für die Eingangsphase der Therapie. Sie führen eine Person in die Unabhängigkeit, indem Sie sie zuerst von jemandem abhängig machen.« Bannister hob den Hörer ab. »Carl am Apparat. Ja, ich ... Ah so ... Ja, dann mach genau das, was normale Leute auch machen. Geh Reihe für Reihe auf dem Parkplatz ab, bis du dein Auto gefunden hast. ... Ja, ruf mich zurück.« Er legte auf und wandte sich mir wieder zu. »Diese Berühmtheiten sind so abgeschottet, man muß ihnen praktisch wieder das Laufen beibringen ... Kommen Sie, essen wir zu Mittag – mit Otis.«
Er führte mich durch den Flur in einen verspiegelten Raum, wo der Sound von Jesse Johnson doppelt so laut war, wenn das möglich gewesen wäre. King war darin und arbeitete an einem Rudergerät, und ein Polynesier, der aussah wie ein Bodyguard des Königs von Samoa, saß verschlafen auf einem Korbstuhl daneben.
Als Otis Bannister bemerkte, sprang er auf. »Oh Carl, bitte, bitte, oh Baby, mein Herr und Meister, Mammi, Mammi, bitte bitte ... Der Arsch von dieser Kalifornien-Hunger-Afrika-Scheiße hat angerufen und ich soll einen Jerry Lewis bei ihrer verfickten Fernsehgeldsammelaktion abziehen. Kann ich das machen, Carl? Bitte! Ich will den kleinen Babies helfen, bitte, bitte.« Er warf sich auf die Knie und klatschte ›Bittebitte‹ wie ein kleines Kind.
Bannister ging die Musik leiser stellen. »Aber sicher, Otis, warum nicht? Ich möchte, daß du den Babies hilfst.« Er klapste Otis wie

einem Hund auf die Schulter. »Das ist Moses Wine. Er ist ein Schnüffler, der in Mikes Selbstmord reinriecht.«

»Oh Mann, ich will nicht mehr durch diese Scheiße waten. Die Bullen haben mich drei Tage durch die Mangel gedreht deswegen. Mich in der Therapie sechs Jahre zurückgeworfen. Noch ein kleines bißchen davon, und ich bin wieder dabei, meine Mutter zu vögeln, und lieg auf dem Boden wie einer dieser Fötusse.« Er rollte sich in Embryohaltung zusammen, um seine Rede zu verbildlichen. Dann schaute er uns grinsend von unten an.

»Gute Show, Otis«, sagte Bannister.

»Jaah, magst du diese Körpersprache? Nicht schlecht, was? Richard Pryor hat so ne Scheiße nie gemacht, nicht mal Eddie Murphy.« Er stand auf und bürstete sich sauber. »Wann ist Essen? Ich will von dem Malibupussyfutter haben!«

6

»So, so. Du bist einer von diesen Privatdetektivwichsern. Hast du viele Miezen?«

Wir saßen in einer Ecke der Malibu Pharmacy und Otis hatte in der Tat seine Augen auf den ›Malibupussies‹, als er das sagte – und nicht nur auf der blonden, blauäugigen Sorte, sondern auf allem, was laufen konnte zwischen Sieben und Siebzig.

»Hin und wieder«, sagte ich.

»Wirklich? Alles, was James Bond tun muß, ist hinsehen, und schon steht er. Wenn ich Filmstar bin, hab ich Miezen rund um die Uhr. Ganz klar, daß ich auf Koks bin ... Na komm her, du!« Otis langte erfolglos nach einem Surf-Bunny in einem Malibu Beach Club-Oberteil. Sie blieb stehen und warf ihm einen bösen Blick zu.

»Oh, Verzeihung, Baby, du kennst doch uns Nigger. Wir werden mondsüchtig, wenn wir zum Wasser kommen.« Er drehte sich zu mir um, mit einem breiten Grinsen im Gesicht. »So, du Magnum-Wichser. Willste was über Bruder Ptak wissen. Ich hab fast den Verdacht, unser Sigmund hier hat ihn umgebracht, nur damit er seine gierigen kleinen Patschhändchen auf meinen Vertrag legen kann – und ich rede gar nicht über diesen Schrumpfkopf-Vertrag, den er mit mir gemacht hat. Ich rede über meinen quadratärschigen-cinematographischen Vielfilm-Film-Star-Vertrag, wenn du weißt, wovon ich rede? Isses nicht so, Sigmund?«

Er zeigte mit einer Pomme Frite auf Bannister, der neben mir saß und dessen Profil sich von einer Reproduktion von John Wayne und Montgomery Clift in *Red River* abhob. Die Malibu Pharmacy blieb ihren Wurzeln verbunden.

»Ich wußte nicht, daß du vorhast, mich zu deinem Manager zu machen«, sagte er.

»Aber du hast mir selbst gesagt, daß ich es diese gehirnerweichten Bronxwichser nicht länger machen lassen kann. Die ziehen meine Gewinne durch die Nase oder schicken sie nach Kolumbien zu einem dieser Generäle mit den grünen Sonnenbrillen, damit die sich eine neue Plantage kaufen, und ich bin dann bloß ein armer kleiner Wichser ohne einen Penny auf meinem guten Namen und lande ganz allein in der Gosse. Ich bin ein kleiner, verirrter Junge, und ich brauche Hilfe. Paß auf mich auf, oh, paß bitte auf mich auf, bitte, bitte, bitte. Du wirst mein bester Freund, ja, ach, bitte?«

»Aber natürlich, Otis, aber natürlich, ich werde dein bester Freund sein, immer.«

Otis beruhigte sich eine Sekunde lang.

Es war so, als ginge der Energiepegel des ganzen Raums ein paar Volt runter.

»Moses wird dir jetzt ein paar Fragen stellen«, fuhr Bannister fort, wobei seine Stimme noch immer wie die eines Disk-Jockeys eines Nachmittagsunterhaltungsprogramms klang.

»O. K., O. K.«, sagte Otis.

»Wo waren Sie, als Mike starb, Otis?«

»Wo ich immer bin«, antwortete er einfach. »Genau hier bei Dr. Bannister.«

»Im Haus?«

»Ja, im Haus. Haben ein Video von *Road Warrior* geguckt. Magst du den Film?«

»Na ja.«

»Du bist mein Mann. Verrückte kahle Wichser mit Ketten. Ich

liebe ihn! ... Also, du fragst nach meinem Alibi. Ein Verhör, was?«

»Ja.«

»Großartig, O. K. Ich erzähl dir alles, was du wissen willst. Ist das in Ordnung, Doktor?«

»Sicher, das ist in Ordnung, Otis«, sagte Bannister.

»Wann hat Mike mit Speedballs angefangen?«

»Speedballs? Der war auf Speedballs? Das hab ich nicht gewußt.« Er drehte sich zu Bannister um. »Siehst du jetzt, was ich meine. Er war mein Partner, und ich hab keinen Furz von ihm gewußt. Dieser Wichser hat mir aber auch gar nichts erzählt. Ein rassistischer Wichser war er wahrscheinlich auch, wenn du mich fragst. Diese blöde Latrinenparole, daß er mich im Washington Square Park entdeckt hätte, wo ich ein paar Nummern Improvisation getestet hab und dann er meine Karriere gemacht hat, das ist Riesenscheiße. Jeder Wichser im Village hat mich gekannt. Der letzte Hippie und Homo. Sogar Swami X hat mich gekannt – meine ganze Familie, sogar meinen Bruder, alle ... also jedenfalls die, die noch gelebt haben.«

»Wer ist Swami X?«

»Das größte verdammte Genie, das es je unter den Komikern gab. Alles, was ich kann, hab ich von ihm gelernt. Erzähl den Wichsern die Wahrheit. Darüber lachen sie. Erzähl ihnen ihre Geheimnisse. Genau wie jetzt jeder Wichser in diesem Raum ans Bumsen denkt – genau jetzt –, ob sie es wollen oder nicht. Vielleicht wissen sie es noch nicht einmal. Stimmt das nicht, Doktor?«

»Ja, das stimmt, Otis.«

»Und wenn sie nicht an Pussies denken, dann denken sie an Schwänze.« Plötzlich stoppte Otis seine Tirade und sah mich ganz ernst an. »Wer hat dir gesagt, daß Mike mit Speedballs zu tun hatte?«

»Die Polizei.«

»Arschficker, Lügner.«

»Woher wollen Sie das wissen?«

Er sprang auf und fuchtelte mit dem Finger vor mir rum. »Ich weiß es. Erzähl mir bloß nicht, daß ich es nicht weiß! Was zur Hölle, glaubst du, redest du da rum? Ich war sein Partner. Ich war mit diesem scheißweißen Niemand auf Achse. Ich habe ihn gemacht. Der konnte doch keinen von den Wichsern zum Lachen bringen, wenn er ihn nicht gefesselt und seinen Schwanz mit einer Straußenfeder gekitzelt hätte!« Otis setzte sich wieder hin und begann vor sich hinzumurmeln. Spätestens jetzt starrte uns jeder in diesem Laden an. »Und der hat mir immer erzählt, was ich machen soll, als sei er meine Mutter. Du bist meine Mutter, Doktor, hab ich recht?«

»Ja, Otis.«

»Na, Gott sei dank, ich hab eine Mutter.« Er guckte mich an. »Haben Sie noch Fragen, Mister Dick? Ich hab noch für eine einzige Frage Zeit, dann muß ich Mittagsschlaf halten und zu meiner Aerobicstunde gehen. Muß mich etwas ausruhen, damit ich meine Nase in den Busch von der Nazihexe stecken kann, die die Gruppe unterrichtet.«

»In Ordnung, nur eine. Haben Sie oder Mike irgend etwas über eine Drogenfahndung in Hollywood gewußt? Irgendeine dicke Verbindung nach dem Osten, wo große Mengen Dope für Filmleute rübergeschleust worden sind?«

»Verbindungen? Was redest du da über Verbindungen?« Er starrte mich mit einer plötzlichen Aufwallung kalten Hasses an. »Wer hat den hier reingelassen?« fragte er Bannister.

»Er arbeitet für Emily.«

»Diese kopfvögelnde Votze. ... Sieh mal, Mann. Du weißt nix von nix. Verstehst du? Und Leute, die nix wissen, verstehn auch nix, wenn sie bloß etwas hören. Also, wenn ich du wäre, würde ich meine weiße Fresse nehmen und abhauen, so weit ich kann, oder irgendein schwarzer Bruder wird dir den Arsch aufreißen. Und das ist kein Otis-King-Witz. Das ist der Blues und die reine Wahrheit. Auf Wiedersehen, Mr. Marlowe.« Und damit stand er auf. »Komm, wir gehen, Sigmund.«

»Noch einen schönen Tag, Mr. Wine«, sagte Bannister und folgte dem schwarzen Mann nach draußen. Es war schwer zu unterscheiden, ob der Schwanz mit dem Hund wackelte oder umgekehrt.

7

»Bannister hat das Sagen.«

»Otis kann nicht mal ohne seine Erlaubnis pissen. Jede Stunde seines Tages wird überwacht.«

»Das muß eine ganz schöne Stange Geld kosten.«

»Genug, um drei Mann Personal zu halten, die ihm in einem Haus in der Malibu-Kolonie eine Vierundzwanzig-Stunden-Schicht machen.«

Nathanson schüttelte besorgt den Kopf. Ich war zu meiner üblichen Sitzung nachmittags zwischen zwei und drei in seinem Büro. Das harte Licht wurde durch ein Blumenfenster gefiltert, und ich fühlte mich unbehaglich und desorientiert. Ich war nicht sicher, ob ich über mich oder über den Fall sprechen sollte, und so schwankte das Gespräch unerfreulich zwischen beidem hin und her, bis ich auf Bannister zu sprechen kam und Nathan wie ein Falke darauf niederstieß.

»Und abgesehen von allem anderen«, fuhr ich fort, »ist es durchaus möglich, daß es nicht Bannisters eigentliche Absicht ist, Otis zu kurieren, sondern daß er seine Finger in eine lukrative Karriere kriegen will. Otis hat im Prinzip etwas Derartiges gesagt, als wir zum Essen waren.«

»Und glauben Sie ihm?«

»Ich weiß nicht, was ich glauben soll. Otis ist ganz schön durchgeknallt. Oder vielleicht tut er auch nur so ... Sehen Sie, Doktor, ich fühle mich selbst noch ziemlich deprimiert. Ich habe immer noch Träume über meinen Vater, und ich ...«

»Bannister manipuliert. Er ist viel mehr daran interessiert, Guru zu sein als Psychiater. Und er hat massive finanzielle Ambitionen.«

Ich starrte Nathanson an. In den Monaten, die ich ihn gesehen hatte, war er zweimal aus seiner Seelendoktorrolle gefallen, aber niemals so ernsthaft. Das verwirrte mich, und ich sagte es ihm.

»Oh, es tut mir leid, das zu hören«, antwortete er.

»Gut, aber es ist während meiner Stunde.«

»Ja, und?«

»Ich fühle mich nicht besonders großartig.«

»Und Sie erwarten von mir, daß ich das für Sie löse?«

»Sie sind mein Therapeut!«

»Moses, normalerweise bin ich kein Fan von Carl Jung. Aber er schrieb einen Satz, den ich ziemlich prägnant finde: ›Eine Neurose ist immer ein Ersatz für legitimes Leiden‹. Denken Sie immer daran, wenn Sie das nächste Mal versuchen, jemand anderen für Sie Ihre Probleme lösen zu lassen.«

»Wovon sprechen Sie eigentlich?« Eine heiße Zorneswelle kroch mein Rückgrat hoch. »Was mach ich denn überhaupt hier?«

»Denken Sie darüber nach.« Nathanson sah auf die Uhr. »Es tut mir leid, aber heute haben wir keine Zeit mehr.« Er drückte den Servokontrollschalter und setzte sich in aufrechte Position.

Ich stand auf, um zu gehen. »Ach, ich wollte Sie noch was fragen. Otis King nannte Emily Ptak eine kopfvögelnde Votze. Wissen Sie, was er damit gemeint hat?«

Der Doktor zögerte. »Selbst wenn ich es wüßte, könnte ich Ihnen darüber keine Informationen geben, Moses, sie ist meine Patientin.«

»In rechtlicher Hinsicht ist ein Psychiater zur Weitergabe von Informationen verpflichtet, wenn es sich um ein Kapitalverbrechen handelt.«

»Ja, der Polizei gegenüber. Aber Sie sind ein Privatdetektiv. Außerdem rate ich Ihnen, wenn Sie Fragen über Emily haben, reden Sie doch selbst mit ihr. Ich sehe Sie Donnerstag.«

Donnerstag? Ich verließ Nathansons Praxis und wußte nicht, was um Himmelswillen ich denken sollte. Schizophrenie war zweifellos eine geeignete Metapher für einen Privatdetektiv, der für seinen Therapeuten einen Fall lösen wollte.

Ich überlegte, ob ich mit Emily reden sollte, aber ich hatte wohl etwas anderes im Sinn, als ich neben dem Schnapsladen am nächsten Block anhielt, um zu telefonieren. Ich nahm noch ein paar Lotterielose mit, als ich Münzen einwechselte, und begann schon ein paar Felder abzurubbeln, während ich zum Münzfernsprecher ging. Ich rief im Revier an und fragte nach Inspektor Koontz, der aber nicht da war. Man verband mich mit einem Sergeanten Estrada aus der Mordkommission, der am Fall Ptak arbeitete.

»Wer sind Sie?« fragte er in kriegerischem Tonfall.

»Moses Wine. Ich arbeite als Privatdetektiv am Fall Ptak. Ich bin ein Freund von Koontz.« Ich machte eine Kunstpause.

»Ja, und?«

»Er wollte mir die Dienststunden des rumänischen Hausdieners raussuchen – demjenigen, der Ptak in seine Suite gebracht hat. Ich weiß, daß seine Schicht eigentlich schon zwanzig Minuten, bevor Ptak ankam, beendet gewesen wäre.«

»Wie, haben Sie gesagt, war noch Ihr Name?«

Das erste Lotterielos war eine Niete, und ich warf es in den Papierkorb.

»Wine.«

»Nun, Mr. Wine. Wenn ich Sie wäre, würde ich nicht rumlaufen und Fragen über Mr. Nastase stellen.«

»Und warum das?« Ich rubbelte mich durch die ersten beiden Felder der zweiten Lotteriekarte – ein Feld fünfhundert, das zweite tausend.

»Weil ein gewisser Mr. Nastase heute morgen um zehn Uhr fünfundzwanzig sich als mausetot erwiesen hat.«

Er legte auf. Ich stopfte die zweite Lotteriekarte in meine Tasche und ging.

Ich lief zum Auto zurück und fuhr ostwärts den Sunset Strip entlang zurück in die Stadt und fragte mich, ob ich zu Nastases Tod irgend etwas beigetragen hatte. Ich mußte der letzte gewesen sein, der ihn lebend gesehen hatte, und er war offensichtlich nicht erfreut gewesen, mich in der D'Avignon-Suite herumschnüffeln zu sehen, gestern nacht um zehn. Weiterhin war offensichtlich, daß dieser Vorfall die polizeiliche Untersuchung über Mike Ptaks Selbstmord wieder beleben, wenn nicht sogar ausweiten würde. Wonach würden sie suchen? Oberflächlich betrachtet, war Nastase nicht gerade erste Wahl, wenn man nach einer großen Nummer in der Welt der Drogen suchen würde, aber das war die Thai-Großmutter auch nicht, die, wie ich gelesen habe, im letzten Jahr festgenommen wurde, als sie versucht hat, siebzig Pfund braunes Heroin aus Bangkok in der Urne ihres Ehemannes in die Vereinigten Staaten einzuschmuggeln.

Es war fast fünf, als ich das Beverly Hills Hotel erreicht hatte, aber ich folgte einem Impuls und bog scharf in den Benedict Canyon ab, zu der Adresse, die mir Emily Ptak gegeben hatte. Sie lebte in einem eingezäunten Pseudo-Tudor-Anwesen am Ende der West Wanda Street. Ich parkte genau davor und wollte gerade auf die

Gegensprechanlage drücken, als ich Geneviève bemerkte, die im vorderen Hof spielte. Ich rief nach ihr, und sie kam gleich angelaufen. Eine englische Nanny folgte ihr nervös auf dem Fuß. Als sie bemerkte, daß mich das kleine Mädchen wohl kannte, entspannte sich ihr Gesichtsausdruck nur wenig. Es gelang mir nicht, auf die andere Seite des Zauns zu kommen, aber ich erfuhr, daß Emily über Nacht in Ojai war. Zur Cosmic Aid Foundation, dachte ich, und setzte meinen Weg zum Albergo Picasso fort.

Als ich ankam, konferierte Koontz mit einer Gruppe anderer Beamter an einem Funkwagen vor dem Hotel. Einer von ihnen war ein dunkler ausgezehrter Chicano mit einer scharfen Hakennase wie eine Maya-Gottheit. Ich hielt ihn für Estrada. Ich erkannte einige Komiker vom Fun Zone wieder, die ein paar Schritte weiter rumstanden und die Szene kommentierten wie eine Art irrer griechischer Chor der Arbeitslosen aus der Unterhaltungsindustrie. Ich konnte ihre improvisierten Witze über tote Rumänen fast hören, als ich zu Koontz raufging.

»Wie gehts dir denn, Art?«

Er tat so, als bemerke er mich nicht, während er sich mit anderen Beamten über einen Computerausdruck beugte. Ich wartete, bis sie weg waren, bevor ich den Inspektor ansprach.

»Was ist mit Nastase passiert?«

»Wine, gibt es irgendeinen Grund, warum ich mit dir zusammenarbeiten sollte?«

Er runzelte ärgerlich die Stirn, aber ich lächelte strahlend zurück. Es war nicht die Zeit für Feindschaften. »Ich könnte dir vielleicht helfen, das Verbrechen aufzuklären.«

»Vielleicht könntest du, aber vielleicht könntest du auch nicht. Aber ganz gewiß wirst du in Wirklichkeit mehr Probleme schaffen, als du lösen kannst. Ich weiß, daß du dich letzte Nacht hier rumgetrieben hast und dich als Besitzer von irgendso einem Lederladen ausgegeben hast. Du machst einen ziemlich schmierigen Job.«

»Ist Lügen ein kriminelles Delikt, Koontz?«

»Ich weiß nicht, frag deinen Therapeuten.«

Er schaute mich mit einem falschen wissenden Lächeln an. Ich tat mein Bestes, darüber hinwegzusehen und auf die Geschäfte zu sprechen zu kommen.

»Auf welche Weise hat Nastase das Zeitliche gesegnet?«

»Du bist ganz schön hartnäckig, findest du nicht?«

»Das ist eine rassische Spezialität.«

Er holte tief Luft. »Ist ja gut. Schau, wir haben deinen Freund Nastase hinten im Tujunga-Flußtal gefunden mit einem achtunddreißiger Loch in der Schläfe. So, wie er unter dem Gebüsch versteckt worden war, hat der Täter kaum angenommen, daß er schnell gefunden würde. Wer konnte auch wissen, daß ein paar wildgewordene William-Morris-Agenten hier morgens um drei mit gezogenen Kanonen Krieg spielen würden?«

»Glaubst du immer noch, daß die ganze Sache mit Drogen zu tun hat?«

»Glauben? Wir wissen. Du wirst das morgen nicht in den Zeitungen finden, aber wir haben heute nachmittag im Keller von Nastases Haus ein ganzes Drogenlabor gefunden.«

»Oh, ja? Wo ist denn das?«

»LeMoyne Street im Echo Park.«

»Heißen Dank, du bist ein Schatz.«

»Nimms als Mitgefühl für die Opfer des internationalen Terrorismus. Aber erinnere dich dran! So was passiert nur einmal. Und du bist in meiner Schuld.«

»Absolut.«

Er wandte sich ab und bahnte sich durch eine Gruppe von Komikern seinen Weg in das Hotel.

»Wieviel Rumänen braucht man, um eine Glühbirne auszuwechseln?« fragte mich einer von ihnen.

»Das ist nicht witzig«, sagte ich und ging zum Auto. Ich war sowieso schon zu spät für meine Privatdetektivstunde in der Volkshochschule.

Der Unterricht wurde im ersten Stock eines heruntergewirtschafteten Einkaufszentrums in East Hollywood abgehalten. Im Parterre waren eine Münzwäscherei, ein Maklerbüro und ein Schnapsladen. Ich widerstand der Versuchung, in den Schnapsladen zu gehen und ein weiteres Lotterielos zu kaufen, und erklomm die Treppen zum ersten Stock. Der Raum war fast voll, als ich ankam, und der Unterricht hatte schon begonnen. Ich kämpfte mich nach hinten durch und tat so, als gehörte ich dazu. Chantal Barrault

schaute sich neugierig quer durch den Raum nach mir um, und ich lächelte ihr zu, dann richtete ich meine ganze Aufmerksamkeit auf den Lehrer. Er war ein kurzer, dunkler Typ um die Dreißig mit einem Schnurrbart. Er trug eine geräumige Hose und eine olivfarbene wattierte Jacke mit Schulterklappen und abgetrennten Ärmeln. Voll en vogue. Er hatte seinen Namen, Peter Roman, an die Tafel geschrieben und die Nummer seiner Lizenz. Aber im Augenblick war er dabei, durch den Raum zu gehen und die Kursteilnehmer zu fragen, was sie machten und warum sie hergekommen waren, denn wir waren in einer kalifornischen Erwachsenenbildungsinstitution. Die ersten drei Typen waren Fernsehautoren der Serie *Simon & Simon* und an Hintergrund für ihre Arbeit interessiert. Die nächste Frau war eine Witwe, die gerne Kurse besuchte. Weitere vier – zwei Männer und zwei Frauen – waren auch Schreiber fürs Fernsehen, diesmal für die Serie *Remington Steele*. Die waren mehr auf eine Story aus. Der nächste war Krimi-Autor. Der wollte sich authentisches Material für seine Bücher beschaffen. Keine Frage: Wir befanden uns definitiv in Los Angeles.
»Mir scheint, wir leben in Zeiten, wo niemand wirklich Privatdetektiv werden will«, witzelte Roman nervös.
Alle sahen erleichtert aus, als die Reihe an Chantal kam, die erzählte, daß sie Stegreifkomikerin sei und wirklich Privatdetektivin werden wolle.
Als ich dran war, gab ich einen fiktiven Namen an und behauptete, Gerichtsbote zu sein und daß ich mich verbessern wolle.
Roman lächelte voll Mitgefühl – jemand war noch niedriger im sozialen Spiel als er – und begann den Unterricht. Ich tat sofort das, was ich immer in der Schule gemacht hatte – ich schlief ein. Ich erinnere mich dunkel, irgend etwas über Methoden der Informationsbeschaffung (öffentliche Register, Überwachung, Benutzung falscher Namen und Berufe) gehört zu haben und noch etwas über Wie-Ein-Ermittler-Denken oder so ähnlich, und dann war ohnehin Pause. Roman hatte der Klasse die Aufgabe gestellt, den besten Beobachtungsort herauszufinden, um ein Auto der Reinigungsfirma des Hauses zu überwachen, und alle rannten im zweiten Stock rum mit Bleistiften und fotokopierten Plänen der Umgebung. Ich hielt das alles für einen riesengroßen Unsinn. Denn in

der Realität gab es für Situationen wie diese so viele Möglichkeiten, daß es nie eine einzige richtige Antwort geben könnte. Aber Chantal nahm die Sache sehr ernst. Sie stand am Balkongitter, knabberte an ihrem Bleistift und starrte aufmerksam in die Muster des Straßenverkehrs auf dem Sunset Boulevard.

»Interessieren Sie sich für praktische Erfahrungen?« fragte ich, während ich zu ihr rüberging.

Sie schien mich nicht zu hören.

»Um jemanden zu überwachen, ist das beste Auto ein Minibus mit vielen Fenstern. Dann kann man aufstehen und drin rumlaufen. Man nehme auch eine Plastiktüte mit einer billigen Kamera, so daß es nichts ausmacht, wenn man sie über die Schulter wirft und einen Feldstecher, einen *Thomas Street Guide,* einige schnelle und schmutzige Verkleidungen, einen Blitz und eine leere Thermoskanne zum Pissen, wenn man ein Mann ist. Ich weiß nicht, was Sie im Falle eines Falles machen werden. Es einhalten, nehme ich an. Auch soll man nie jemanden mit einem Auto verfolgen, das vorne irgendwelche Unfallmarken hat. Dann kann man's gleich lassen.«

»Wovon sprechen Sie?«

»Ich biete Ihnen einen Job an, Chantal. Wenn Sie Privatdetektivin werden wollen, können Sie heute abend damit anfangen. Natürlich werden Sie dann die zweite Hälfte des Unterrichts versäumen.«

»Meinen Sie das ernst? ... Sie meinen es ernst. Ja dann, hmmm, auf los gehts los.«

In zwei Minuten waren wir auf der Straße.

»Wo ist Ihr Auto?« fragte ich.

»Ich hab keins.«

»Sie haben kein Auto? In Los Angeles?«

»Hören Sie zu, mon ami, versuchen Sie es doch mal als Bühnenkomiker in dieser Stadt und finden Sie heraus, wie lange Sie Ihr Auto behalten.«

»Also Sie haben bisher noch nicht versucht, Privatdetektiv zu sein ... In Ordnung, was solls, ich werde Ihnen eins mieten. Im Moment haben wir gerade eine umgängliche Klientin.«

Ich öffnete die Tür des BMW. Sie stieg auf der Beifahrerseite ein.

»Sehen Sie«, erklärte sie, als wir wegfuhren, »ich habe einen Haufen Dinge in meinem Leben gemacht. Sie haben mich zu einer schlechten Zeit erwischt. Aber ich hoffe, daß Sie wissen, was Sie tun, denn ich bin äußerst ungern ein Sozialfall. Auf dieser Tour bin ich nicht mal in meinen schlechtesten Zeiten geritten. Ich nehm nicht einen Penny Unterhalt von meinem Ex-Ehemann, obwohl der sehr viele davon hat.«

»Wer war es denn?«

»Ein Psychiater.«

Ich grunzte.

»Was ist los? Haben Sie Probleme mit Psychiatern?«

»Nein, nein, ich bin bloß ... eingekreist ... In Ordnung, hier ist mein Vorschlag. Für diesen Fall kriegen Sie zwölf Dollar die Stunde plus Spesen. Manchmal werden Sie mit mir arbeiten, manchmal allein. Aber immer, wenn es Scheißarbeit ist, werden Sie sie tun.«

»Also, körperliche Arbeit hat Grenzen. Ich hab mir geschworen, was immer ich mache, daß ich lieber Stadtstreicherin ...«

»Davon habe ich gar nicht gesprochen. Ich hab über Wühlen im Schlamm geredet. Nachforschungen in der Bibliothek und solche Sachen. Haben Sie im Fun Zone Bescheid gesagt, daß Sie aufhören mit der Bühnenshow?«

»Weshalb denn? Warum soll ich mir Möglichkeiten verbauen? Man kann nie wissen. Ein Talentsucher von der Letterman Show könnte vorbeikommen und ...«

»Super. Das ist es, was ich hören wollte. Also, passen Sie auf ...«

Ich erzählte ihr, was ich über den Fall Ptak wußte, oder jedenfalls das meiste davon, über Emily und Otis und Nastase und Bannister. Über Koontz und den Verdacht auf einen Drogenring, sogar über die War Games-Typen im Tujunga-Tal.

»Also heute abend«, schloß ich die Einführung ab, »werde ich mich mal im Haus von Nastase umsehen. Ich möchte, daß Sie zum Fun Zone runtergehen und zusehen, ob Sie etwas herausfinden können. Vielleicht gehen Sie auch rüber ins Picasso, weil sie mich dort schon kennen, aber Sie sind bloß eine neugierige Komikerin, die sich umguckt wie alle anderen auch. Ich werde Sie dann wieder so gegen Mitternacht im Club treffen.«

Als ich meine Rede beendet hatte, schaute sie mich an, was man so eine halbe Ewigkeit nannte. »Warum trauen Sie mir in all diesen Sachen?« fragte sie.

»Sollte ich lieber nicht?«

»Ja, Gott, sicher, aber ...« Sie zuckte mit den Schultern. »... Sie kennen mich nicht wirklich.«

»Irgend jemandem muß ich vertrauen. Abgesehen davon habe ich einen sicheren Instinkt in solchen Sachen. In bloß vier Jahren hab ich rausgekriegt, daß meine Ex-Frau mich betrog.«

Chantal grinste, als wir bei einem Mietwagenverleih anhielten. Wir gingen raus und nahmen einen Datsun auf meine Kreditkarte für sie. Ich fuhr los Richtung Echo Park. Komisch war, daß ich sie schon vermißte, als ich den Western Highway überquert hatte. Das änderte sich dann in ein starkes Gefühl von Unbehagen, als ich in die LeMoyne Street einbog. Um das vorauszuschicken: Ich habe früher im Echo Park gewohnt, und es stimmte mich immer unbehaglich, zu alten Wohngegenden zurückzukehren. Ich nahm mir vor, Nathanson darüber zu befragen. Aber noch verstörender als das ganze Viertel war die Straße selbst. Sie war schlecht beleuchtet und kaum belebt. Sie schlängelte sich unentschlossen an einer Reihe smogzerfressener Eukalyptusbäume entlang und abgeblätterten Bungalows aus den Zwanzigern, um dann ihr Leben an der Betonmauer eines Wasserreservoirs auszuhauchen, dessen mexikanisch inspiriertes Wandgemälde braunfleckig von einer Überflutung und mit einem Spinnennetz von Krakelei überzogen war.

Ich parkte in der Nähe dieser Mauer und ging eine Straßenecke weiter zu einem mehr oder weniger weißen Bungalow, der von Pampasgras umwachsen war. Ein Stück liegengelassenes Absperrplastikband mit der Aufschrift *Los Angeles Police Department* am Gitter zur Vordertür identifizierte es als Nastases Heim. Es sah nicht so aus, als sei jemand in der Nähe. Die Labortruppe war wahrscheinlich schon dagewesen und wieder gegangen und hatte ihre große Nummer in diesen feuerfesten Strampelhosen abgezogen, in denen sie mit Aceton und Äther hantierten, womit man Kokain zusammenkochte. Ich hoffte, daß sie alles gefunden hatten, denn wenn man mit diesem Zeug eine falsche Bewegung machte, konnte das ein kurzer Abschied für diese Straße und für noch ein paar Canyons in der Nachbarschaft werden.

Ich verschaffte mir einen Überblick über die Nachbarhäuser. Das eine war verlassen, und das andere war zwanzig Meter weiter unten am Hügel und verbarg sich hinter einer Reihe von spinnenfingrigen Palmbüschen. Dann lief ich hinter Nastases Haus, wobei meine Schritte sehr viel mehr raschelten, als ich es von toten Eukalyptuspflanzen erwartet hätte. Die Seite des Hauses war aus Holzschindeln. Am Hintereingang war eine Terrasse, und ein nutzloser kleiner Hinterhof mündete in einem Winkel von 40° in den Gully. Die Fliegengitter des Hintereingangs waren kaputt, und die Fliegentür hing nur noch lose in den Angeln. Ich konnte sehen, daß die Fundamente sich an den Stellen zersetzt hatten, wo die Erde des Hinterhofgartens schon durch den Gully verschwunden war. Diese gebrechliche Hütte war weit von der befestigten Anlage entfernt, unter der man sich ein Kokain-Labor vorzustellen gewohnt war, aber wer weiß? Zweifellos war es abgelegen genug.

Ich lief zu einem Loch und schaute mir den Raum direkt neben der Küche an. Das war die Waschküche, die in eine Kokainküche verwandelt worden war, oder sagen wir in eine Rohform derselben. Es lagen immer noch einige weiße Plastikeimer herum, wie man sie in jedem Haushaltswarengeschäft kaufen konnte und die oft dazu benutzt wurden, die Kokainpaste zu waschen. Und ich konnte den Geruch von Salzsäure riechen, dem chemischen Waschmittel, der aus dem Ausguß aufstieg. In der gegenüberliegenden Ecke, gleich neben Waschmaschine und Schleuder, lag ein Haufen Pappkartons, die aber keinen Beweiswert haben konnten, denn die Polizei hatte sie liegenlassen. Seitlich auf den Pappkartons war »Die Heilige Schrift, Made in USA« aufgedruckt. Ich wollte mir das genauer anschauen, also sah ich mich um und fand eine kaputte Fensterangel, die ich zu mir ranzog, indem ich am Rahmen drückte. Die obere Fensterhälfte fiel nach innen, und ein paar Glasscherben klirrten auf den Zementfußboden. Ich war gerade dabei, mich in die Öffnung zu zwängen, als ein Stück Ziegel an meinem Kopf vorbeiflog und von dem kaputten Fliegengitter zurückprallte.

»Hey, du cleverer Hund, was machst du denn hier?«

Ich sah mich um, und ein Paar koreanische Punks in weiten Hosen starrten mich mit dunklen Brillen an. Der, der sprach, war fett und trug sein orangefarbenes Haar lang. »Hast du versucht, den Reverend anzuschmieren, schlaues Kerlchen?« Ich hatte keine Gelegenheit zu antworten, denn er fuhr gleich fort: »Jeder, der irgendeine Scheiße gegen den Reverend versucht, wird die Brüder Wal kennenlernen.« Er und sein Partner gingen langsam auf mich zu. »Wir nennen uns selbst die Brüder Wal, weil du zwischen uns wählen mußt.« Orangefarbenes Haar lachte über seinen eigenen Witz. Dann hielt er eineinhalb Meter vor mir an, direkt neben seinem blauhaarigen Partner. Gleichzeitig zogen sie eine Kette und ein Paar Nunchako-Stöcke aus den Taschen. »Na, dann wähl!«
Ich erinnerte mich daran, was die Lehrer in Simons Hapkido-Studio mit solchen Stöcken anrichten konnten, und brauchte nicht lange, mich zu entscheiden. Ich sprang so hoch und fest, wie ich nur konnte, zwischen die beiden; aber die Brüder Wal waren mir voraus. Sie hatten schon gewählt.

8

Chantal war die erste Person, die ich erkannte, als ich dazu wieder in der Lage war.
»Ist das die erste Lektion?« fragte sie. »Oder haben Sie mich bloß versetzt? Ich hab eineinhalb Stunden vor dem Fun Zone gewartet. Sie können Gott danken, daß Sie eine gute Entschuldigung haben.«
Ich hätte sie geschlagen, wenn ich mich hätte bewegen können.
»Bleiben Sie ruhig liegen und tun Sie, was ich sage. Ich habe früher in der Krankenhausnotaufnahme gearbeitet.«
»Ich weiß, ich weiß. Sie haben alles schon mal gemacht.« Ich grunzte, aber tat, was sie sagte, nämlich mich vorsichtig auf die Seite zu drehen, damit sie sehen konnte, wieviele meiner Rippen gebrochen waren. Nach meinem Gefühl waren es ein knappes Hundert. Wenn sich eine kleine Runde mit einem Paar koreanischer Pogo-Freaks so anfühlte, dann war eine Sache wenigstens sicher – ich würde nie Rambo werden.

»Das wird schon wieder in Ordnung kommen«, sagte sie. »Nehmen Sie sich zusammen. Wir hauen hier besser ab.«
Ich versuchte, auf die Füße zu kommen. »Woher haben Sie ...?«
»Sie haben gesagt, daß Sie zu Nastase wollen, und jetzt ist es drei in der Nacht. Glauben Sie, ich würde meinen Partner in irgendeinem Canyon verrotten lassen, damit der sich den Koyoten verfüttert?«
»Ihren Partner? Sind wir nicht ein wenig hastig in dieser Sache?«
»Ach wissen Sie, das ist doch nur so eine Redewendung.«
»Une façon de parler.«
»Wo haben Sie denn das gelernt?«
»Auf der High School, aber prüfen Sie mich bloß nicht.«
»Ich finde das nett. Sie können ein bißchen Französisch.«
»Lecken Sie mich am Arsch.«
Wir ... oder eigentlich eher ich stolperte wieder hoch zur Straße und folgte ihr, ohne zu klagen, zu dem Datsun. Er war fünfzig Meter von Nastases Haus entfernt geparkt, und ich starrte zurück. Alles war ruhig. Die Brüder Wal schienen weg zu sein, aber in meiner gegenwärtigen Verfassung war ich nicht mehr versucht, es genauer rauszubekommen.
»Diese koreanischen Punks, wohinter waren die her?«, fragte Chantal, als wir den Berg runterfuhren.
»Ich weiß nicht«, antwortete ich. »Zuerst dachte ich, sie wollten bloß das Radio aus meinem BMW montieren. Das wäre dann das vierte gewesen. Aber was soll's? Das ist mein privater Beitrag zur Preisstabilisierung von Autoradios. Vielleicht haben sie nach übriggebliebenem Coke gesucht, aber die Polizei müßte eigentlich alles gefunden haben. Außerdem schien mir die Art, wie sie mit mir umgesprungen sind, eher auf Angel Dust zu deuten ... falls sie nicht reisende Bibelvertreter gewesen sein sollten.«
»Ich hab immer gedacht, ich bin die Komikerin.«
»Nein, das ist kein Witz. In der Ecke dieses Drogenlabors waren vier Kartons mit Bibeln.«
»Recht seltsam für einen Drogenhändler.«
»Ja, und um den Unglaubwürdigkeiten noch eine weitere hinzuzufügen, haben sie auch dauernd irgendwas von einem Reverend herumgefaselt.«

»Und soll ich Ihnen noch was Komisches erzählen – Nastase ist alle drei Monate nach Triest gefahren.«

»Von einem Hausdienergehalt? Wie haben Sie das rausgefunden?«

»Vom Fahrstuhlboy. Der ist Grieche. Sie sind jeden Sonntag zusammen fischen gefahren in der Gegend der Cabrillo Beach.«

»Na, viel Glück«, sagte ich, »die Fische dort unten sind schon tot, bevor man sie fangen kann.« Dann faßte ich nach meiner Seite. Die Schmerztransmitter um meinen Brustkorb herum waren gerade dabei, einen Anschlag auf mein Nervensystem zu verüben.

»Hier«, sagte Chantal und langte in ihrer Tasche nach einem schmal gerollten Joint. »Das sollte helfen.«

»Danke«, sagte ich.

Ich versuchte, daran zu ziehen, aber der Schmerz war so scharf, daß nichts in meine Lungen gelangte. Es ging mir auch danach nicht besser, bis wir in der Ambulanz des Queen of Angels-Krankenhauses angekommen waren, wo sie mir ein paar Percodan gaben, mich röntgten und meine Seiten verpflasterten. Das Röntgenbild zeigte eine gebrochene Rippe und einen Haufen Quetschungen. Als Unfallursache gab ich »Sturz« an. Dann begannen die Percodan zu wirken.

Ich wachte am nächsten Morgen bei dem Geräusch auf, das jemand verursachte, als er mein Apartment aufschloß. Ich sprang aus dem Bett. Dann hielt ich mir sofort meine rechte Seite, griff nach einem Badetuch und lief ins Wohnzimmer. Chantal steuerte gerade mit einer großen Tüte Lebensmittel im Arm die Küche an.

»Guten Morgen«, sagte sie und holte Eierkartons, Käse, Croissants und Kaffee aus der Tüte. »Mögen Sie Omelett Gruyère à la Mère Poulard?«

»A la Mère was? ... Aber sicher ... Sie müssen das nicht tun, das wissen Sie. Das ist nicht in der Arbeitsplatzbeschreibung enthalten.«

»Kein Problem.« Sie schlug ein paar Eier in eine Schüssel und begann sie zu verquirlen. »Ach übrigens, die zwölf Dollar die Stunde, die Sie mir bezahlen, wann fängt mein Dienst an, und wann hört er auf?«

»Darüber müssen wir uns unterhalten.« Sie goß die Eier gekonnt in eine Pfanne und schwenkte sie hin und her, so wie ich es bei Julia Child, der Fernsehköchin, gesehen hatte.
»Sie sind sehr gut darin. Wissen Sie, daß, seit mein Weib angefangen hat, diese Bewußtseinserweiterungsgruppe zu besuchen, keine Frau mir mehr wirklich ein Frühstück gemacht hat, seit 1971. Meistens schlagen mir meine Gefährtinnen vor, zum Frühstück auszugehen.«
Ich schaute sie an. Sie trug knallenge Jeans und ein weißes T-Shirt mit der Aufschrift VIVE LE QUÉBEC LIBRE auf dem Rücken.
»Der erste Mister Barrault, der Therapeut, hatte ja ziemlich viel Glück. Übrigens, was ist denn aus ihm geworden?«
»Ich war noch nicht so weit, mich wirklich fest zu binden. Ich hatte nicht den Mut, ihm das zu sagen, und hab angefangen, mich mit anderen Typen herumzutreiben. Und dann ...« Sie zuckte mit den Schultern und ließ das Omelett auf einen Teller gleiten. Dann legte sie ein paar Croissants dazu und trug alles zu mir herüber auf den Eßtisch. »Sie arbeiten von zu Hause aus?«
»Es ist billiger so.«
»Haben Sie schon einmal darüber nachgedacht, daß das keinen sehr professionellen Eindruck macht?«
»Ja, ich hab schon überlegt, ob ich ausziehen soll ... eine Agentur aufmachen ... aber ich warte noch.«
»Worauf?«
»Ich weiß nicht, einen Lotteriegewinn?« Ich wußte nichts Gescheiteres darauf zu sagen und war sehr dankbar, als ich sofort danach vom Telefon unterbrochen wurde. Ich nahm ab. Es war Bannister, und er klang sehr erregt.
»Mr. Wine ... Hm, Moses, ich meine ... Ich hasse es, so etwas am Telefon abzuwickeln, aber es ist ein Notfall.«
Ich sah zu Chantal rüber, die gerade Kaffee einschenkte.
»Es ist der große Seelenguru«, sagte ich, während ich die Hand auf die Muschel legte und ein Stück Omelett aufpickte.
»Sind Sie allein?«
»Ausreichend.«
»Was meinen Sie mit ausreichend? Kann ich offen sein?«
»Sie sind Psychiater. Sie sollten es sein können.«

»Verarschen Sie mich nicht, Wine. Das könnte eine Katastrophe werden.«

»Reden Sie weiter.«

»Ja, also ... Otis ist letzte Nacht verschwunden. Er ist aufgestanden, als er mit meinem Sohn den *Terminator* angesehen hat, und nicht zurückgekommen.«

»Wie ist er denn rausgekommen?«

»Er hat ein paar Verstrebungen aus der Badezimmerjalousie rausgenommen. Er muß über den Tennisplatz geradewegs zum Küsten-Highway gegangen sein. Ich habe Grund anzunehmen, daß er das Nachtflugzeug nach New York genommen hat.«

»Woher wollen Sie das wissen?«

»Er hat meinem Sohn erzählt, daß ihn mitten in der Nacht jemand angerufen hat, um ihm zu erzählen, daß sein Bruder in ernster Gefahr schwebe.«

»Haben Sie ihm geglaubt?«

»Ich weiß es nicht. Otis ist in der Lage, jede Geschichte zu erfinden, die ihm eine gute Entschuldigung gibt, in die Nähe dieses weißen Puders zu gelangen. Mein Sohn war sich auch nicht sicher. Er hat gesagt, daß Otis sich ziemlich verrückt aufgeführt hat.«

»Wo waren Sie zu der Zeit?«

»Mit einem anderen Patienten beschäftigt. Ich kann nicht sechs Leute gleichzeitig sein ... Moses, ich will Sie anheuern, ihn zu finden. Es ist sehr wichtig, daß er so schnell wie möglich zurück ist, sowohl für seinen eigenen Schutz als auch, weil es eine Katastrophe für seine Karriere wäre, wenn das Studio herausfinden würde, daß er weg ist.«

»Nicht zu vergessen, Ihre Karriere.«

»Ja, meine auch.« Dann war eine bedeutungsschwangere Pause. Ich sah wieder zu Chantal herüber. Sie beobachtete mich mit der gleichen Intensität, mit der sie die Fotokopie im Privatdetektivkurs studiert hatte. Mir wurde klar, daß diese Frau in vier Tagen alles lernen könnte, was sie für den Beruf des Privatdetektivs brauchen würde. Außerdem stellte ich fest, daß mein Omelett kalt wurde.

»Das muß sofort in Angriff genommen werden, Moses. Bis Samstag.« Bannister interpretierte mein Schweigen als Zustimmung.

»Warum Samstag?«

»Weil Otis als Conferencier vorgesehen ist am Samstag auf dem Komiker-und-Chef-Benefiz für Afrika auf dem Anwesen von Matthew Rodman in Bel Air. Alle wichtigen Leute aus der Unterhaltungsindustrie werden da sein.«

»Komiker und Chefs?«

»Ja, Sie wissen doch – Küchenchefs, Paul Bocuse und so. Wolfgang Puck vom *Spago*. Und dann Sandor Romulus vom Bistro Vegas – der verpflegt diese ganze Affäre. Und aus naheliegenden Gründen wollten sie den heißesten jungen schwarzen Komiker, um Schlagzeilen für die Show zu kriegen. Die haben schon fünfhundert Karten für hundertfünfundzwanzig Dollar das Stück verkauft. Die meisten großen Studios haben ganze Blöcke gekauft.«

»Sehen Sie, Doktor, ich würde Ihnen gerne helfen. Aber wie Sie wissen, arbeite ich für Emily Ptak, und es könnte leicht ein Interessenkonflikt ...«

»Machen Sie sich darüber keine Sorgen. Ich habe mit Emily schon darüber gesprochen. Außerdem ist sie eine der Sponsoren der Benefizveranstaltung. Es ist auch für sie sehr wichtig.«

»Die Cosmic Aid Foundation.«

»Richtig. Wir sind natürlich übereingekommen, alle Ihre Ausgaben in New York zu übernehmen. Ich schlage vor, Sie nehmen das nächste passende Flugzeug.«

»Also soll ich jetzt gleichzeitig für Sie und Emily arbeiten.«

»Nein, nein, Sie arbeiten weiterhin hauptsächlich für Emily. Es gibt nur diese eine kurze Überschneidung.«

Ich sagte ihm, daß ich ihn in ein paar Minuten zurückrufen würde, und legte auf. Ich mußte mir das überlegen. Ich schaufelte eine weitere Gabel voll Omelett in mich hinein, während Chantal begierig darauf wartete, ins Bild gesetzt zu werden.

»Also gehen wir nach New York«, sagte sie, bevor ich meine Erklärungen ganz beendet hatte.

»Nicht Sie, ich. Und nicht New York, sondern die Bronx. Wenn mich meine Nase nicht trügt, hängt Otis dort rum. Es ist eine Geldverschwendung, wenn wir alle beide reisen.«

»Kein Problem. Ich hab Freunde in der Bronx. Leute aus Montreal, die eigentlich vorhatten, auf der Prachtstraße Grand Concourse eine Pâtisserie aufzumachen, bis sie feststellen mußten, daß alle Anwohner Puertoricaner waren. Jetzt betreiben sie eine Wäscherei. Ich kann gut bei ihnen wohnen.«

»Es ist trotzdem Geldverschwendung.«

»Ich fliege mit People's. Es macht mir nichts aus, in Newark anzukommen. Es ist sowieso einfacher, und ...«

»Und ich möchte mir über Sie in der Bronx nicht den Kopf zerbrechen, es sei denn, Sie hätten unter ihren vielen Talenten auch noch einen schwarzen Gürtel verborgen oder so was.«

»Und ich glaube, daß Sie in Ihrer Verfassung absolut in der Lage sind, mit allem fertig zu werden ...«

»Lassen Sie mich das beurteilen. Also, soweit ich mich erinnere, arbeiten Sie für mich, und ich brauche Sie hier in dieser Stadt.« Chantal begann, sehr ungehalten auszusehen. Ich kannte die Symptome aus langer Erfahrung und beeilte mich demzufolge fortzufahren, bevor ich des Sexismus geziehen würde. »Also. Vor allem anderen warte ich auf Nachricht von einem alten Schnüffler namens Stanley Burckhardt über ein Postschließfach in Glendale. Ich möchte, daß Sie darauf Ihr Hauptaugenmerk richten, ich werde Ihnen die Einzelheiten gleich geben. Weiterhin möchte ich, daß Sie nach Malibu hinausfahren und ein Auge auf das Kommen und Gehen in Carl Bannisters Seelenklempnerei haben. Lassen Sie mich wissen, wenn Sie irgend etwas Interessantes gefunden haben.« Ich stellte fest, daß die letzte Aufgabe sie etwas milder gestimmt hatte.

»Und was ist mit den Brüdern Wal?«

»Ich werde einen Freund bei der asiatischen Abteilung der Polizei von Los Angeles anrufen und sehen, ob die irgend etwas wissen. Sie können sich dann damit befassen. Und leihen Sie bitte alle Videokassetten von Mike Ptak aus, die Sie finden können. Ich glaube zwar nicht, daß sie uns viel sagen werden, aber man weiß nie. Und als letztes bleiben Sie mit dem Fun Zone in Verbindung, beobachten Sie die weiteren Entwicklungen und verlieren Sie nicht den Kontakt zu ihrem griechischen Liftboy im Picasso. Klingt doch wie ein voller Terminkalender, oder nicht?«

»Ich liebe New York«, sagte sie verloren.

»Wir betreiben hier kein Reisebüro. Und soweit ich informiert bin, läuft Ihre Stechuhr vierzig Stunden die Woche für zwölf Dollar die

Stunde. Das macht vierhundertundachtzig Dollar wöchentlich. Dazu kommen vertretbare Spesen. Aber übertreiben Sie es nicht. Ich glaube nicht, daß Emily Ptak es mögen würde, wenn Sie Liftboys ins Spago ausführen, aber selbst für den Fall, daß sie es mögen würde ... Sammeln Sie die Belege.«

Und damit war ich mit meinem Omelett fertig, nahm den Hörer ab und tätigte meine Anrufe: Emily bestätigte, was Bannister mir gesagt hatte und bestritt, irgendeine Ahnung zu haben, warum Otis King sie eine kopfvögelnde Votze genannt hatte, es sei denn, er sei paranoid und hasse alle Weißen hemmungslos, »wenn es ihm in den Kram paßt«. John Lu von der asiatischen Abteilung war gerade nicht an seinem Platz (ich hinterließ Chantals Nummer). Nathansons Antwortmaschine erzählte ich, daß ich den nächsten Termin versäumen müsse, und schließlich rief ich Bannister wieder an.

»Irgendeine Idee, wo ich suchen soll?« fragte ich.

»Er hat eine Freundin namens Della, die in einem der Sozialbau-Projekte wohnt.«

»Wie ist ihr Familienname?«

»Ich weiß nicht. Er hat sie immer nur Della genannt. Sie ist zur Hälfte puertoricanisch und hat ein dreijähriges Kind. Aber sie hat ihm gesagt, daß sie ihn nicht wiedersehen will, bevor er von Kokain runter ist. Das hat ihn total um den Verstand gebracht. Dann ist da sein Manager, ein Schwachkopf von Anwalt namens Purvis Wilkes, der sein Büro neben dem Yankee-Stadion hat. Und, natürlich, sein Bruder, King.«

»King?«

»King King.«

»Wo finde ich den?«

»Keine Ahnung, aber wenn Sie ihn finden, bin ich sicher, würde es die Drogenfahndung auch gerne wissen. Soviel ich gehört habe, kontrolliert er das halbe Drogengeschäft in der South Bronx.«

9

Ich stieg aus dem Schwarztaxi am Grand Concourse aus und hatte das starke Gefühl eines déjà vu. Ich war nicht mehr oft in diesem Viertel gewesen, seit ich ein kleiner Junge war und mein Vater mich zum Baseball ins Yankee-Stadion mitgenommen hatte. Die Gegend hatte seitdem etliche Veränderungen durchgemacht, vom völligen Zusammenbruch bis den halben Weg wieder zurück, aber es war eine viel frühere Periode meiner Kindheit, die mir in den Sinn kam, als ich die Straße überquerte, um zu Purvis Wilkes' Büro zu kommen. Ich ging an einem Laden vorbei, der früher mal jüdisch gewesen war, dann puertoricanisch und jetzt eine verrückte Mischung aus Latino- und arabischen Speisen feilbot. Ich stellte mir vor, daß man jetzt dort Chorizos in Pita mit Piña Colada in Dosen und türkischen Honig zum Nachtisch servierte. Das Geschäft, wo ich früher mit meinem Vater vor dem Spiel ein Pastrami-Sandwich gegessen hatte, war verschwunden und von einem Wettbüro ersetzt worden. Nicht, daß wir oft dort gewesen wären. Normalerweise gingen wir ins Stadionclubhaus, weil mein Vater und seine Anwaltsfreunde als Mitglieder Saisontickets hatten und dort taten, was ein angesehener Geschäftsmann zu tun hatte: ein Steak im Clubhaus essen und dann die Loge an der Linie zur dritten Basis einnehmen. Sein Sohn starrte währenddessen mit einer Mischung aus Neugier, Faszination und Neid auf die schwarzen und braunen Leute in den niederen Rängen.

Purvis Wilkes' Büro hatte wenig Wall Street-Flair. Genaugenommen glich es mehr der Praxis eines Dentisten, der auf Kredit arbeitet. Es duckte sich wie ein Unterstand in die Ecke eines schmutziggelben Ziegelsteinhofes hinter einem dieser verrußten Apartmenthäuser, in denen alle Fenster im Parterre völlig mit Antidiebstahlstacheldraht versponnen waren. Wilkes' Fenster sah ohnehin so aus, als sei es etliche Male eingeworfen worden. Das Türschild lautete »Feinstein und Wilkes, Rechtsanwälte«, aber Feinstein, fand ich später heraus, hatte sich nach Minneapolis abgesetzt, nachdem er einige Klienten übers Ohr gehauen hatte, und damit diese sicherlich ökomenische Partnerschaft beendet.

Wilkes war ein großer, dicklicher Mann Anfang Dreißig mit hellsepiafarbener Haut und einem gutgeschnittenen Konfektionsanzug. Als seine Sekretärin mich vorstellte, las er Zeitung und hörte eine alte Thelonious-Monk-LP im Radio. Nach seinem Verhalten zu schließen, schien er nicht übereifrig nach neuen Klienten zu suchen. Er wirkte noch ein paar Grade weniger eifrig, als ich ihm erzählte, was ich wollte.

»He, ich bin der Manager von Otis. Wenn ich jedem Privatheini erzählen würde, wo er sich rumtreibt, was glauben Sie, wie lange ich meinen Job noch habe?«

»Aber als Otis' Manager wollen Sie doch in seinem besten Interesse handeln. Und dieses Showbusiness ist solch ein klitzekleines Klatschhornissennest. Wenn nur eine Silbe darüber bekannt wird, daß Otis die Flatter gemacht hat, können Sie dem dicken, fetten Filmvertrag Sayonara sagen. Sie glauben gar nicht, wie überempfindlich diese Leute auf Drogenpublicity reagieren.«

»Ah, ja. Vor wem fürchten die sich denn, vor Nancy Reagan?«

Ich gestattete mir ein halbes Lächeln.

»Spaß beiseite. Wir haben den Vertrag, was soll jetzt noch groß sein? Hören Sie mir mal zu. Sie sehen wie ein sehr verständiger junger Mann aus.« Wilkes lehnte sich zurück und zündete sich eine Jamaica-Zigarre an. »Jüdischer Intellektueller ... voller Schuldgefühle ... clever. Also einige von diesen Ex-Bürgerrechtstypen sind jetzt ganz durcheinander, weil die schwarzen Brüder sie zurückgewiesen haben. Du solltest dich schämen, für so einen Aufsteigerguru wie Bannister zu arbeiten. Dieser hintervotzige Arsch wird alles machen, um seine Klauen in Otis zu schlagen. Du nennst das Therapie? Otis' Kopf mit all diesem blöden Scheiß vollzupumpen, bloß wegen einem kleinen Warnschuß?«

»Ein bißchen mehr als ein kleiner Warnschuß, wenn wir beim Wort bleiben wollen.«

»In Ordnung, mehr als ein kleiner. Und was? Er tut niemandem weh, außer sich selbst. Und dieser Bannister ist schamlos. Er hat sogar versucht, der Erbe von Otis zu werden. Kannst du dir das vorstellen ...? Janelle, Mädchen, wo bleibst du denn? Bring diesem Mann ein paar Tropfen Kaffee.«

Janelle flatterte mit einer Kaffeekanne ins Zimmer – einsfünfundsechzig süße Zentimeter groß. Ihr exquisites Fleisch von der Farbe gebrannter Erde barst aus dem beigefarbenen seidenen Fallschirmspringeranzug. Sie wäre genau die Sorte schwarzer Frau gewesen, die meinen Blutkreislauf so schnell in die Höhe gejagt hätte, daß binnen dreißig Sekunden Dampf aus meinen Ohren gekommen wäre, aber seltsamerweise reagierte ich diesmal kaum. Im Flugzeug hatte ich übrigens auch kaum reagiert, als mir die Stewardeß praktisch an den Sack gegriffen hatte, als sie mir meine Bloody Mary einschenkte. Ich wunderte mich darüber, und langsam sikkerte das Bild von Chantal in mein Gehirn wie ein holographisches Image. Ich schob es zur Seite und versuchte, mich auf Wilkes zu konzentrieren.

»Ich teile Ihre Meinung über Bannister, Purvis. Aber ich arbeite nicht wirklich für ihn. Ich arbeite für Emily. Ptaks Witwe.«

»Die Schwester von der Heilsarmee? Sie verarschen mich. Wohinter ist die denn her? Gibt's nicht genug Hunger in Afrika, daß sie Sie in die Bronx schicken muß?«

»Sie will nur herausfinden, warum ihr Ehemann Selbstmord begangen hat. Viel wichtiger für Sie ist aber, daß die Polizei in Los Angeles glaubt, daß dieser Selbstmord etwas mit einer massiven Drogenverbindung zwischen Hollywood und der Bronx zu tun hat.«

Wilkes brach in Gelächter aus. »Das ist aber sehr komisch, finden Sie nicht?«

»Ich vermute, Otis hat geglaubt, daß sie ihn damit in Verbindung bringen wollen. Deswegen ist er abgehauen. Mitten in der Nacht hat offenbar jemand angerufen und davor gewarnt, daß sein Bruder in große Schwierigkeiten kommen könnte.«

Plötzlich hörte Wilkes auf zu lachen. Er scheuchte Janelle mit einer Handbewegung aus dem Büro.

»King ist viel zu clever für solche Scheiße«, sagte er. »Er ist ein Geschäftsmann. Er bricht nicht in die Reviere anderer Geschäftsleute ein.«

»Wo ist King?«

»Das weiß man nie.«

»Was ist mit Otis?«

Wilkes starrte mich an. »Ist dir klar, daß ein Junge wie du leicht hopsgehen kann, wenn er in Angelegenheiten rumschnüffelt, die ihn nichts angehen?«

»Ein paar Leute sind bereits umgekommen – Mike Ptak und ein Rumäne namens Nastase.«

»Und, was glaubst du, kann ich dagegen tun? Mein lieber, liberaler weißer Freund, ich werde dir erzählen, wie das Leben hier so spielt. Kings Mutter war eine Nutte, die an einer Überdosis krepiert ist, als er vier Jahre alt war. Sein Alter sitzt zehn bis zwanzig Jahre im New Yorker Stadtknast Riker's Island ab, weil er einen Mann in den Rücken gestochen hat. Otis ist seit seinem neunten Lebensjahr auf der Straße. Hat seine erste Verurteilung wegen Raub mit elf gekriegt und die Jahre zwischen zwölf und fünfzehn im Jugendgefängnis verbracht. Wenn er die Leute nicht zum Lachen bringen könnte, würde er sicher die meiste Zeit seines Lebens im Knast verbringen. Weil es der einzige Weg gewesen wäre, zu überleben. Der einzige Weg, was zu fressen zu kriegen, denn dieser Mutterschänder kann nicht lesen und nicht schreiben. Er kann kaum bis zwanzig zählen. Er unterscheidet sich überhaupt nicht vom Rest dieser Arschlöcher, die ihre Tage damit zubringen, China White in ihre Adern zu schießen, weil es der einzige Weg ist, wie sie es bis zur Dunkelheit schaffen, sich nicht umzubringen. So ist es hier unten, Mr. Wine. Und so ist es immer gewesen. Und wenn Sie glauben, daß Leute aus meiner Welt Ihre Welt ausnehmen, dann müssen sie verrückt sein. Es ist gerade umgekehrt. Und jetzt, hau ab.«

Ich stolperte aus dem Büro von Wilkes und fragte mich, was ich angestellt hatte, um das zu verdienen. Ich hatte die Schwarzen satt, die mich für alles verantwortlich erklärten, von der Reduzierung der Lebensmittelmarken bis zur zionistischen Verschwörung. Und ich hatte es satt, mich für Sachen zu entschuldigen, mit denen ich soviel zu tun hatte wie mit dem letzten Spaziergang im All. Ich war gerade dabei zurückzugehen, um ihm eine gepfefferte Ansprache dieser Couleur zu halten, als Janelle den Bürgersteig entlanggerannt kam, direkt auf mich zu.

»He, warten Sie, warten Sie eine Minute, Mr. Wine ... Otis braucht Hilfe. Er wird auf diesen Straßen hier sterben, wenn er sich noch länger in der Gegend herumtreibt ... wie diese Zootiere, die sie zurückschicken und die nicht mehr im Dschungel leben können.«

»Ich weiß, was Sie meinen.«
Sie sah mich einen Moment lang an und versuchte herauszubekommen, ob sie mir trauen könne oder nicht. »Sie kennen Della?«
»Sie meinen die Freundin von Otis?«
»Ja, sie hat gesagt, daß sie letzte Nacht mit ihm zusammen war und daß sie ihn rausgeschmissen hat, weil er so breit war.«
»Irgendeine Idee, wohin er gegangen ist?«
»Vielleicht. Sie hat nichts gesagt.«
»Wo lebt Della?«
»Oh, he, da wollen Sie doch sicher nicht hin. Da gehen Leute wie Sie nicht hin.«
»Ich weiß, daß Leute wie ich da nicht hingehen, aber wo ist es?«
Sie sah zum Gebäude zurück. Wilkes stand am Bürofenster. »Ich muß gehen.«
Sie drehte ab, aber ich erwischte sie am Arm.
»Tremont Avenue Projects, Nummer siebzehn B. Aber gehen Sie nicht über die 179. Straße rein.«
»Werd ich nicht«, sagte ich und ließ sie los. Sie lief ins Haus zurück, bevor ich Danke sagen konnte.
Ich brauchte fast zwanzig Minuten, bis ich ein Taxi gefunden hatte, das bereit war, mich zu den Tremont Avenue Projects zu fahren. Aber als ich endlich ankam, war ich überrascht, die Gegend nur halb so schlimm vorzufinden, wie ich sie mir vorgestellt hatte. Ein paar Junkies schlenderten die 179. Straße in der Mittagssonne runter, aber es war nichts besonders Bedrohliches an dem Viertel mit seinen verschiedenen Läden, Haushaltswarengeschäften und gestrichenen Jalousien. Einige der Straßen hatten Kopfsteinpflaster, und die Art, wie die Straße sich den Hügel zum Van Cortland-Park hinaufschlängelte, erinnerte an die dörfliche alte Bronx.
Die Wohnanlage selbst war bemerkenswert gut in Schuß für einen Sozialbau und 1962 von dem Bezirksbürgermeister der Bronx, Joseph Periconi, den Einwohnern übergeben worden, wie auf einer Bronzeplakette zu lesen war. Nur eine Handvoll Fenster waren zerbrochen, und die meisten Graffitis beschränkten sich auf den Handballplatz und die ausgewiesenen Flächen für künstlerische

Betätigung. Sogar die Vorgärten waren relativ sauber, manchmal waren sogar Blumenbeete angelegt.

Gleich hinter den Höfen und einem Metallzaun sah man eine Gruppe hoffnungsvoller Nachahmer des großen Baseballspielers Dr. J., die ihre Dribblings und Finten in hellorange/schwarzen Trikots übten, auf denen Tremont Avenue Dunk Club drauf stand. Ich blieb stehen und schaute ihnen einen Moment lang zu und dachte darüber nach, welcher Politiker es sich wohl zugute rechnen kann, dieses besondere Sozialbauprojekt in einem solch guten Zustand erhalten zu haben, als plötzlich ein Rolls Royce Silver Cloud an mir vorbeifuhr und das Tempo am Dunk Club verminderte. Drei brandneue Basketbälle flogen aus dem Seitenfenster des Rolls über den Zaun in die Hände der Clubmitglieder, die sich freuten und winkten, als der Rolls wegfuhr.

Ich wandte meinen Blick von der Szene rüber zu dem verbotenen Eingang in der 179. Straße. Ein paar Junkies zockelten hinter einem Kinderwagen zwischen den beiden siebenstöckigen Gebäuden hin und her, aber nichts sah besonders verdächtig aus, bis mein Blick die Dächer der Gebäude streifte, wo an jeder Seite zwei Männer mit Baretts standen, die sehr an die alten Black Panthers erinnerten und die die ganze Gegend überblicken konnten. Beide hatten Walkie-Talkies in der Hand und paradierten im Marschtritt auf dem Dach hin und her. Bevor sie mich bemerken konnten, drehte ich ab und beeilte mich, um den Block zu kommen, aber immer in der Geschwindigkeit eines normalen Fußgängers in der Bronx. D. h. schnell genug, um Schwierigkeiten aus dem Weg zu gehen, und nicht zu schnell, um unnötige Aufmerksamkeit zu vermeiden. In fünf Minuten war ich auf der anderen Seite des Blocks auf der Knox Avenue. Die Straße war hier schmaler, und ich blieb dicht am Gebäude, damit man mich im Falle einer Überwachung nicht sehen konnte. Nichts war bisher passiert, aber ich spürte eine Art stechender, drängender Unruhe an der Grenze zur Paranoia. Ich richtete meine Augen geradeaus und bewegte mich mit der Zielgerichtetheit eines Menschen, der weiß, wohin er will. Mittlerweile hatte ich den Hintereingang der Wohnanlage erreicht, meine Hände waren naß, und mir war etwas schwindlig. Ich wandte mich schnell nach rechts durch das Gitter und kam durch einen

Eingang, wo zwei der Gebäude zusammen eine Sackgasse bildeten. Ich lief direkt durch die nächste Tür in das Treppenhaus. Ein paar Dutzend Männer, von denen die meisten ziemlich breit aussahen, belagerten die Treppe, liefen umher und führten Selbstgespräche, als warteten sie darauf, daß ein Laden geöffnet würde. Sie starrten mich offen an, als ein Typ mit einem kleinen Ballon im Arm die Treppe heruntergeschlichen kam. Ich wollte mich gerade umdrehen und abhauen, als von irgendwoher jemand meinen Arm ergriff. Es war einer von den Wachen mit den schwarzen Baretten. Als ich ihn ansah, merkte ich, daß er sechzehn, vielleicht siebzehn Jahre alt war, im Alter meines Sohnes. Er griff nach meinem Jackenärmel und krempelte ihn hoch, und entblößte etwas, was sich als ein sehr weißer Unterarm ohne jegliche Anzeichen von Einstichen erwies.

»Was machst du hier?« fragte er.

»Ich suche Siebzehn B.«

»Ah ja. So, dann hast du das falsche Gebäude erwischt. Du lügst mich an, du bist ein Drogenfahnder, du Wichser.«

»Ich bin kein Drogenfahnder. Ich suche nach einem Mädchen in Siebzehn B.«

»Ah, du schnüffelst Mösen«, schrie jemand.

Alle fingen an zu lachen. Ich begann, mich so schnell ich konnte, rückwärts aus dem Gebäude herauszuschieben, aber ich hatte mal eben zwei Meter geschafft, als zwei weitere Typen von der Größe ausgewachsener Basketballspieler, ebenfalls mit dem obligatorischen Barett, an meine Seite kamen und mich umstandslos anhoben, aus der Tür eskortierten, durch das Gitter und auf den Rücksitz eben jenes Silver Cloud hievten, den ich vorhin dabei beobachtet hatte, wie er, Basketbälle ausspuckend, die Vorhut eines Drogenhändlerarmutsprogrammes gemimt hatte.

10

»Mögen Sie Fisch von der Ostküste, Mr. Wine? Der Scrod ist gut. Um diese Jahreszeit kann ich Scrod besonders empfehlen.« Er sprach den Fisch wie ›Scrahd‹ aus, wie es ein vornehmer Neuengländer tun würde.

»Fein, dann nehme ich Scrod.«

»Zweimal Scrod, Eddie«, sagte er zum Kellner. »Zart gegrillt, mit Zitrone. Und bring uns als Beilage von euren Bratkartoffeln. Ich hab das Gefühl, ich könnte eine Diätpause vertragen.«

Eddie nickte und schlüpfte davon. Ich saß gegenüber Otis' Bruder King King in Nick's Sea Grotto auf City Island, einer winzigen Enklave bürgerlicher Lebensart, die völlig unpassend vor dem östlichen Strand der Bronx herumschwamm. Durch das Fenster sah ich zur Rechten einen kleinen Bootshafen, einen Pier und ein paar rustikale Holzhäuschen. Sie hätten genausogut in Hyannis Port oder Falmouth auf Cape Cod stehen können. King paßte da hervorragend hinein. Der gutbetuchte, aber legere Geschäftsmann mit einem fahlgrünen Fila-Jogginganzug, Sperry-Laufschuhen und einem Piepser am Gürtel. Sogar sein Auto paßte ins Bild, ein neunzehnhundertfünfundachtziger Jeep mit Holzpaneelen und Nebelleuchten auf dem Dach. Darin hatte er gewartet, als der Rolls Royce mich ablieferte. Eine wegwerfende Bewegung sollte dem Fahrer des Rolls zweifellos signalisieren, daß es ein Zeichen unaussprechlicher Vulgarität sei, mit einem Vehikel wie diesem herumzukutschieren.

»Bei meinem letzten Besuch in Kalifornien habe ich einen interessanten Fisch gegessen«, sagte King. »Orange Roughy, aus Neuseeland.«

»Kommen Sie öfter an die Westküste, Mr. King?«

»Fast nie. Ich mag das Klima dort nicht. Es ist zu gleichbleibend. Und die Grundstücks- und Häuserpreise sind ein Scherz.« Er nippte an seinem Bier. »Obwohl mir zu Ohren gekommen ist, daß einige Leute glauben, ich hätte dort drüben bedeutende Interessen.«

»Einige Leute glauben das. Aber mir scheint, daß es Ihnen recht gut geht, wo Sie sich gerade befinden. Ihre Geschäfte sehen so gut organisiert aus wie die von General Motors.«

»Die Dinge sind oft nicht so, wie sie erscheinen, Mr. Wine. Und ich kann Ihnen versichern, daß ich mit den gleichen Problemen wie andere Geschäftsleute zu kämpfen habe. Zu viele Leute auf der Lohnliste, mörderische Konkurrenz, und die Steuerfahndung schnüffelt jedem Krümel hinterher. Die Herren machen sich überhaupt nicht klar, daß sie die massivsten Arbeitslosenprobleme zwischen der 149. Straße und dem Cross Bronx Expressway bekommen werden, wenn sie mich aus dem Verkehr ziehen. Aber ich bin im Moment so weit, daß ich alles mögliche unternehme, um aus dem Geschäft auszusteigen.«

»Sagen Sie bloß, King. Sie sehen nicht wie ein Mann aus, der sich gerade noch über Wasser halten kann.«

»Das ist alles nicht so einfach, wie es aussieht.« Sein Piepser gab Laut, und er stellte ihn ab. »Haben Sie Kinder, Mr. Wine?«

»Zwei Jungs.«

»Sie sind ein glücklicher Mann. Ich würde alles darum geben, Kinder zu haben, nach Detroit umzuziehen, ein Haus in Grosse Pointe zu haben. Aber dazu muß ich erst hier aus den Geschäften aussteigen.«

»Dann steigen Sie doch aus.«

»Es ist leider das einzige, was ich gelernt habe. Ich mache das, seit Otis und ich Kinder waren. Ich war sechs Jahre alt, als ich mein erstes kleines Geschäft mit einem aus der fünften Klasse gemacht habe. Aber ich werde aussteigen«, sagte er, »und ich steige ganz dick aus ... Sehen Sie sich das an.« Er zog ein kleines Notizbuch aus der Tasche und legte es auf den Tisch. »Das ist mein Vokabelheft. Jedesmal, wenn jemand ein kompliziertes Wort benutzt, schreibe ich es auf und schlage es zu Hause nach: Euphemismus ... Transpiration.« Er las einige Worte aus seiner Liste runter. »Bald bin ich fit genug, daß jeder von diesen bleichen Zuchtwichsern vom Harvard Club alt gegen mich aussieht. Ich werde den mir zustehenden Platz als King King Wirtschaftskapitän einnehmen ... sobald ich meinen Anteil habe.«

»Ihren Anteil?«

»Ich möchte mich auf einer Ebene einkaufen, die meiner Position entspricht. Würden Sie das nicht auch tun, Mr. Wine? Genau betrachtet habe ich hier in der Bronx einen gewissen Status, und – ich bin sicher, daß Sie mir da zustimmen werden – die Fähigkeiten, die man benötigt, ein solches Geschäft zu betreiben, sind nicht wirklich unterschieden von denjenigen, die man braucht, um ein beliebiges Wirtschaftsunternehmen zu führen.«

Ich betrachtete King. Einerseits war er ein betrügerischer, bösartiger, drogenhandelnder Bastard, aber auf der anderen Seite war es völlig einsichtig, was er von sich gab.

»Inwiefern paßt Otis da hinein?«

»Otis ist einfach verrückt. Er ist die reine Emotion und kann mit nichts zurückhalten. Wenn mein Leben bedroht ist, dann gerät er völlig außer Kontrolle. Er denkt, daß er mir hilft, aber in Wirklichkeit schadet er mir nur. Ein Haufen Leute sind sehr interessiert, das FBI auf meine Spur zu setzen, um meine Geschäfte zu übernehmen. Ich bin ein bewegliches Ziel und Otis die Kimme, weil er so sichtbar ist. Deswegen fühlt er sich schuldig. Sie wissen, was ich meine. Also wenn er hierherkommt, versucht er nicht mal, mich zu sehen. Und als Della ihn rausgeschmissen hat, ist er verschwunden. Gott weiß, wo er ist.« Unser Scrod wurde serviert, und King begann sofort zu essen. »Er war besser dran, als Ptak noch da war. Der hat ihn immer auf die Erde zurückgeholt. Natürlich war diese Partnerschaft zum Scheitern verurteilt.«

»Weil Ptak nicht das Talent dazu hatte?«

»Ja natürlich, das wußte jeder. Sogar Ptak. Aber der wollte sowieso nicht mehr im Showbusiness bleiben. Er war derjenige, der Otis die Partnerschaft aufgekündigt hat.«

»Er?«

King schaute mich mißtrauisch an. »Sie haben das nicht gewußt?«

»Die ganze Hollywood-Presse hat es genau umgekehrt berichtet.«

»Ja natürlich, was sollte sie auch anderes sagen? Aber Ptak hatte andere Pläne.«

»Was für Pläne?«

»Weshalb wollen Sie das wissen?«

»Ich führe eine Untersuchung. Das ist mein Job.«

»Toller Job.« Er lachte leise. »Essen Sie Ihren Scrod.«

Ich aß meinen Scrod. Dann sagte ich: »Für einen jungen Mann, der Kinder haben will und nach Grosse Pointe ziehen, haben Sie ja ein

sehr lässiges Verhältnis zu den Ermittlungen der Polizei von Los Angeles.«
»Was versuchst du hier, Schnüffler, willst du den starken Mann markieren? Willst du mir Geheimnisse aus der Nase ziehen, um deinen Fall auf die Reihe zu kriegen? Laß dir gesagt sein, es gibt auf diesem Erdball nichts, womit du mich unter Druck setzen kannst. Du bist ein schleimiger kleiner Eckensteher, und ich bin ein bedeutender Geschäftsmann. Ich mache mehr Geld an einem einzigen Tag als du in einem Jahr.«
»Das würde ich nie bezweifeln.«
»Und Mike Ptak brauchte mich mehr als ich ihn.«
»Und was hätte er von Ihnen brauchen können?« Ich legte ein bißchen Hohn in die Betonung meiner Frage, weil ich dachte, es würde ihn auftrumpfen lassen. Es wirkte.
»Meine Erfahrung.«
»Sie wollen mir doch nicht erzählen, daß Mike Ptak sich in ihre Geschäfte begeben wollte.«
»Wie blöd sind Sie eigentlich? Kein Wunder, daß Sie es nur zum billigen Schnüffler gebracht haben.«
»Also wollte Ptak legale Geschäfte machen.«
»Investitionsgeschäfte.«
»Und was hatte er der Welt der Investitionsgeschäfte anzubieten?«
»Nichts. Er litt nur unter etwas, was Sie vielleicht übersteigertes Selbstbewußtsein nennen würden.«
»Was meinen Sie damit?«
»Gut, ich werde es Ihnen verraten, Herr Ermittler, weil es jetzt sowieso nicht mehr darauf ankommt. Er erzählte mir, daß er wisse, wie er zu fünfundzwanzig Millionen Dollar kommen könne.« King grinste mich an. »Ich wette, ich weiß, worüber Sie nachdenken. Wo ich diese fünfundzwanzig Millionen Dollar versteckt haben könnte.«
»Gut geraten.«
»Ich habe Ihnen doch erzählt, daß ich ein Genie in Geschäften bin.« Er grinste wieder und saß einen Moment lang ruhig da, wobei er offensichtlich die Stille genoß. »Also gut, Sie brauchen Ihre Zeit nicht damit zu verschwenden. Ich kann Ihnen versichern,

daß ich die Sache völlig ausgecheckt habe und Ptaks fünfundzwanzig Mille nichts weiter als eine Kifferphantasie waren.«

»Mit wem haben Sie das ausgecheckt?«

»Finden Sie das selbst heraus. Abgesehen davon wäre es wirklich sehr schmutziges Geld gewesen. Müllgeld. So schmutzig, daß noch nicht einmal ich es anfassen würde.« Er sah auf seine Uhr und runzelte die Stirn. »Weil ich soviel geredet habe, kann ich nicht mal meinen Lunch aufessen.« King stand auf und unterschrieb die Rechnung. »Ich übernehme das. Aber zu Ihrer eigenen Sicherheit, bleiben Sie von diesen Sozialbauten in der Bronx weg. Das ist nicht Seventy – Seven – Sunset Strip, wenn Sie wissen, was ich meine. Und noch was, falls jemand auf die Idee kommen sollte, mir diese Ptak-Geschichte anzuhängen, könnte es sehr leicht passieren, daß man Ihnen eine reinwürgt, weil Sie in dieser Affaire herumgestochert haben, und dann die ganze Chose auf meine Rechnung schreibt. Solche Schlagzeilen lieben sie doch in der *New York Post*: ›Los Angeles Privatdetektiv weggepustet von schwarzem Drogen-Lord.‹ Oder vielleicht stoßen sie Sie auch einfach von einem Pier. Sie wollen doch sicher nicht als einer dieser aufgeblähten Körper enden, die man so oft mit dem Müll zusammen den Harlem River heruntertreiben sehen kann, das wollen Sie doch sicher nicht.«

»Ich werde es ventilieren.«

»Venti – was? Was haben Sie gesagt?« fragte er und fischte sein kleines Notizbuch heraus. Ich buchstabierte es ihm. »Danke«, sagte King und ließ mich mit meinem Scrod zurück.

Ich starrte ihn an und fragte mich, was für ein Geld das sein könnte, das so schmutzig war, daß noch nicht einmal King King es anfassen würde. Als ich in dieser Frage nicht weiterkam, wandte ich mich den naheliegenderen Problemen zu: Otis zu finden. Ihn über Della aufzuspüren, schien keine besonders vielversprechende Idee mehr zu sein, bedachte man den Empfang, den ich in den Tremont Avenue Projects genossen hatte. Und extraschlau zu sein und zu versuchen, mich unter irgendeiner neuen Verkleidung oder einem anderen Branchentrick zurückzuschleichen, schien mir das heißeste Tempo zu haben, meine Ambivalenzen in der Frage, ob ich Privatdetektiv sein wollte, zu beenden, das ich mir vorstellen konnte. Faktisch würde es mit aller Wahrscheinlichkeit auch jegliche Ambivalenzen auflösen, die ich dem ganzen Leben gegenüber empfand. Dann fiel mir jemand ein, den Otis bei unserem Lunch in der Malibu Pharmacy erwähnt hatte. Es war nur eine schwache Spur, aber für den Augenblick alles, was ich hatte.

Bevor ich mich auf dieselbe setzte, ging ich zum Münzfernsprecher des Restaurants und rief zu Hause an, um zu hören, ob etwas passiert sei. Es war ein spätes Mittagessen gewesen, und an der Westküste mußte schon ein großer Teil des Tages vorüber sein. Die Antwortmaschine war am anderen Ende, und ich dachte schon, daß ich falsch gewählt hätte, als ich Chantal hörte, die in kühler, professioneller Stimme eine Botschaft aufgenommen hatte: »Sie sind mit dem Büro von Moses Wine, International Investigative Consultants, verbunden, weltweit spezialisiert bei vermißten Personen, in technischer Überwachung, Industriespionage, Zeugenanalyse, häuslichen Beziehungen, Unfallverletzungen und verwandten Gebieten. Alle unsere Agenten sind zur Zeit im Außendienst. Wenn Sie eine Botschaft mit Namen und Telefonnummer hinterlassen und die Zeit angeben, in der Sie angerufen haben, werden unsere Angestellten so schnell wie möglich mit Ihnen Kontakt aufnehmen.« Herr im Himmel, dachte ich, wo hat sie nur diesen Jargon aufgepickt? Im Branchentelefonbuch?

Ich hängte ein und steuerte die Restauranttür an. Unterwegs fragte ich den Mann an der Kasse nach der nächsten U-Bahn. Es stellte sich heraus, daß ich einen Bus von der Insel runter nehmen mußte, um zur Straße Nummer 295 zu gelangen, von wo ich die U-Bahn erwischen würde. Aber die ganze Stabsplanung wurde unterbrochen, als ich aus dem Restaurant herauskam und einen Kleinbus bemerkte, der auf der anderen Straßenseite parkte. Es war ein brandneuer Toyota ohne Nummernschilder, und sein Fahrer war ein großer weißer Mann, muskulös mit haselnußbraunem Haar und einem kantigen, wie gemeißelten Gesicht – das Gesicht eines Killers. Er tat so, als hielte er nicht nach mir Ausschau, aber ich konnte sehen, daß der Seitenspiegel des Kleinbusses so gestellt war, daß man darin genau die Eingangstür des Restaurants sehen konnte. Kings Warnungen bezüglich des Harlem River zuckten durch mein Hirn, und ich machte einen schnellen Rückzug in das Restaurant. Zehn Sekunden später fuhr der Kleinbus weg.

Aber er kann nicht sehr weit gewesen sein, denn als ich zehn Minuten später in einem Schwarztaxi in westlicher Richtung über die City Island-Brücke in die Bronx zurückfuhr, sah ich ihn wieder im Rückspiegel. Mein Fahrer, Fouad Fayed, ein Libanese mit Aufenthaltserlaubnis, der Städtebau studierte, unterhielt mich mit einer Vorlesung über die politische Bedeutung von Gleichbehandlung.

»Wird nicht gleichbehandelt. Wird nicht gleichbehandelt«, wiederholte er ungefähr sechs Mal. »Verstehen Sie mich nicht falsch, aber wenn der Araber in seinem Büro in Orange County erschossen wird, kümmert das niemanden. Aber wenn der Jude, dieser alte jüdische Mann im Rollstuhl, der sowieso bald gestorben wäre und so, auf diesem Boot da weggeblasen wird, dann heulen alle und trauern, als ob er Albert Schweitzer oder so jemand gewesen wäre. Verstehen Sie mich nicht falsch.«

»Verstehen Sie mich auch nicht falsch. Aber sehen Sie diesen bronzenen Toyota-Bus direkt hinter uns?«

»Sehe ich. Guter Bus. Japanischer Bus. Ich für Freihandel, hier Einfuhrzölle nicht dumm. Wer würde sonst kaufen amerikanische Autos? Die ganze Industrie geht Bach runter. Wir Leute mit grünen Aufenthaltskarten sind die ersten, die gehen müssen. Verstehen Sie mich nicht falsch.«

»Auf gar keinen Fall. Aber sehen Sie, warum fahren Sie nicht ein bißchen schneller?«

»He, Mister, Geschwindigkeitsbegrenzung hier fünfundzwanzig Meilen die Stunde.«

»Na und? Niemand wird Ihnen Schwierigkeiten machen. Ich zahl den Strafzettel.« Bei diesem Stand der Konversation fuhren wir die 184. Straße nach Osten, der Kleinbus ein paar Autolängen hinter uns.

»Strafzettel mir wurscht. Keine große Sache. Aber Versicherung dann teurer. Riesenprämie. In diesem Land klagt ja jedermann vor Gericht, Prozeß, Prozeß, Prozeß.«

»OK. Hören Sie mir jetzt mal zu, und werden Sie nicht nervös.«

»Ich glaube nicht, daß ich mag, was Sie mir erzählen wollen.«

»Dieses Auto folgt mir.«

»Warum? Erzählen Sie es nicht. Ich es gar nicht wissen will. Steigen Sie aus meinem Taxi. Nein, nicht aussteigen. Ich will nicht anhalten. Ich werde sterben. Halten Sie sich fest.« Und er gab Gas.

In diesem Moment rasten wir zwischen einen Tanklastwagen und einen leeren Schulbus, den Kleinbus hatten wir hinter uns abgedrängt. Als wir an der nächsten Straße ankamen, zickzackten beide Autos durch den Verkehr, bis Fouad mit gestrecktem Hals das Gaspedal durchtrat, einen Schuß nach vorne machte und scharf in eine Lagerhauseinfahrt einbog und dabei gegenüber unserem Verfolger 50 Meter gutmachte.

»Wo haben Sie denn das gelernt?«

»Ambulanz gefahren für das Rote Kreuz in Beirut.«

»Biegen Sie hier ein.« Ich deutete auf eine Auffahrt. Fouad tukkerte rein, gerade rechtzeitig, um den Kleinbus an uns vorüberpfeifen zu sehen. »Folgen Sie ihm.«

»Was, Sie verrückt. Ich folge nicht. Sie, raus aus dem Auto. Kostet zwölf Dollar fünfundvierzig Cents.« Er deutete auf seine Uhr.

»He, hören Sie doch, Sie werden mich doch hier nicht sitzenlassen! Wir sind doch alte Freunde!«

»Freunde? Ich nicht Ihr Freund. Ich hier sofort abhauen. Hab in der Long Island University Unterricht. Muß in die Bibliothek, hab Bücher bestellt. Will nicht durchfallen. Aufwiedersehn.« Er lehnte sich zum Rücksitz rüber, öffnete meine Tür und murmelte vor sich hin.

»In Ordnung. Hören Sie. Fahren Sie mich einfach nur in die Stadt, wie wir am Anfang ausgemacht haben.«

Er sah mich an, und dann schloß er die Tür, wobei er weiter vor sich hin schimpfte, und fuhr los. Nach einigen Minuten überquerten wir die Willis Avenue-Brücke. Die ganze Zeit beobachtete mich Fouad im Rückspiegel, ohne ein Wort zu sagen. Er entschloß sich dann doch zum Reden, als wir den Roosevelt Highway nach Süden fuhren.

»Mister, wie kommt's, daß dieser Mann Ihnen gefolgt ist? Verstehen Sie mich nicht falsch.«

»Ich glaube, er wollte mich töten.«

»Junge, Junge. Sie der Gute oder der Böse? Nein, sagen Sie mir nicht.«

»In Ordnung. Werd ich nicht.«

Er verfiel erneut in Schweigen, bis wir den Washington Square-Park erreichten. »In Ordnung Mister, Aufwiedersehn. Ich fahr dann.«

»Warten Sie einen Augenblick, Fouad, ich bin nicht ganz sicher, ob das der Ort ist, wo ich bleiben will.«

»Sie meinen, Sie nicht hier bleiben wollen? Das ist der Washington Square-Park. Wovon Sie reden?«

»Ich bin nicht sicher, ob mein Mann hier ist.«

»Sehen Sie doch«, er zeigte um sich. »Hier ganz viele Männer. Alle Arten von Männern. Frauen auch und Schwule. Gucken Sie mal, wie die alle angezogen sind. Morgen Halloween. Großer Tag für Schwuchteln. Keine große Sache. Männer halten Hand. Aber niemand kriegt Krebs im Blut. Nein, nein, nein. Die alle sterben dafür viel zu jung.«

»Ich suche nach einem Typen, der mir vielleicht dabei helfen kann, einen anderen Typen zu finden. Deshalb hätte ich gerne, wenn Sie auf mich warten würden.« Wir parkten in der zweiten Reihe an der Ecke der Vierten Straße und Macdougal Street. »Lassen Sie Ihre Taxiuhr doch an. Ich bin gleich zurück. Hier, ein Vorschuß.« Ich schob ihm eine knisternde Fünfzigdollarnote rüber und stieg aus. Emilys Rechnung stieg.

Ich bahnte mir meinen Weg durch die Aktionen im Park. Es war erst sechs Uhr, aber der Park brodelte im Strandgut der amerikanischen Alltagskultur der letzten dreißig Jahre. Jede Szene nach dem Krieg war vertreten, und ich war nicht sicher, nach welchem. Ein zahnloser Jack Kerouac saß auf einer Bank gleich neben Mutter Erde, die so aussah, als sammle sie immer noch Geld für die amerikanische Brigade im spanischen Bürgerkrieg. Hinter ihnen war eine Gruppe bisexueller elfjähriger Punks in Halloween-Masken damit beschäftigt, einen unbegabten Pantomimen zu verarschen, der versuchte, die unvermeidlichen unsichtbaren Treppen hinaufzusteigen. Rechts hinten, noch hinter ein paar Skateboardfahrern und den Hare Krishnas von diesem Jahr, sammelte sich die Menge um den Washington Square-Brunnen, kleine Gruppen drängten sich um ein paar bienenfleißige Typen, die inflationsverkleinerte Heroinbriefchen oder die letzten Psychedelics verkauften. Das alles erinnerte mich an die Zeit, als ich jung war und mit der U-Bahn von der Bronx runtergekommen war, um Beatnik-Lyrik-Lesungen in Rick's Café Bizarre zu hören. Und ein gewisses mildes Behagen beschlich mich, daß in dem verzweifelten Bemühen, etwas nie Dagewesenes zu verkörpern, sich einige Dinge nie änderten.

Ich sah an diesem Abend keine Stegreifkomiker, die sich um ein Publikum bemüht hätten, aber ich bemerkte einen Jazzmusiker, der eine kompliziert zusammengemixte Version von *Salt Peanuts* auf einem weißen Plastikalto spielte, in der Art, wie es Ornette Coleman gespielt hätte oder wie er es, soweit ich wußte, immer noch spielte. Ich wanderte rüber und gesellte mich zu einer Gruppe von ungefähr einem Dutzend Leuten, die ihm zuhörten, um auf das Ende seiner Nummer zu warten. Trotz eines Dreitagebarts und rotgeäderter Augen schien er noch keine vierzig zu sein. Er trug einen zerschlissenen, karierten Mantel, der vor- und zurückschwang, wenn er sein Saxophon zur Musik bewegte, und einen flachen Hut, den er seitlich aufs Ohr geschoben hatte im Stil von Lester Young. Er nahm ihn ab, als er zuendegespielt hatte, und begann ihn herumzureichen.

»Seit wann spielen Sie schon hier«, fragte ich, als er mich erreicht hatte.

»Zu lange.«

»Swami X?« fragte ich und plazierte eine Zwanzigdollarnote oben auf der ärmlichen Ausbeute von Zehncentstücken und Vierteldollars, die er zum Abendessen mit nach Hause nehmen würde. Es war komisch, sich vorzustellen, daß dieser Junge auf seine eigene verrückte Weise ein genauso begnadeter Musiker wie Sting oder David Bowie war. Aber wer hat behauptet, daß es auf der Welt fair zugeht?

»Swami X ... Swami X.« Er sah mich an. »Ich hab diese Flasche seit fünf Jahren nicht mehr gesehen. Der kann keine Nummern mehr machen wegen seiner Beine. Man kann nicht aus dem Stegreif spielen, wenn alles, was man kann, sitzenbleiben ist.«

»Was ist mit seinen Beinen passiert?«

»Irgendein Haiti-Junkie hat sie in Alphabet City mit einem Baseball-Schläger gebrochen. Hat vielleicht fünfzehn Dollar für seine Mühe gekriegt. Nicht, daß es viel Mühe gemacht hätte.«

»Wissen Sie, wo er jetzt ist?«
»Was wollen Sie denn tun, wenn Sie ihn finden?«
»Ich will ihm ein paar Fragen stellen.«
»Wird er dabei Ärger kriegen? Der arme Pisser hat genug Probleme, wissen Sie. Es sind nicht mehr allzuviele Jazzliebhaber übrig im Park, aber mit zwanzig Eiern können Sie meine Seele immer noch nicht kaufen.« Er klaubte sein Saxophon auf und spielte ein paar Linien der Bebop-Version der *Grosse Fugue.*«
»Niemand wird ihm was tun. Und am allerwenigsten ich.«
»Es gibt da einen Laden, der heißt Shannon's Bar in der Vesey Street in TriBeCa. Versuchen Sie es in dem Apartment oben drüber.«
Ich ging zum Taxi zurück, wo ich Fouad dabei überraschte, wie er ein paar Punkettes Fingerzeichen machte, als seien sie streunende Katzen.
»Vesey Street in TriBeCa.«
»Okay, Okay. TriBeCa.« Er ließ den Wagen an und fuhr los. Ich beschloß, daß es besser war, den Toyota-Bus nicht zu erwähnen, der plötzlich einen halben Block hinter uns auftauchte, ohne die Scheinwerfer angeschaltet zu haben. Ich fragte mich, welches Arsenal der Fahrer wohl im Laderaum mit sich führen mochte. Wenn er so professionell war, wie er aussah, dann hatte er wahrscheinlich eine von diesen neueren Waffen dabei, über die man im *Soldier of Fortune* lesen konnte, sowie das österreichische 308-Kaliber-Steyr-Gewehr. Mit einem guten Restlichtaufheller von der Sorte, wie sie sie in Vietnam benutzt haben, um unsichtbare Vietcongs aufzuspüren, könnte dieser Arsch ein Warzenschwein auf vierhundert Meter treffen. Und ich war fünfundzwanzig Mal so groß wie ein Warzenschwein.
Wir fuhren den unteren Broadway runter zur City Hall. Ich begann zu schwitzen. Vielleicht war das alles keine so gute Idee. Vielleicht brachte ich den armen Fouad in Gefahr, der viel besser in der Bibliothek der Long Island Universität dran wäre und sich mit Hoch- und Tiefbau beschäftigen könnte. Als wir die Canal Street erreicht hatten, war ich mir dessen ganz sicher.
»Warten Sie, fahren Sie ran«, sagte ich.
»Weshalb, Mister? Machen Sie sich Sorgen wegen Mann im Klein-

bus?« Er zeigte nach hinten. »Ich ihn die ganze Zeit am Park gesehen. Der nie nach den Mädchen geguckt. Verstehen Sie mich nicht falsch, aber Sie nicht vielleicht zu nervös? Er böser Junge, Sie guter Junge. Keine Sorge, Allah wird ihn strafen.« Mit diesen Worten auf den Lippen machte er eine scharfe Linkskurve aus der Canal Street und fuhr dann schnurstracks eine Straße runter. Dann noch zweimal rechts und einmal links. Durch eine andere kleine Straße und ein weiteres mal rechts. Ich war in Allahs Händen.

Inzwischen waren wir in der Vesey Street angekommen und der Kleinbus außer Sicht. »Dort drüben«, sagte ich und deutete auf Shannon's Bar, eine schwach beleuchtete Pinte mit einem Kleeblatt im Fenster und ein paar fehlenden Buchstaben auf seiner Neonreklame. Fouad hielt direkt davor.

»Fahren Sie immer um den Block rum«, sagte ich.

»Aber klar, Mister«, antwortete er. »Die Uhr läuft.«

»Ja, richtig. Die Uhr läuft.«

Fouad verschwand. Ich sah in beide Richtungen an den verwitterten Ziegelsteinfassaden mit ihren schmiedeeisernen Gittern entlang, bevor ich durch eine Tür ging, die direkt rechts neben dem Eingang der Bar gelegen war.

Das Gebäude war innen einer dieser älteren ausgebleichten Speicher der Jahrhundertwende, die nach Gentrifizierung schrien, es aber bis jetzt noch nicht geschafft hatten. Der Eingangsflur war in gräßlichem Meergrün gestrichen und nur von einer einzigen Glühbirne erleuchtet, die schwach den Namen eines früheren Geschäftes erhellte, S & J Importers. Es mußte schon lange her sein, daß sie hier ihre Geschäfte abgewickelt hatten. Es waren einige Namen am stillen Portier, aber keiner hatte die entfernteste Ähnlichkeit mit Swami X. Ich begann, die Treppen hinaufzusteigen, als ein frettchenartiger Mensch am Treppenabsatz hervorschoß, die Augen geweitet vor großstädtischer Paranoia.

»Was wollen Sie?« fragte er.

»Swami X. Ich suche jemanden namens Swami X.«

»Wen?« Er schrie fast, als höre er schlecht, obwohl er nicht älter als dreißig sein konnte.

»Swami X«, wiederholte ich.

»Ihn? Was wollen Sie von ihm? Sind Sie sein Sozialarbeiter?«

»Nein. Ich will bloß mit ihm reden.«

»Mit ihm reden? Worüber?« Plötzlich sah er sehr traurig aus. »Ich dachte, Sie seien vielleicht gekommen, um mich zu besuchen. Ich mache diese Bilder. Nie kommt jemand, der sie sich anschauen will. Sie sind vom Holocaust ... Treblinka, Bergen Belsen ... neorealistische Bilder von den Gaskammern, so, wie sie wirklich gewesen sind, von Originalphotographien abgemalt.«

»Vielleicht ein andermal. Wo finde ich Swami?«

»Der wohnt nicht mehr hier.«

»Wissen Sie, wo er hingezogen ist?«

»Nein. Er verschwand vor einem Jahr. Adresse unbekannt, wie sie damals gesagt haben. Zurück an Absender.«

»Jesus«, sagte ich.

»Warum sagen Sie ›Jesus‹?« fragte er. »Sie sind doch Jude, oder nicht?«

»Es ist nur so ein Ausdruck.«

»Also, der Swami ist weg. Das ist nicht überraschend. Wahrscheinlich hat er sich selbst umgebracht. Jedes Genie bringt sich am Ende um. Hier ist ein Königreich der Toren. Sind Sie sicher, daß Sie meine Bilder nicht sehen wollen? Wissen Sie, was komisch ist? Gestern war auch schon jemand da, der nach ihm gefragt hat.«

»Ein kleiner schwarzer Typ, der eine Baseball-Kappe verkehrt rum trug?« Draußen sah ich gerade Fouads Taxi vorbeipfeifen.

»Ja, der war's. Der hat sich mächtig aufgeregt, als er hörte, daß Swami nicht mehr da ist. Ich hab schon geglaubt, der kriegt einen Nervenzusammenbruch oder sowas. Jedenfalls wollte der meine Bilder auch nicht sehen. Und sein Freund auch nicht.«

»Sein Freund? Wer war sein Freund?«

»Irgendeine Kreatur, die sich Kid Siena nannte. Er sagte, daß ich ihn kennen müßte, weil er ein berühmter Graffitimaler sei. Was der für ein Ego hatte. Ich meine, Graffiti ist doch keine Kunst. Das ist doch bloß Dekoration. Ein paar Lackfarben auf einem U-Bahn-Waggon. Wissen Sie, was ich glaube? Alle diese schwarzen und Latinorebellen wünschen sich heimlich auf die Madison Avenue. Ein Anruf von einer Werbeagentur und ...«

»Haben Sie eine Idee, wo ich Kid Siena finden kann?«

»Keine Ahnung. Wahrscheinlich am Museum of Modern Art, die Fassade ansprühen. Jetzt müssen Sie mich aber entschuldigen. Ich hab noch ernsthafte Arbeit zu tun.« Er drehte sich um und verschwand vom Treppenabsatz.

Ich öffnete langsam die Drahtglastür des Gebäudes. Die Vesey Street war leer. Es hatte angefangen zu regnen, und in einer kleinen Pfütze spiegelte sich die Neonreklame von Shannon's Bar. Ich wartete in dem Türeingang auf Fouad. Es dauerte nicht lange. In vielleicht dreißig Sekunden kam er um die Ecke geschliddert wie das Spitzenauto von Le Mans. Die hintere Seitentür war schon offen. Und es war auch leicht zu sehen, warum: Der Kleinbus war dreißig Meter hinter ihm und gewann an Boden. Ich sprang auf den Rücksitz und knallte hart in die Polster, wobei ich meine angeschlagenen Rippen wieder aufweckte, als im gleichen Augenblick ein Geschoß durch das Rückfenster splitterte und winzige Scherben des Sicherheitsglases überall im hinteren Teil des Taxis verstreute. Ich unterbrach Fouad, der auf Arabisch und in rasender Geschwindigkeit Verwünschungen vor sich hin murmelte.

»Zum Harvard Club«, schrie ich.

»Was?«

»44. Straße. Ich muß unbedingt telefonieren, und das ist der sicherste Platz, den ich mir vorstellen kann.«

Der Kleinbus war außer Sicht, als wir in den Verkehr der 8. Avenue eintauchten. Ich tat mein Bestes, den hinteren Sitz sauberzumachen, und versicherte unterdessen Fouad, daß alle Reparaturen bezahlt werden würden. Aus einem mir unbekannten Grund fing er an zu lachen. »Das ist wie in alten Zeiten mit dem Roten Kreuz. Fouad weicht Granate aus, weicht Uzi aus, durchbricht Straßensperre. Einmal bin ich direkt durch Zaun von amerikanischer Botschaft gebrochen und in Wachhaus geknallt.«

Wir hielten vor dem Harvard Club an. Noch war keine Spur von dem Kleinbus zu sehen, aber ich wußte, daß er nicht weit sein konnte. Gewiß hatte er, wenn er ein wirklicher Profi war, die Wagen gewechselt. Jedenfalls, was immer er vorhatte, er würde sich wahrscheinlich in einer Bastion der bürgerlichen Elite zurückhalten. Die einzigen bezahlten Mörder, die man hier antreffen konnte, waren eher Spezies aus den Direktionsetagen.

Ich verließ Fouad, der in der zweiten Reihe parkte, und ging selbstbewußtseinsgeschwellt hinein, als sei ich ein vielversprechendes neues Mitglied des Jahrgangs 75. Mein Vater hatte wirklich in Harvard Examen gemacht, und ich bin hier oft als kleiner Junge gewesen. Ich wußte genau, wo die Telefone waren oder jedenfalls sein sollten. Drüben bei der Garderobe. Ich konnte erkennen, daß sie im Moment besetzt waren, und ich stand und wartete an der einen Seite der Lounge und sah hinüber zu den respekteinflößenden Portraits früherer Absolventen: Teddy Roosevelt, Franklin D. Roosevelt, John F. Kennedy. Früher hatte ich die Weihe dieses Ortes verachtet und das Wertesystem, auf dem hier alles beruhte, scharf kritisiert, aber heute fühlte ich mich einfach nur unbehaglich, fast überwältigt von einem Gefühl der Minderwertigkeit. Ich war bloß ein namenloser Schnüffler, der in einer lächerlichen, wilden Jagd durch New York tobte. Aber fast genau so schnell verwandelte sich das Gefühl in einen grenzenlosen Zorn. Und dann hatte ich die erste Halluzination meines Lebens: Mitten in dieser Portrait-Galerie, irgendwo zwischen einem Präsidenten und einem Nobelpreisträger, war mein Vater, in seinem Wall Street-Anzug, hielt eine Aktentasche unter dem Arm und starrte mit außerordentlicher Mißbilligung auf mich herab. Mein Hirn schwamm, und mein Gesicht überzog sich rot. Am liebsten wäre ich hingerannt und hätte das Gemälde zerrissen, als das Bild meines Vaters auf einmal anfing zu weinen. Und plötzlich machte ich mir klar, wo ich mich befand. Ich schüttelte mich ein paarmal, lief zu dem nun freien Telefon und rief meinen jüngeren Sohn an. Ich zitterte noch immer, als ich die Nummer wählte.

»Hallo, Simon.«

»He, Dad, du bist in New York?«

»Ja.« Es war beruhigend, seine Stimme zu hören. Sie holte mich wieder zur Erde zurück.

»Wie geht's denn so?«

»Abenteuerlich. Wie ist es in der Schule?«

»Keine Ahnung.«

»Nicht so toll, was? Was ist so schlimm? Wieder Mathe? Die negativen Zahlen? Ich helfe dir, wenn ich wieder zurückkomme.«

»Ja. Ich war in deiner Wohnung. Da war eine Frau. Sie hat gesagt, daß sie mit dir zusammenarbeitet. Nicht schlecht, Dad.«

»Chantal.«

»Sie ist auch eine gute Köchin. Sie hat mir so Schokoladenzeug gemacht. Profitrollen? Sie hat gesagt, sie sei mal Küchenchefin gewesen.«

»Profiteroles. Hör mal, Simon. Ich brauche deine Hilfe bei einer Sache. Hast du jemals von einem Graffitikünstler namens Kid Siena gehört.«

»Oh ja, Dad. Er ist extra. Kid Siena, Mann. Er hat ein paar heiße Dinger auf die Woodlawnlinie auf der 180. Straße gemalt. Jetzt ist leider alles ausgebleicht, weißt du – gelöscht. Hast du ihn getroffen?«

»Nein, aber ich suche nach ihm. Weißt du, wo er lebt?«

»Oh je, diese Typen, weißt du. Die sind immer auf Achse.«

»Ja, ja, ich weiß. Was ist mit seinem richtigen Namen? Kennst du den?«

»Kid Siena? ... Ich glaube nicht ...«

»Wie ist es mit diesem Buch, daß du da hast, *The Lords of Hip-Hop*? Vielleicht steht's da drin?«

»Ja, ja, richtig. Bleib dran.«

Während Simon sein Buch suchen ging, schaute ich rüber zum Informationsbrett mit den künftigen Clubereignissen. Donnerstag abend boten sie eine Sushi Bar an, die Retrospektive eines Godard-Films und einen Vortrag über festverzinsliche Anleihen. Für jeden etwas. Simon war sofort wieder an der Leitung. »Ich habs, Dad. Hier ist es. Kid Siena ... Jorge Mariposa.«

»Georg Schmetterling«, sagte ich.

»Was?«

»Das bedeutet es. Jorge Mariposa ist Georg Schmetterling. Kein Wunder, daß er sich Kid Siena nennt.«

»Yeah. Das ist eine Strafe«, sagte Simon. »Willste noch was wissen?«

»Das wars«, sagte ich, während ich mich schon durch die M's im Bronx-Telefonbuch durchblätterte.

»Nehme an, ich muß jetzt Mathe machen, ja?« Er klang, als müsse er sich für vierzig Jahre im Gulag bereitmachen. Ich dachte an

seinen Bruder, der seine Hausaufgaben im Viertelstundeneilverfahren erledigte, und er tat mir ein wenig leid.
»Ja, ich schätze, das solltest du.«
Ich verabschiedete mich und hing ein, gerade als eine Gruppe, die aussah wie Absolventen des Jahrgangs 1907, durch die Lobby des Hauptspeisesaales reingeströmt kam. Als sie die Vordertür öffneten, gaben sie den Blick auf meinen Kleinbusfreund frei, der in einer Nische nur fünfzehn Meter von mir entfernt stand. Er sagte kein Wort, aber er nickte mir zu, womit er mich offensichtlich warnen wollte, nicht zu glauben, daß ich ihm in dieser Stadt entkommen könnte, und ging dann wieder raus.
Ich fuhr fort, im Telefonbuch zu suchen, und fand dann endlich einen Jorge Mariposa in Manhattan auf der Columbus Avenue. Nach der Adresse zu urteilen, mußte es so in den neunziger Straßen sein.
»Na, wie wars denn da drin?« fragte Fouad, als wir die Central Park West Avenue uptown fuhren.
»Ein Haufen alter tattriger Cognac-Schwenker und ein Haufen junger eiliger Cognac-Schwenker. Extrem langweilig da drin, aber sie haben einen guten Zigarrenladen. Und überhaupt ist es sehr sicher dort.«
»Verstehen Sie mich nicht falsch. Aber in Beirut wär das einer der ersten Läden, die wir sprengen würden.«
»Wir? Ich hab gedacht, Sie wären vom Roten Kreuz.«
Er antwortete irgend etwas, aber ich war zu sehr damit beschäftigt, nach dem Typen im Kleinbus Ausschau zu halten und herauszufinden, welches Auto er jetzt fuhr und wer sein Komplize war, denn ich bezweifelte, daß er allein arbeitete. Vielleicht litt ich ja wirklich an Verfolgungswahn. Aber dann erinnerte ich mich an die trockene Definition, die mir Nathanson in der Therapie einmal gegeben hatte. Paranoiker ist jemand, der alle Fakten kennt. Ich hatte schon ein paar Tage nicht mehr daran gedacht. Wenn das aber dazu führte, daß ich Visionen bekam, wie mein Vater an der Wand des Harvard Clubs hängt, waren das keine allzu ermutigenden Aussichten. Hinter der Adresse an der Columbus Avenue verbarg sich ein mittelgroßer Wohnkomplex, einer jener Orte, welcher die unteren Semester der Columbia University mit einigen

aufstrebenden puertoricanischen Büroangestellten vereinte in ihrem gemeinsamen Interesse an eingefrorenen Mieten. Jorge Mariposa ging es wohl nicht allzu schlecht für einen Graffitikünstler. Vielleicht war er einer der Jungs, von denen in den Zeitungen stand, daß sie sich mit Museumsverkäufen, Ausstellungen und Galerien einen schönen Lenz machen konnten. Und Dinner bei Elaine's. Oder vielleicht mit was anderem.

Ich fand seinen Namen neben dem Apartment mit der Klingel 9F, aber als ich drauf drückte, antwortete niemand. Ich tat so, als suche ich etwas in einem Stapel alter Zeitungen, als ein paar alte Damen, die meiner Tante Sonya ähnelten, mit Einkaufstaschen auftauchten. Ich strahlte ihnen mein schönstes Ich-bin-kein-Handtaschenräuber-Lächeln entgegen und murmelte irgend etwas über die völlig überhöhten Störpreise, als ich hinter ihnen durch den Eingang schlüpfte. Dann ließ ich sie ihren eigenen Aufzug nehmen und fuhr mit einem anderen in den neunten Stock. Ich trat auf einen grimmigen anstaltsgrünen Korridor. Meine Schritte hallten wider auf dem abgetretenen Marmor. Es war ein langer, langer Weg, Otis King zu finden.

Wahrscheinlich wäre ich nicht viel weitergekommen, wenn die Familie Satuloff diesen besonderen Mittwoch in häuslichem Frieden verbracht hätte. Aber so, wie die Dinge lagen, vertat die Familie Satuloff nicht allzuviel Zeit in einer derartigen Befindlichkeit. Denn als ich am Müllschlucker stand und versuchte, die Namen an der Tür zu entziffern und zu entscheiden, wo ich es zuerst versuchen wollte, schossen Mrs. Satuloff und gleich darauf Mr. Satuloff aus ihrem Apartment raus und wieder rein und knallten sich die Tür dabei wechselseitig vor die Nase, als sei das ihr allabendliches Ritual. Im Wohnzimmer konnte man die Satuloffschen Kinder sehen, die die Sache wie Zuschauer in einem Stierkampf zu verfolgen schienen. Am Ende war es dann Mrs. Satuloff, eine große Frau in einem blauen Norwegerpullover und Woolworth-Pantoffeln, die draußen blieb, wobei sich die Tür endgültig, oder wenigstens semi-endgültig, hinter ihr schloß.

»Das ist so einer dieser Abende«, bot ich als Gesprächseinstieg an.

»Wissen Sie, was heutzutage das Problem mit den Männern ist?«

fragte sie, »die wollen alles von dir, du sollst Ehefrau sein, Mutter, Brotverdiener, Unterstützungssystem, Priester, Rabbi und Geliebte.«

»Das ist ihre Rache für die Frauenbewegung.«

»Das ist gar nicht witzig«, sagte sie. »Mein erster Ehemann fühlte sich so bedroht davon, daß ich arbeiten ging, daß ich bei Einladungen immer so tun mußte, als sei ich Hausfrau. Mein zweiter Ehemann wollte, daß ich mehr verdiene. Also hab ich einen zweiten Job genommen, und nun haßt er mich. Ich bin gespannt, wie mein dritter Ehemann sein wird.«

»Ein Axt-Mörder?«

»Manchmal denke ich, es wäre einfacher so. Jedenfalls wüßte ich dann genau, wo ich dran bin. Wissen Sie, worum es jetzt geht? Wir alle leben im sexuellen Orkus, und keiner weiß, was, zum Teufel, er machen soll. Haben Sie jemals mit einem normalen Sechzehnjährigen von heute gesprochen? Die wissen ja nicht mal, ob sie männlich, weiblich oder Känguruh sind.«

»Ich weiß, was Sie meinen. Zum Beispiel diesen Jungen hier auf dem Flur, der sich Jorge Mariposa nennt.«

»Den? Na ja. Das ist etwas anderes. Das hat überhaupt nichts mit Sex zu tun. Jedenfalls nicht direkt.«

Ich wußte nicht, was sie meinte, also nickte ich erst mal.

»Haben wir uns eigentlich schon getroffen? Ich bin Alice Satuloff.«

»Ich bin der Cousin der Freemans.« Ich pickte mir den Namen vom nächstbesten Türschild.

»Oh Gott, die sind steinalt. Sie verdienen Extrapunkte, wenn Sie rumkommen und Zeit mit ihnen verbringen.«

»Ich bin eben ein altmodischer Junge. Was ist eigentlich mit diesem Mariposa? Ich hab ihn einige Male gesehen. Was macht der denn?«

»Eigentlich weiß ich das auch nicht, wenigstens nicht ganz sicher. Ich bin im Hausklatsch nicht ganz auf der Höhe. Sie wissen ja, Leute, die im Glashaus sitzen ...«

»Das kann ich Ihnen nachfühlen. Aber immer, wenn ich hier bin, scheint er zur gleichen Zeit heimzukommen, wie ich zur Arbeit gehe, morgens um sieben Uhr.«

Sie grinste. »Dann macht der Club Los Cocos sicher zu.«

»Der Club Los Cocos?«

»Sie können nicht hier aus der Gegend sein.«

»Bin ich auch nicht. Ich bin aus Brooklyn Heights.«

Sie schaute mich verwundert an. »Lesen Sie denn nicht die Zeitschrift *New York*? Das ist der allerneuste In-Treff, Ecke Columbus Avenue/96. Straße, da sollte jeder ...«

Gerade in diesem Augenblick öffnete sich die Tür, und ihr Ehemann erschien.

»Ich hab gedacht, du stirbst hier draußen. Wer ist denn das?«

»Der Cousin von den Freemans.«

»Reilly«, sagte ich und drückte auf den Fahrstuhlknopf.

»Reilly? Die Freemans haben einen Cousin, der Reilly heißt?«

»Ja. Komisch, nicht wahr?«

»Sie haben nie erwähnt, daß sie einen Cousin haben. Dazu noch einen mit irischem Namen.«

»Er weiß nicht, was der Club Los Cocos ist.«

»Das ist verrückt.«

»Warum ist das verrückt? Nicht jeder auf der Upper West Side ist heiß auf Kokain. Einige von uns haben gesündere Wege gefunden, mit ihren Depressionen fertigzuwerden, nicht wahr?«

»Unterstellst du hier irgend etwas, Alice?«

»Ich unterstelle gar nichts. Ich stelle nur fest, was offensichtlich der Fall ist.«

»Was für dich offensichtlich ist, muß für mich nicht in der gleichen Weise offensichtlich sein.«

»Ah ja? Ist ja gut, warum erzählst du das nicht einfach dem Familienberater der Ethical Culture School, der dir nach vierzehn Jahren im gemeinsamen Haushalt erzählen mußte, daß deine eigene Tochter ...«

An diesem Punkt der Diskussion bestieg ich den Fahrstuhl.

11

Der Club Los Cocos sah aus wie eine schlechte Kulisse von Miami Vice. Pfirsichfarbene Spiegelwände und zwei Meter hohe polierte Aluminiumpalmen, die aussahen, als seien sie eben mal aus der Schaufensterdekoration eines Kaufhauses ausgeliehen worden. Alle Männer hatten crèmefarbene Anzüge und weiße T-Shirts wie Don Johnson an, und die Ladies trugen von überhaupt nichts sehr viel. Alle tanzten zu einer frenetisch aufspielenden Salsa-Band, die sich auf einer erhobenen Bühne asynkopisch auf- und abbewegte.

Ich suchte den Raum ab, um jemanden zu finden, der mich zu Mariposa führen könnte, als der Anblick eines Individuums, das man schlecht übersehen konnte, diese ganze Suche überflüssig machte: Otis leibhaftig tanzte in der Nähe eines Aluminiumbaums. Er schaute angespannt an die Decke, während seine Füße sich verdrehten und seine Arme in alle Richtungen propellten; er tanzte irgendeine total kaputte Kombination von Tarantella und Kasatschok mit zwei puertoricanischen Mädchen und jedermann, der Lust hatte, sich dazuzugesellen. Mit seiner Berühmtheit und seinem harlekinesken Auftreten war er der Clou des Abends für über die Hälfte der Leute im Saal und natürlich auch für die Los Cocos-Rausschmeißer in orangefarbenen Netzhemden, die ihn von der Bühnenseite her im Blick hatten.

Ich bahnte mir einen Weg durch die Menge und knuffte mich an den Tanzenden vorbei, aber er hatte mich schon entdeckt, bevor ich bei ihm ankam. »Ah, da ist Brother Dick, Großer Bruder Dick! Ich hab gehört, daß du nach mir suchst ... Macht die Musik aus, ihr Scheißlatinos und Ithakerwichser!« schrie er die Band an. »Wir müssen diesen Salsascheiß für eine Sekunde ausmachen. Aufhören, José, Carlos, Luis, Miguel oder wie ihr sonst heißt! Aufhören!« Sie hörten auf. Jeder im Saal drehte sich zu Otis rum, der mir mit schweißnassem Gesicht entgegenkam. »Alle zuhören!« schrie er. »Dieser weiße Junge ist den ganzen weiten Weg von Los Angeles, Kalifornien, hier rübergekommen, um mich zu sehen.« Er starrte mir gerade in die Augen: »Gut. Jetzt hast du mich gesehen, sieh zu, daß du Land gewinnst.«

»Ist gut. Ich gehe.« Ich bewegte mich, als ob ich gehen wollte.

»Hey, Mann, hey, Mann, bloß rumgeblödelt. Verstehst du keinen

Spaß?« In Otis' Gesicht blitzte ein süßes Kleine-Jungen-Lächeln auf. »Was willste denn überhaupt machen? Mich zurück nach El Lay tragen und ein paar Leute reich machen? Irgendein dummes Hier-bin-ich-was-kost-die-Welt-Spiel für die Tycooooons? Ja, Massa, ja, Massa. Oh Lord! Oh Lord!« Er wedelte mit den Händen wie ein Gospelprediger. »Das bin ich, Mann – Hier-bin-ich-was-kost-die-Welt. Völlig egal, was ich mache, ich muß bloß möglichst oft ›Wichser‹ durch die Gegend rufen und rumdröhnen, wie groß mein Schwanz ist. Das mögen die Weißen neuerdings, rumfluchende Nigger. Was glaubst denn du, weshalb Richard Pryor und Eddie Murphy so groß geworden sind? Du siehst kein weißes Arschloch dauernd so eine Scheiße sagen. Noch nicht mal Sylvester Slambo Stallone. Nicht mal der Kackarsch von Belushi sagt so was, es sei denn, er imitiert Schwarze. Willst du noch ein bißchen mehr über uns lachen, Wichser? Willst du mich tanzen sehen? Soll ich vielleicht ein bißchen steppen? Soll ich einen Stammestanz aufführen und so breit werden, daß ich nicht mehr kriechen kann und mein Leben eine Tragödie ist, über die du dann in einem dieser Bücher von diesen Wichsersoziologen schreiben kannst und die ich nicht mal lesen kann, weil ich Legastheniker oder so was bin? Willst du das vielleicht?« Er nahm mich beim Kragen. »Na lach doch, Wixaaah, lach doch!« Er schrie in den allerhöchsten Tönen und hielt sich dann plötzlich den Magen und klappte vor Schmerz zusammen.

»Was ist los?«

»Nichts, Mann, mach dir bloß keine Sorgen!« Er versuchte noch einmal zu lächeln, hielt sich aber immer noch den Magen. »Ich habe bloß ein winziges Magengeschwür. Ich hab rückwärts gelesen, und davon ist mein Herz ins Stolpern gekommen. Das ist alles, sonst geht es mir ausgezeichnet. Ich muß nur mal aufs Klo, Mann.« Noch immer zusammengekrümmt, begann er, in den hinteren Teil des Clubs zu laufen. Alle starrten ihn an, und ich konnte sehen, daß die Rausschmeißer sich in Bewegung setzten.

»Es ist alles in Ordnung«, brüllte ich. »Ich kümmere mich um ihn.« Ich schob ihn nach hinten durch in die Männertoilette.

Er schloß hinter uns die Tür. »OK, Mann, und wo ist der Blow?«

»Ich hab keinen.«
»Komm und erzähl mir nicht eine solche Riesenscheiße. Jedes weiße Arschloch in El Lay, das wie du aussieht, hat Koks. Und erzähl mir nur nicht, du nicht, denn dann weiß ich, daß du ein Lügner bist, und ich werd dir nie mehr trauen.«
»Gut, gut. Ich war in Koks. Aber ich würde dir nie was geben, Otis.«
»Komm schon, Mann, sei nicht so schwierig. Du gibst mir einen kleinen Sniff, und du kannst all deinen Spielkameraden erzählen, daß du mit dem berühmten Otis King Süßigkeiten durch die Nase gezogen hast. Das macht dich zu einem feinen weißen Jungen, der was drauf hat. Die Präsidenten von zwei Scheißfilmstudios haben darum gebettelt, daß ich mit ihnen ein bißchen kokse. Kleine jüdische Jungen wie du. Einer von ihnen hatte Martin Luther King an der Wand hängen.«
»Ich bin hier, um dich nach Malibu zurückzubringen.«
»Du willst mich zu diesem faschistischen Arschloch zurückbringen und mir keinen Koks geben. So kriegen wir nie eine ordentliche Beziehung. Du hast kein Gespür für gesellschaftliche Etikette, Mann.«
»Ich dachte, du magst Bannister?«
»Bannister mögen? Ich hab ein bißchen mit dem Wichser rumgespielt. Wie würde es dir denn gefallen, den ganzen Tag in Handschellen rumzulaufen, wobei du irgendso einer Riesenscheiße über deine Mutter zuhören mußt. Der Wichser hat mich wie ein Kleinkind behandelt und dann von mir erwartet, daß ich mich wie ein Erwachsener benehme. He, Mann, mach dir darüber keine Sorgen. Komm schon. Bitte, bitte, bitte. Nur ein ganz kleiner Sniff. Wenn Kid Siena wiederkommt, wird er dir's doppelt zurückzahlen, dreifach, der gibt dir einen von diesen großen weißen Felsen ganz für dich allein, da glaubst du, dir gehört die ganze Prudential-Lebensversicherung, du weißt schon, was ich meine.«
In diesem Augenblick tat es einen mächtigen Schlag, und die Toilettentür flog auf. Der Fahrer meines Kleinbusses stand dort. Seine Hand tief in einer Schweinslederjacke vergraben, genau an der Ausbeulung, von der ich annahm, daß es sich um eine Achtunddreißiger handelte.

»Wer, zur Hölle, ist das?« fragte Otis.
»Zieh Leine, Scheißnigger.« Er hob Otis am Hemd hoch und stellte ihn vor die Tür. Dann langte er nach der Achtunddreißiger, aber ich wartete nicht ab, bis ich sie zu Gesicht bekam. Ich rannte ihn über den Haufen, rammte ihn an die eine Toilettenwand. Der Spiegel brach über ihm herunter auf den Flur. Dann machte ich einen Versuch, ihm das Knie zwischen die Beine zu stoßen, aber er war zu stark für mich. Er bekam mich an der Schulter zu fassen und wirbelte mich herum, wobei er mich gegen die Toilette preßte und in der gleichen Bewegung die Kanone rausholte. Er hob sie auf meine Augenhöhe und war dabei, mir das Licht auszublasen, als ich aus dem Club Geschrei hörte. Einer von diesen Los Cocos-Bodyguards erschien in dem Klo, aber mein Fahrer reagierte in der gleichen Sekunde und hieb ihm den Pistolenknauf ins Gesicht, daß er auf seinen Knien in den Club zurückgeschossen kam, wie ein plattgedrückter Truthahn. Die Leute begannen zu schreien und um ihr Leben zu rennen. Bevor er sich mir wieder zuwenden konnte, sprang ich durch das Milchglasfenster der Toilette, ohne irgendeine Ahnung zu haben, was mich auf der anderen Seite erwartete.
Die andere Seite erwies sich als eine Reihe Mülltonnen, einige davon unglücklicherweise ohne Deckel. Ich knallte genau an der richtigen Stelle, wo meine Rippe gebrochen war, auf, dann rollte ich mich hinter ein paar Tonnen, gerade rechtzeitig, bevor drei Schüsse aus einer Automatik an mir vorbeipfiffen. Ich wußte nicht, was ich tun sollte, rennen, beten oder mir in die Hosen machen. Ich tat nichts dergleichen, sondern verbarg mich weiter hinter den Mülltonnen und preßte meinen Körper an den Boden und blieb so still liegen, wie ich nur konnte. Es war ein bißchen Nebel in der Luft, und das Pflaster dampfte noch vom Regen. Ich hörte den Fahrer aus dem Fenster klettern und dann einen soliden Aufschlag, als er auf dem Boden landete. Es hörte sich nach ungefähr fünfzehn Metern Entfernung an. Ich klaubte in der offenen Mülltonne herum, aber ich konnte nichts Nützlicheres als ein paar Zwiebelringe finden.
Der Fahrer begann die Gegend abzusuchen, lief erst den Weg entlang und dann in meine Richtung zurück. Seine Sohlen schmatzten

auf dem nassen Asphalt. Ich drehte mich ganz ruhig auf den Rükken und ließ meinen Arm in die nächste Mülltonne gleiten. Es fühlte sich feucht und schmierig an, aber ich war nicht in der Stimmung für allzugroße Empfindlichkeiten. Ich fummelte mich durch etwas, was sich wie der gemischte Salat von gestern anfühlte, und dann durch irgend etwas Weiches, was mal ein Kartoffelgratin gewesen sein konnte, als meine Hand endlich hartes Holz erspürte. Einen Stiel. Ich wußte nicht, wie lang er war und was daran war, aber ich hatte keine Zeit für Materialstudien. Der Mann war nur noch drei Meter von mir entfernt. Ich griff nach dem Stiel, rollte mich nach rechts, sprang nach vorn, schwang das Ding und erwischte ihn direkt über der Nase. Ich konnte das scharfe Knacken seines Nasenbeins hören, als er aufschrie, und die Kanone ging los und hinter mir zerbrachen ein paar Ziegelsteine. Jetzt galt's. Ich trat ihm genau in die Eier und schlug ihm erneut mit dem Stiel aufs Kinn. Er flog nach hinten, krachte gegen die Mülltonne. Aus seiner Nase floß das Blut in Strömen, und sein Kopf fiel vornüber. Ich langte – zur Sicherheit – noch einmal zu und tastete nach seiner Knarre und erwischte sie. Es war eine Walther-Automatik. Ich stopfte sie mir in die Jacke; und dann besah ich mir meine eigene Waffe. Es war ein Ausgußreiniger mit einem Gummihut dran. Ich warf ihn weg und kniete mich über den Mann und klopfte ihn zwecks irgendeiner Identifikation ab. Ich fand seine Brieftasche, aber, wenig überraschend, darin war nichts außer ungefähr 1000 Dollar in bar. Ich stopfte die in seine Tasche zurück und suchte dann Hals und Gesicht nach irgendwelchen persönlichen Merkmalen ab. Da war nichts Auffälliges zu finden, also riß ich sein Hemd auf. Eine Reihe ordentlich gebrannter Wundmale lief seine muskulöse Brust von seiner linken Seite herunter bis zum Bauchnabel. Ich war da kein Experte, aber es sah ganz danach aus, als hätte diesen Hundesohn irgend jemand irgendwann einmal gefoltert.

Er war gerade dabei, wieder zu sich zu kommen, und streifte mich mit einem völlig erschöpften Blick, als ich Polizeisirenen hörte. Ich schob ihn zwischen die Mülltonnen zurück und rannte um das Gebäude herum wieder in den Club hinein durch den Kücheneingang. Die Polizei kam von vorne, und man konnte fühlen, wie die angespannte Angst im Raum sich zehntausendfach steigerte. Die Menge rannte in die Toiletten wie eine Herde von Lemmingen, die über einen Hügel strömen. Zusammengenommen, stellte ich mir vor, könnten sie genug Kokain den Ausguß runterjagen, um die Kanaldeckel des Abwassersystems in New York zu heben. Aber es gab nur ein einziges Klo, und die Tür dazu war stärker belagert als ein Bruce Springsteen-Konzert. Ich fand Otis, der sich den Arm hielt, hinter einer der Aluminiumpalmen. »Ich brauch einen Doktor«, greinte er.

»Du wirst auch einen Rechtsanwalt brauchen, wenn du deinen Arsch nicht sofort von hier wegbewegst.« Ich führte ihn sehr schnell an seinem gesunden Arm durch die Küche.

»Also, los! Jungs und Mädels. Wo sind wir hier? In der Drogenhilfe? An die Wand!« hörte ich einen der Cops rumbrüllen, als wir uns durch die Hintertür verdrückten.

Fouad war an der Ecke der fünfundneunzigsten Straße/Columbus Avenue, wo ich ihn zurückgelassen hatte. Otis war viel zu breit und verletzt, um Einwände zu machen, also schubste ich ihn auf den Rücksitz, und mein Araber schoß davon, ganz der erfahrene Ambulanzfahrer, der er war. »Zugesehen, was Sie gemacht haben mit dem Kleinbusfahrer«, sagte er, als wir über die 110. Straße zur Notaufnahme des Mount Sinai-Hospitals schlingerten. »Gute Arbeit. Erinnert mich an christliche Miliz im schiitischen Flüchtlingslager.«

Otis gebrochener Arm erwies sich als nichts weiter als eine schlimme Quetschung, und wir waren in fünfundvierzig Minuten auf der Straße zum Flughafen. Was immer er an Protesten darüber anzumelden gehabt hätte, New York zu verlassen, sie hatten sich in Verwirrung und dem Valium aufgelöst, das sie ihm im Mount Sinai gegeben hatten. Die übliche Drehzahl seines inneren Motors von vielleicht achtzigtausend in der Minute war auf eine normale Zahl von vielleicht vierzig runtergeschnurrt.

»Verstehen Sie mich nicht falsch«, sagte Fouad zu Otis, als wir den Van Wyck Expressway zum Kennedy-Flughafen runterfuhren, »aber diesen Film, den sie da gemacht haben, – wie haben sie den genannt? – *Otis goes Maui*, der war doch bloß für Idioten.«

»Hey, Mann, der war für Kinder.«

»Kinder sind keine Idioten. Fouad weiß das. Hab selbst vier Kinder. Kinder wie Computer. Müll rein, Müll raus. Aber davon verstehst du bestimmt nichts.«
Otis lehnte sich zu mir rüber. »Wer zum Geier ist dieses Arschloch? PLO? Ich hab gedacht, du bist Jude.«
»Fast alle Filme beleidigen Kinder. Die glauben, Kinder sind dumm, also machen sie Kinder dumm. Die Leute sind dumm, die Filme machen. Die sind dumm.«
»Hey, Mann, ich versuche gute Kunst zu machen, Sozialsatire. Stellung zu beziehen, wenn du verstehst, was ich meine?«
»Einzige Stellung, die dein Film bezieht, ist Platz vor Popcornstand. Und dazu noch schlechtes Popcorn, mit Konservierungsstoffen. Und die Kinder sterben mit fünfundzwanzig an Krebs. Verstehen Sie mich nicht falsch.«
»American Airlines«, sagte ich.
Ich verließ Fouad mit fünfhundert Dollar in Travelerschecks, als er uns am Terminal absetzte. Ich schrieb mir seine Telefonnummer auf. Ich war nicht ganz sicher, warum, aber irgendein vages Gefühl sagte mir, daß es nützlich sein könnte, in New York einen libanesischen Alliierten herumkurven zu haben.
»Verstehen Sie mich nicht falsch«, sagte er, gerade als Otis und ich ins Abfluggebäude hineingehen wollten, »aber Sie hätten diesen Fahrer umbringen sollen. Bei mir in meinem Land man sagt, wenn Mann sentimental über Mord wird, lebt er nur noch, um es zu bereuen.«

12

Otis bestand darauf, in der ersten Klasse nach L.A. zurückzufliegen. Das stünde in all seinen Verträgen, sagte er. Wer bin ich denn, um dem zu widersprechen? Es war ja nicht mein Geld. Also saßen wir jetzt in großen Ledersesseln und aßen mittelmäßiges Chateaubriand und tranken Courvoisier aus einer vollen Literflasche, die die überaufmerksame Stewardeß vor Otis getellt hatte, und jetteten durch den Nachthimmel. Der Kapitän sagte über den Lautsprecher an, daß wir uns über

Cleveland befanden. Nachdem Otis auf all das Zeug, das er in den letzten vierundzwanzig Stunden in seinen Körper getan hatte, noch kräftig Cognac aufgegossen hatte, sprach er in Zungen. Ich stellte eine Frage und bekam eine Antwort in jenem Stil zurück, den Jack Kerouac »spontanes Bebopping« genannt hatte, in seinem verzweifelten Bemühen mit Jazzmusikern identifiziert zu werden. Ich erzählte Otis das, aber er hatte diesen Ausdruck nie gehört.

»Weißt du, was mit euch weißen Jungen los ist?« fragte er und kam damit wieder auf dem Planet Erde an oder wo auch immer wir uns nach dem Zuckerstoß eines Schokoladeneisdesserts befanden. »Ihr betet die Schwarzen so sehr an, daß es uns verrückt macht. Ihr denkt wohl alle, wenn ihr schwarz wärt, dann wär alles ganz toll. Keine Probleme. Keine Verantwortung. Alle fünf Minuten jemanden flachlegen. Aber wenn du schwarz wärst, sag ich dir, du würdest es hassen.«

»War Mike so einer?«

»Einer der schlimmsten Fälle, dem ich je begegnet bin. Hat die ganze Zeit im schwarzen Singsang geredet. Immer dieser ausgelutschten Motown-Musik-Scheiße zugehört und *soul food* gegessen, bis ihm schlecht davon wurde. Ich hab diesen Wichser nie jemand normal die Hand geben sehen, immer dieses Brother-Gefuchtel. Und am Schluß wars dann Afrika, Afrika, Afrika, wo er auch hinging. Ich hab ihm erzählt, daß er doch nach Nigeria gehen soll und dort für eine Weile leben, dann würde er schon sehen, wie sehr er es mochte.«

»Ist er jemals hingefahren?«

»Ja, hat er gemacht. So eine Woche lang. Mit seinem Eheweib. Auf einer Mission für diesen Afrika-Hilfe-Dingsbums-Schuld-Trip, den sie abziehen wird. Hat sich einen Safarianzug und einen breitrandigen Tropenhut mit einem Zebraband bei Abercrombie and Fitch gekauft und sich den Arsch videotapen lassen neben einem ausgemergelten Wasserbüffel und ein paar halbtoten äthiopischen Kindern mit diesen fetten Bäuchen.«

»Warum kannst du sie nicht leiden?«

»Wen?«

»Emily«

»Weil sie ein Riesenhaufen Scheiße ist, Mann. Die macht das doch nur, damit sie sich selbst gut fühlt. Der sind doch schwarze Kids so scheißegal. Die will nur, daß ihr Name ganz groß auf dem Spendenaufruf steht. In großen Buchstaben. Rechts oben.«

»Ist das denn so schlimm, wenn sie wirklich Geld dafür auftreibt?«

»Ich weiß es nicht, Scheiß drauf.« Er leerte die Cognacflasche in sein Glas und kippte alles runter. Dann wurde sein Gesichtsausdruck leidend, fast verloren, so, als sei er auf dem Grunde einer tiefen Traurigkeit angekommen.

»Hat Mike dir irgendwann mal was über irgendwelche fünfundzwanzig Millionen Dollar erzählt?«

»Wer hat dir das gesagt?« Otis saß plötzlich kerzengerade auf seinem Sitz. »Mein Bruder? Du läßt doch die Finger von meinem Bruder, Mann, oder? Ich hab sonst niemanden mehr auf der Welt, solange Della mich nicht mehr sehen will. Ich lieb sie so sehr. Ich würd' sie heiraten für das ganze Leben und es in glühenden Lettern in mein Herz einschreiben, aber sie redet erst wieder mit mir, wenn ich sechs Monate clean bin. Ich soll ihr sogar eine beschissene ärztliche Bescheinigung darüber bringen. Wie soll ich denn die kriegen?«

»Vielleicht Bannister?«

»Klar doch, Bannister. Und ich muß ihm bloß meine Eier, meine Karriere und meine Freiheit dafür geben ... Na ja, ganz so schlimm ist das nicht.« Er grinste mich an. »Am Ende krieg ich dafür meine Frau.«

»Und wie ist es mit dem Geld?«

»Welchem Geld?«

»Den fünfundzwanzig Millionen.«

»Ach, diese Scheißgeschichte. Ich hab dir doch erzählt, wie wild Mike darauf war, in zu sein. Das hat da alles dazugehört: zu versuchen, schwarz zu sein, ein Unterweltwichser und ein Märchen über irgendwelches Blutgeld und Mafiascheiße zu erfinden.«

»War es das? Mafiascheiße?«

»Ich weiß es nicht. Das hab ich eben nur so gesagt. Aber alles, was ich weiß, ist, daß Mike alles nur erfunden hat, damit er sich wichtig fühlen konnte. Er hat mir nie etwas davon erzählt, erst, als unsere Partnerschaft gestorben war. Irgendwie wollte er mit etwas angeben oder so. Du weißt schon – ich werde ganz reich, also wird er auch ganz reich. Aber er war nur total durchgeknallt. Er hat nicht begriffen, was jeder weiß. Wenn du genug zu essen hast, kannst du dir das Geld in die Haare schmieren, weil du dir damit doch keine Liebe einkaufen kannst. Und wenn deine Mama dich nicht liebgehabt hat, wirst du es sowieso nie kriegen, kannst du dich gleich durch den Ausguß spülen. Das ist alles schwarze Komödie – und ich meine, schwarze.« Er lachte. »Und ich habe absolut keinen Bannister gebraucht, um das rauszukriegen. Ich hab die Wahrheit selbst rausgefunden, als ich drei Jahre alt war und meine Mama mich drei Tage alleine gelassen hat, um anzuschaffen, und mich dann vollgepißt auf dem Fußboden vorgefunden hat, an altem Toastbrot kauend, und die Cola aus dem Kühlschrank war schon lange alle. Und diese Hure von Della will mich auch nicht. Aber die sagt, daß es mein Fehler ist. Es ist nicht mein Fehler. Es ist eine Verschwörung. Und weißt du, was? Manchmal glaub ich, daß wir alle in einer Verschwörung von Nutten leben.«

Otis war sofort bereit, sich dieser Verschwörung anzuschließen, als er Chantal sah, die am Ausgang des Flughafens auf uns wartete.

»Deine Frau?«

»Assistentin oder so. Hm, Partnerin.«

»Dem Himmel sei Dank dafür.« Er starrte Chantal mit einem unverschämt offenen, hingerissenen Lächeln an. »Denn ich hab mich aus dem Stand verliebt, Baby. Cupido hat mich mit einem seiner unglaublichen Pfeile erwischt. Einen Moment. Einen Moment, verdammt noch mal. Hab ich dich nicht vor ein paar Wochen auf der Bühne im Fun Zone gesehen? Du bist als Komikerin ein Genie. Oh Herr hilf, Herr hilf. Jesus, Satan, einfach irgend jemand, mich hat's erwischt.« Er machte ein Lieber-kleiner-Junge-Gesicht zu Chantal, die ganz gegen ihre Art errötete.

»Wie geht es Ihnen?« fragte sie.

»Ich weiß nicht. Sag's mir. Sag's mir, wie's mir geht.«

»Bißchen zu viel Arbeit in der letzten Zeit«, sagte ich.

»Hey, der Wichser ist eifersüchtig. Und er hat noch nicht mal einen Grund. Komm Baby, geben wir ihm einen Grund.« Er nahm

Chantal am Arm und begann mit ihr zum Ausgang zu laufen. »Was macht deine Karriere, Baby? Du weißt doch, daß ich dieses Arschloch in der Merv Griffin Show kenne. Der könnte an deiner Show interessiert sein. Wird Zeit, daß sie ein paar mehr Frauen da hätten. ›Unterstützt das Gleichberechtigungsgesetz!‹ Du weißt schon, was ich meine.«
Otis ging weiter auf das Auto zu. Ich konnte mir einfach nicht vorstellen, daß Chantal einer solchen Schau auf den Leim gehen würde, aber ich konnte es kaum bestreiten. Ja, Otis hatte recht. Ich war eifersüchtig. Tatsache, als wir vom Parkplatz herunterfuhren, hätte ich ihn gut und gerne erwürgen können.
»Weißt du was, Baby?« Er lehnte sich vor zum Beifahrersitz und legte ihr die Hand auf die Schulter. »Ich hab mir gerade überlegt. Im nächsten Frühling mach ich diesen Weltkrieg-Zwei-Porno in Italien mit Giancarlo Giannini und ...«
»Danke, Otis, aber nein, danke.« Sie nahm seine Hand von ihrer Schulter und legte sie auf den Sitz zurück. »Ich hab das Showbusiness verlassen und bleib auch dabei. Privatdetektiv ist viel interessanter. Da geht's ums wirkliche Leben.«
Ich schaute zu ihr rüber und lächelte, aber sie zuckte bloß mit den Schultern.
»Oh, ich habe verstanden«, sagte Otis. »Ihr beide habt euch im Blick, seid aber zu feige, es zuzugeben. So sind die Weißen.« Sprachs und legte sich auf dem Rücksitz schlafen.
Chantal und ich wechselten kein einziges Wort, bis wir fast in Malibu angekommen waren.
»Ist er weggetreten?« fragte sie und schaute nach hinten, als wir am Getty Museum vorbeifuhren.
»Sollte er schon sein.«
»OK.« Sie schaute noch mal auf den Rücksitz, um ganz sicher zu gehen, und zog dann einen Notizblock aus der Tasche. »Dein Freund von der asiatischen Abteilung sagt, daß die Brüder Wal Aasgeier sind. Die hingen immer um das Rampart-Revier rum und versuchten Informationen von den Cops zu kriegen.«
»Studierten die tägliche Verhaftungsliste.«
»Wohinter sie her waren, konnte ich bislang noch nicht herausfinden. Dito geht es Stanley Burckhardt mit der Post in Glendale,

aber er versucht's weiter. Was Bannister betrifft, da sieht eigentlich alles sehr normal aus, aber ich hab dort auch nicht soviel beobachtet, weil – und das ist interessant – ich glaube, daß Emily Ptak eine Affaire hat.«

»Wirklich. Mit wem?«

»Ich bin nicht sicher. Heute nachmittag bin ich ihr von ihrem Haus geradewegs ins Bonaventure Hotel in der Stadtmitte von Los Angeles gefolgt. Sie kennt mich nicht, also bin ich mit ihr im Aufzug, diesem gläsernen Ding, in den siebten Stock raufgefahren. Sie ging zum Zimmer 715, klopfte und sagte: ›Ich bin's‹, und ist reingeschlüpft.«

»Hast du versucht, reinzukommen?«

»Natürlich hab ich das.« Sie sah ärgerlich aus, daß ich diese Nachfrage für nötig zu halten schien. »Zehn Minuten später hab ich an der Tür geklopft und gesagt, daß ich der Zimmerservice sei, aber Emily hat durch die Tür geschrien, daß sie nichts brauche. Eine Stunde später rief ich sie an und sagte, daß ich vom Empfang sei und wir Probleme mit der Telefonanlage hätten. ›Ist das der Raum von Mr. Morgan?‹ Der Typ sagte: ›Nein‹. Ich fragte dann: ›Gut, wessen Raum ist es dann?‹ Da hat er aufgelegt. Dann hab ich es mit dem Hausdiener versucht und vorgegeben, daß ich ein Paket abzugeben hätte, aber der hat mir auch nichts erzählt. Wahrscheinlich hätte ich meine Sache besser machen können, oder?«

»Das war nicht schlecht«, sagte ich. »Bessere-Leute-Hotels sind wirklich schwer zu knacken.«

»Bist du sicher? Ich denke, ich hab's vermasselt. Ich hätte irgend etwas rausfinden müssen, mit den Zimmermädchen oder mit dem Hausmeister reden müssen. Schließlich war meine Mutter Schauspielerin, und ich bin in Hotels aufgewachsen.«

»Du hast das gut gemacht. Du hast mehr rausgefunden, als ich vorher gewußt habe, und schließlich wissen wir jetzt, daß sie eine Affaire mit einem Mann hat.«

Das Jet Lag schlug zu, und ich fühlte mich wie einen Meter unter Wasser, als ich endlich zur Malibu Kolonie einbog. Es gelang mir aber doch, Bannisters Haus wiederzufinden. Es war schon fast zwei Uhr morgens, aber der Psychiater war auf und wartete wie ein ärgerlicher Vater auf sein unartiges Kind, als wir ankamen. Er

schickte seinen Südseemenschen zu dem Auto. Der faßte Otis am Arm und führte ihn zur Tür, als sei er eine Strohpuppe. Dann setzte er ihn an der vorderen Treppe ab, Bannister gegenüber.
»Ich will, daß du hier nicht mehr wegläufst, Otis.«
»Werd ich nicht, Massa, das weißt du doch.«
»Das nächste Mal werde ich die Maßnahmen ergreifen, von denen ich dir erzählt habe.«
»Uh-huh.«
»Ich seh dich morgen um sechs Uhr zum üblichen Jogging. Sei fertig.«
»Was, zur Hölle ...« fragte Otis, der kaum mehr aufrecht stehen konnte.
»Bloß weil du wie ein dummes kleines Kind weggerannt bist, bedeutet das nicht, daß du unseren Stundenplan durcheinanderwerfen kannst«, sagte Bannister, der mir dankte und dem Samoaner und Otis ins Haus folgte.
Ich hatte große Mühe, die Augen aufzuhalten, also fuhr Chantal mich zurück nach West Hollywood, während ich ihr erzählte, was in New York passiert war.
Es hätte eigentlich ein seltsames Gefühl sein müssen: Es war schon so lange her, daß ich mit irgend jemand anderem als meinem Therapeuten teilte, was ich so trieb. Ich habe mir oft überlegt, ob ich nicht Privatdetektiv geworden bin, weil ich mein Privatleben so sehr mochte, ja sogar Privatheit brauchte, als ob ich, je mehr ich mich öffnen würde, desto mehr verlöre. Aber da war ich, erzählte ihr alles, jede Kleinigkeit über Fouads Fahrstil bis zu der nackten Angst, die ich empfunden hatte, als ich mich hinter den Mülltonnen des Clubs Los Cocos versteckt hatte, und alles kam mir ganz natürlich vor.
»Du hast Glück, daß du noch am Leben bist«, sagte sie, als wir in den Miller Drive einbogen und vor meinem Apartment zum Stehen kamen.
»Ja, ich glaube schon. Aber man denkt nicht daran in der Minute. Man handelt einfach.«
»Na, ich bin jedenfalls richtig froh, daß du nicht verletzt bist.« Sie schaute mich an und lächelte. »Froh, daß es nicht schlimmer war.«

Für eine Weile sagten wir nichts. Eine Wynton-Marsalis-Platte sandte Wellen dunkler Erotik von weither auf dem Sunset Strip.

»Kommst du mit hoch?« fragte ich.

»Moses, es ist fast drei in der Nacht. Abgesehen davon mußt du dich ausruhen.«

»Laß mich das beurteilen.«

»Sieh mal, Moses, ich würde gerne, aber ... es wäre nicht allzu klug. Das letzte Mal, als ich mit meinem Boß geschlafen habe, war ich Photoassistentin und bin in eine gräßliche Situation mit der Ehefrau gestolpert, und die ganze Sache hat damit geendet, daß ich meinen Job verloren habe.«

»Ich bin schon seit zehn Jahren nicht mehr verheiratet.«

»Das ist nicht der Punkt. Es ist nur einfach nicht professionell. Was soll ich denn für ein Gesicht machen am Morgen, wenn wir aufstehen und los müssen, etwas herauszufinden.«

»Ich hab keine Ahnung. Was machst du denn jetzt für ein Gesicht?«

»Was wirst du denn sagen, wenn du mir einen Auftrag geben willst und ich damit nicht einverstanden bin und wir anfangen zu streiten?«

»Darüber habe ich noch nicht nachgedacht.«

»Dann wird es aber Zeit.«

»Warum?«

»Weil es ein wirkliches Problem ist. Man sollte die Sachen nicht durcheinanderbringen. Ich hab das schon mal gemacht. Ich weiß das.«

Es war auch einerlei. Zwanzig Minuten später war ich fest eingeschlafen. Eine Videokassette mit *The Best of Mike Ptak* flimmerte hell aus meinem Fernseher am Fußende meines Bettes.

13

Ist es ein gerechtfertigter Verdacht oder nur Widerstand gegen die Therapie, wenn man beginnt, seinen Therapeuten der Verwicklung in ein Verbrechen zu verdächtigen?

Ich spekulierte an diesem Problem herum, als ich am nächsten Nachmittag Nathanson gegenübersaß. Ich war gerade damit fertig, ihm von Chantal zu erzählen und wie diese Frankokanadierin in mein Leben gekommen war und wie euphorisch und gleichzeitig ängstlich ich mich dabei fühlte, als ich ein Streichholzbriefchen des Top of the Five Restaurants des Bonaventure Hotels auf seinem Schreibtisch bemerkte.

»Wie war das Essen?« fragte ich und nickte in Richtung der Streichhölzer, die auf einem dicken Band der Approbationsordnung lagen.

»Was meinen Sie?«

»The Top of the Five im Bonaventure Hotel. Es war nicht so schlecht, als ich es im letzten Februar ausprobiert habe. Wann waren Sie denn da?«

»Ist das Bestandteil Ihrer Therapie, Moses?«

»Ich war bloß neugierig, wirklich. Es ist immer überraschend, wenn Hotelessen besser ist als ...«

»Fragen Sie sich nicht, warum Sie mitten in einer Diskussion darüber, was Sie als die stärksten Gefühle bezeichnen, die Sie seit langem für eine Frau empfunden haben, die Diskussion auf ein neutrales Gebiet abbiegen?«

»Nichts ist neutral. Alles hat einen Sinn. Haben Sie das nicht neulich selbst gesagt?«

»Ja. Aber glauben Sie nicht, daß Ihnen der Sinn danach stehen könnte, zu vermeiden, sich mit Ihren Emotionen auseinanderzusetzen?«

»Das bezweifle ich. Im Moment habe ich im Sinn, ein paar Tatsachen zu erfahren.«

»Was für Tatsachen?«

»Sie waren nicht zufällig gestern nachmittag im siebten Stock des Bonaventure Hotels?«

Nathanson beobachtete mich einen Augenblick. »Warum möchten Sie das wissen?«

»Weil Emily Ptak dort jemanden im Raum 715 besucht hat.«
»Ah, darum geht es ... Und was halten Sie davon?«
»Was ich davon halte? Das ist mir höllisch verdächtig, das ist es, was ich davon halte. Ihr Ehemann ist kaum zwei Wochen unter der Erde, und sie hat heimliche Treffen mit einem Mann in einem Hotelzimmer im Bonaventure!«
»Und ich soll dieser Mann sein?«
»Es ist mein Job, alle Möglichkeiten auszuchecken.«
»Könnte es nicht sein, daß Emily Ptak hier in meiner Praxis die Streichhölzer liegen gelassen hat? Sie hatte vor zwei Stunden einen Termin.«
»Ja, das ist möglich. Ich wollte es nur wissen.«
»Könnte es nicht auch sein, daß Emily Ptaks Besuch im Bonaventure überhaupt nichts damit zu tun hat, was Sie glauben?«
»Ich weiß nicht, warum sie dort hingegangen ist. Aber wenn eine Frau am hellichten Tag einen Mann in einem Hotelzimmer besucht, und keiner von beiden will seine oder ihre Anwesenheit zugeben, so sagt mir meine professionelle Erfahrung, daß sie nicht für eine Lateinprüfung geochst haben.«
Nathanson setzte sich in seinem Stuhl aufrecht und beobachtete mich ruhig. »Moses, erinnern Sie sich, als wir über ›Wesen‹ und ›Erscheinung‹ diskutiert haben ... wie Ihre eigenen Spannungen – die Melancholie, wenn Sie so wollen – Sie manchmal davon abhalten, das zu sehen, was sich direkt vor Ihren Augen befindet?«
»Wollen Sie mir damit etwas Bestimmtes sagen?«
»Nicht mehr, als ich tatsächlich sage. Das Leben kann viel einfacher sein, als man glaubt.«
»Ich wüßte gern, wie?«
»Nehmen wir zum Beispiel das: Was wollen Sie von mir? An dieser Stelle, in diesem Augenblick?«
»Eine Antwort. Keine Seelenklempnerscheiße mehr!«
»Und wenn ich Ihnen eine gäbe, würden Sie sie dann glauben?«
»Ich möchte gerne.«
»Aber würden Sie?«
Darauf hatte ich keine Antwort.
Zehn Minuten später verließ ich den Raum, mir brummte der Schädel. Der Gedanke, daß Emily Ptak dort oben im Hotelzimmer

mit Nathanson zusammengewesen sein könnte, war in mehrfacher Beziehung verwirrend und nicht zuletzt deshalb, weil er mein Therapeut war. Außerdem war er ein Krüppel. Dazu kam die Tatsache, daß mich Emily angelogen hatte. Und daß Emily meine Klientin war und bei weitem die lukrativste, die ich seit einiger Zeit hatte auftreiben können. Ich wollte sie nicht verlieren und mochte das nicht an mir. Die ganze Geschichte verursachte mir ein flaues Gefühl im Magen, und das war überaus unerfreulich, denn ich war auf dem Weg zur Rodmans Villa in Bel Air zu der Komiker-und-Chef-Benefizveranstaltung für Afrika, und wenn ich der *Los Angeles Times* von heute glauben durfte, dann war der berühmte Sandor Romulus schon seit drei Tagen damit beschäftigt, für das Ereignis zu kochen.

Auf dem Parkplatz sah es aus, als würde ein Kongreß über deutsche Autos abgehalten. Ich gab dem Parkwächter meine Schlüssel und gesellte mich zu den Herren in überteuerten Neopunk-Sporthemden und Damen in Unisex-Seidenpyjamas an der Ecke Copa de Oro/Braxton. Dort wurden wir in Kleinbusse verladen und zu der Privatstraße transportiert, die, gesäumt von Eukalyptusbäumen, zu Matthew Rodmans Villa führte. Die Leute im Bus hatten dieses Flair mittelalterlicher, höherverdienender Unterhaltungsindustrie-Liberaler, die vielleicht in grauer Vorzeit auf den Barrikaden gewesen sein mochten, aber seitdem einen langen Weg hinter sich gebracht hatten, sogar noch weiter als die wohlfeile Nostalgie über die wilden Zeiten in Columbia und Berkely, die ich sonst bei ähnlichen Veranstaltungen gehört hatte. Jetzt hörte ich eine Menge über große Abschlüsse, aber es klang nicht mehr so wie in den alten Woody Allen-Filmen. Es war ernster und tödlich, als sei nur noch ganz wenig Geld auf einem verwüsteten Globus übrig und eine winzig kleine Zeitspanne, es zu bekommen.

Rodman, ein Schwuler, der sein Vermögen in Einkaufszentren gemacht hatte, lebte in einem kühlen Schloß voll scheinbar endloser Säle mit weißen Carrara-Marmor-Fußböden und Sichtbetonwänden, in die kleine Muschelschalen eingegossen waren. All dieser Kargheit wurde nur durch eine große Sammlung indischer Miniaturen gegengesteuert und heute auch von hunderten wurstförmiger, lachsfarbener und grauer Ballons, die mit Helium gefüllt waren und an der Decke baumelten, bedruckt mit den Worten »Cosmic Aid« in schwarzen Art-Deco-Buchstaben. Zwei Wegweiser mit denselben Farben standen in der Haupthalle und zeigten ZU DEN KOMIKERN und ZU DEN CHEFS an. Ich stand dazwischen und überlegte, für welche Richtung ich mich entscheiden sollte, als Emily Ptak in einem gemusterten Baumwollkleidchen und chinesischen Stoffschuhen wie in den Sechzigern auftauchte und mit beiden Händen meine Hand ergriff.

»Ich weiß nicht, wie ich Ihnen für alles, was Sie für uns getan haben, danken soll. Wir wären ohne Otis in solcher Verlegenheit gewesen, und was für Differenzen wir auch immer gehabt haben mögen, ich weiß ganz sicher, daß Sie auch ihm einen großen Dienst erwiesen haben. So ein talentierter Mann sollte nicht seiner eigenen Selbstzerstörung ausgeliefert bleiben. Und als nächstes werden Sie mir herausfinden, warum Mike umgekommen ist. Haben Sie schon etwas gegessen? Sandor macht das erstaunlichste Soufflé de chanterelles auf Radicchio.«

»Vielleicht später. Ich fühle mich ein wenig unwohl.«

»Dann müssen Sie mit mir kommen und Eddy kennenlernen. Sie wissen doch, Eddy Sandollar, der Mann hinter dieser ganzen Sache. Sie nennen ihn den Heiligen des Rock ’n Roll.« Sie nahm mich am Arm und zog mich quer durch den Raum zu einem leicht übergewichtigen Mann Anfang Dreißig, der gerade längere Ausführungen gegenüber einer Gruppe von Bewunderern machte. Er trug sein blondes Haar fast schulterlang im späten Beatles-Stil, eine klassisch verspiegelte Sonnenbrille und ein Original-Hawaii-Hemd, daß Randy Newman vor Neid erblassen lassen würde.

»Also habe ich denen gesagt«, erzählte er gerade, »kommt mir bloß nicht mit eurem bürokratischen Scheiß. Wir reden hier vom Überleben von Menschen. Wir haben ein Erdbeben in Mexiko. Kleine Kinder sind lebendig begraben. Also entweder, ihr gebt mir jetzt diese Medikamente, oder geht aus der Leitung und hört auf, meine Zeit zu verschwenden.«

»Entschuldige einen Augenblick, Eddy«, sagte Emily, »ich möchte dir nur jemanden vorstellen – Moses Wine.«

»Hey, Brother«, er drehte sich zu mir um und grabschte nach meiner Hand für eine Soul-Prozedur. »Du bist der furchtlose Ritter, der uns Otis zurückgebracht hat!« Er zog mich dichter an sich heran und flüsterte: »Ich weiß, das klingt altbacken, aber du hast eine Seele gerettet. Früher wollten wir ja alle die Welt retten – erinnerst du dich an das Lied? Aber wenn du in deinem ganzen Leben nur einem einzigen geholfen hast, dann hast du dich selbst gerettet. Deshalb habe ich das Plattengeschäft verlassen. Ich war in solch einen schweren Ego-Trip geschliddert, daß ich damit aufhören mußte, bevor es mich erwischte.«

»Eddy hat das Heavy Metal-Hunger-Konzert in der Hollywood Bowl im letzten Jahr organisiert«, sagte Emily. »Sie haben ein Vermögen gemacht.«

»Ich weiß, ich habs im Videoclip-Kanal gesehen«, sagte ich. »Sie haben einen richtigen All-Star-Auftrieb zusammengebracht. Jedermann von Punk bis Funk.«

»Hey, das war nicht ich. Ich war nur die Relaisstation. Es ist nur durch mich hindurchgeflossen, wie Satchidananda immer gesagt hat. Abgesehen davon ist es sehr einfach. Du mußt nur die Projekte in die Welt setzen, und die Manager fallen übereinander, um einen Auftritt zu buchen und die PR zu kriegen. Also, ein echter Privatdetektiv, Mann!« Er studierte mich für einen Augenblick mit einer verrückten Intensität, die sogar durch seine Sonnenbrille sichtbar war. Dann glitt sein Blick ebenso schnell zur Seite. »Du mußt meine Frau kennenlernen«, sagte er und griff nach der Hand einer überraschend normalen asiatischen Frau von vielleicht fünfundzwanzig in einem besprühten Cosmic Aid-T-Shirt. »Das ist Kim. Sie hat mich gerettet, als ich völlig am Ende war. Du kennst ja den Trip, einen Rolls fahren und einen legalen Bankrott bauen. Kim hat mich spirituell transformiert. Wie die meisten von uns bin ich in der mosaisch-christlichen Tradition aufgewachsen, aber ich mußte mich darüber hinausentwickeln. Denn ich konnte nicht damit aufhören, zu negieren.«

Kim sagte kein Wort.

»Was negieren?« fragte ich.

»Die ganze Sache. Diesen Talmi-Glamour der Musikszene – Sex und Drogen und Rock ’n Roll. Ich war meinem Ehrgeiz verfallen. Nun bin ich dem Geben verfallen. Und weißt du, was? Es funktioniert.«

»Ja, das tut es, Moses«, sagte Emily. »Es hat mich gerettet, nachdem Mike gestorben war.«

»Du wandelst deswegen nicht auf dem Wasser, aber du schläfst nachts besser«, sagte Sandollar. »Hast du dich schon ernährt? Sandor Romulus ist eine große Nummer in der Cuisine Californienne, Mann. Und alles ist kalorienarm – wir haben das sichergestellt. Kein Fett- und Cholesterinzeugs oder sonst was Karzinogenes, außer der Luft, die wir einatmen.« Er warf seinen Kopf zurück, um seine blonden Haare aus den Augen zu wedeln. »Entschuldige, Mann, am liebsten würde ich den ganzen Tag mit dir plaudern, denn ein Privatdetektiv, der deine Art von Wohltätigkeit betreibt, macht mich an, aber ich muß den Charaktermasken da drüben noch ein bißchen Kies aus den Taschen ziehen.« Er deutete auf eine Gruppe älterer Schwuler in Matrosenhemden. »Die betreiben die Au Pair-Galerie, und wir wollen dieses Benifiz ein bißchen mit der Kunstwelt abrunden. Rauschenberg und Jasper Johns haben schon Poster versprochen. Ich treff dich später.«

Er griff nach meiner Hand und schüttelte sie fest, bevor er sich in Richtung Galeriebesitzer bewegte. Jetzt fühlte ich mich langsam hungrig, als sei es meine Pflicht gegenüber den Verhungernden der Welt, mich mit der allerneusten Küchenkunst abzufüllen. Ich folgte dem ZU DEN CHEFS-Wegweiser und kam zu einem Buffet, das mit allem nur Denkbaren beladen war, angefangen mit mesquiteholzgegrillten Santa Barbara-Krabben über Pizza, belegt mit Cabernet-Trauben, bis zu Ziegenkäse. Und trotz Sandollars Kalorienversprechen waren auch noch ein Haufen Brioches, Croissants und Semmeln da, genug, den Bauch jedes kalifornischen Freßsüchtigen aufzublähen, der seine Orgien in feinen Restaurants abhält und dessen Fegefeuer diese flagellantistischen Trimclubs sind.

Ich füllte meinen Teller und betrachtete Sandor Romulus, einen kurzen, trainierten Mann in weißen Hosen und schwarzem T-Shirt, der hinter dem Buffet wie Le Roi Soleil höchstselbst Hof hielt, während eine Gruppe verlorener Filmstars in unbehaglicher Anonymität dahinlitten. Chantal tauchte neben mir auf. Sie sah in ihrer silbernen Korsage und einer Brosche direkt über der rechten Brust großartig aus.

»Mein Therapeut sagt, daß ich zwischen Wesen und Erscheinung nicht unterscheiden kann«, sagte ich zu ihr. »Welches von beiden bist du?«

»Beides«, sie lächelte.

»Gut, ich kann die Erscheinung sehen, aber was ist mit dem Wesen?«

»Alles wird denen zufallen, die warten können – sogar cleveren kleinen Ärschen.« Sie hängte sich bei mir ein. »Auf, los. Du versäumst Otis.«

»Hast du Bannister gesehen?« fragte ich, als sie mich aus dem Gebäude hinausführte in Richtung einer Freilichtbühne, die auf dem Tennisplatz vor einem großen Videobildschirm errichtet worden war.

»Bisher nicht.«

»Komisch. Ich hätte nicht geglaubt, daß er bei einem Ereignis wie diesem zu spät kommen würde. Hier ist es rappelvoll mit potentiellen Klienten.«

Wir kamen am Ende der Zuschauermenge an und drängelten uns zur Bühne durch. Otis stand schon da, ein Mikrophon in der Hand und sah aus, als sei er direkt dem *Interview*-Magazin entstiegen mit Dinner Jacket, Jeans und Smokinghemd ohne Krawatte. »Ich hab meinen Auftritt vorher reinigen müssen«, sagte er zu dem dankbaren Publikum. »Wir reden heute über Armut, und bloß weil hier fünfzig Studiobosse rumhängen, die meinen armen Arsch rausfeuern könnten, heißt das nicht, daß ich nicht nur aus einem einzigen Grund hier bin – die Bäuche von den verhungernden Babies zu füllen. Also keine Wichser- und Pussywitze.« Ein kurzes nervöses Gelächter flackerte auf und erstarb schnell, vielleicht zu schnell. Otis bemerkte es. »Aber ernsthaft, Leute«, fuhr er fort. »Die Killer dieser Welt sind nicht die schmutzigen Worte, es sind die schmutzigen Taten. Und eine der schmutzigsten ist es, die Leute nicht zu ernähren, wenn es genug Essen für alle gibt. Und ich rede nicht nur von dieser Orangensaft-Pizza, die ihr Leute hier eßt. Findet ihr das nicht auch verrückt? Je mehr Leute in Afrika sterben, desto ausgefallener ist das Essen, das wir zu uns nehmen. Schon bald wird der ganze Kontinent dort drüben ausgestorben sein, und Sie werden hier Eiscreme mit Worcestersoße weiteressen.« Gelächter. »Ist das nicht genau mein Stil? Weiße Leute bis auf die Knochen zu beleidigen und sie darüber zum Lachen zu bringen. Seid ihr hier alle Masochisten, oder wie? Und was bin ich in diesem Spiel – der Marquis de Schwarz? Also öffnet eure Brieftaschen, ihr masochistischen Babies und ruft Eure Steuerberater an, denn der Mann, den ich jetzt vorstellen will, verdient eure ganze Aufmerksamkeit und euer ganzes Geld. Und ich meine wirklich, alles! Ich rede über niemand anderen als den Mann, der direkt in eure Taschen rock 'n' rollt, funkt und pogot – der Michael Jackson, Bruce Springsteen, Prince und Mick Jagger der internationalen Hilfe ... Der schnelle Eddy Sandollar.«

»Danke, Otis«, sagte Sandollar und übernahm das Mikrophon von dem Komiker, der mit ihm auf der Bühne blieb. »Ich glaube, wir wollen lieber von dir beleidigt werden, als von einem Haufen moralischer Heuchler gepriesen werden, wie sie so viele heutzutage rumlaufen. Also ich weiß, viele der Leute hier haben einiges hinter sich – wir hatten einen Traum mit Martin Luther King, Neue Grenzen mit John F. Kennedy und eine Offene Gesellschaft mit Lyndon B. Johnson. Und obwohl viele dieser Träume verblaßt sind, will ich euch sagen – seht euch doch um! –, so schlecht haben wir es eigentlich gar nicht. Aber ich muß euch auch sagen, daß es eine Menge Leute gibt, die es nicht so gut haben. Um offen zu reden, ein zweiter Holocaust findet statt, und die Bühne dieses Holocaust ist nicht Buchenwald, Bergen Belsen oder Auschwitz; es sind Äthiopien, der Sudan und Mali. Vielleicht sagt ihr jetzt, daß Holocaust ein großes Wort ist? Gut, dann laßt mich erzählen, daß ich selbst nichts davon wahrgenommen habe, als ich in meinem Penthaus-Büro als Präsident der Licorice Records saß, Demobänder anhörte und Shit rauchte. Also auf die Gefahr hin, Leute zu langweilen, die ihre Tage damit zubringen, Rohschnitte und Drehtagssamples anzusehen ...«

»Langweile sie, Eddy!« schrie Otis. »Langweile sie zu Tode. Dann geben wir ihnen mehr von dieser Erdbeerpizza mit den Knoblauch-Plätzchen und dann können sie weiter zuhören.«

»Hört sich gut an, Otis.« Sandollar nickte einem Helfer zu, der die Videogroßprojektion anschaltete. Eine ausgetrocknete Wüstenlandschaft erschien auf dem Bildschirm. »Das ist Ostafrika. Nach Untersuchungen der Vereinten Nationen sind dort zwölf Millionen Menschen am Rande der Auslöschung. Es ist die größte Krise der Menschheit in unserer Zeit.« Die Kamera schwenkte um 180 Grad und zeigte ein Dutzend halbnackter verlassener Kinder mit traurigen Augen, die aussahen, als litten sie unter Infektionen und akuter Unterernährung. »Es ist noch nicht zu spät, diese Katastrophe zu verhindern, wir müssen nur unsere Hilfe an Medikamenten und Nahrungsmitteln verdreifachen.« Während Fliegen um ihre Köpfe herumsummten, streckten einige der Kinder ihre Hände so zur Kamera aus, als flehten sie das Publikum direkt um Hilfe an. »Wir müssen es jetzt tun. Und wir müssen die habgierigen, korrupten lokalen Politiker da raushalten, seien sie nun Marxisten, Kapitalisten, Faschisten oder sonst was.« Als Sandollar fortfuhr, hatte ich den Eindruck, daß sich irgend etwas durch die Menge bewegte und sie auf eine Seite drängte. »Also sind wir zu euch gekommen, Mitgliedern einer Gemeinschaft, die sich schon in der Geschichte als eine der großzügigsten erwiesen hat, weil eure kreativen Gaben euch für das Elend der anderen leicht empfänglich machen.« Die Bewegung in der Menge hielt an. Ich drehte mich nach links und bemerkte Koontz, der sich einen Weg zur Bühne bahnte. Hinter ihm waren Estrada und ein anderer Detektiv in Zivil, d. h. in einer schwarzen Lederjacke und Carrerra-Sonnenbrille. »Dieses Leiden ist es, das zu lindern ich euch hier aufrufe, eine Verpflichtung nicht nur hier und jetzt, sondern auf eine längere Zeitdauer.« Ich drehte mich um und sah noch drei Polizisten in Uniform weiter hinten stehen. »Wir wollen keine Kulturimperialisten sein und auch keine des Geistes. Wir wollen ihnen nur Geld und Material geben, damit sie sich selbst helfen können.« Ich drehte mich wieder zurück. Koontz hatte die Bühne erreicht und sprach gerade mit Otis, der mit einem verblüfften Gesichtsausdruck auf ihn runterstarrte. »Heutzutage muß man den Zynismus bekämpfen; wir müssen die Trägheit bekämpfen. Es gibt Hoffnung. Wir können die Welt besser machen. Mit den Worten von John Lennon: ›Imagine!‹«

Koontz sagte irgend etwas, und Otis spannte sich an und wich ein paar Schritte nach rechts aus. Plötzlich schoß er von der Bühne und rannte über den Tennisplatz, als sei er ein Footballspieler auf dem Weg zur Torlinie. Und als er losrannte, liefen die drei uniformierten Polizisten zum Ausgang und erreichten ihn vor ihm. Otis sprang zurück und wirbelte herum, nur, um Koontz und seine Mannen direkt hinter sich zu finden.

»Was für eine Riesenscheiße soll das hier sein?« Otis' Stimme schrillte über die Menge wie ein Feuerwerkskörper. »Diese Cops hier sind total verrückt! Raus hier, aber ein bißchen plötzlich!«

»Es tut mir leid, meine Herrschaften, Sie hier zu stören«, sagte Koontz, als er und Estrada jeder einen Arm von Otis ergriffen. »Wir hätten die ganze Angelegenheit lieber mit weniger Aufsehen erledigt.«

»Scheißaufsehen! Das hier ist Scheiße! Das ist Rassismus! Ihr habt versucht, mich umzubringen, seit ich auf der Welt bin.«

Otis holte weit aus gegen den dritten Detektiv, der nach den Handschellen langte und versuchte, sie einschnappen zu lassen. Dann faßten Koontz und Estrada nach seinem Arm und bogen ihn wieder zurück. »Ich bin sicher, daß Sie Ihre Rechte kennen und das Miranda-Urteil, Mr. King.«

Ich boxte mich durch die erstaunte Menge.

»Herr im Himmel, Koontz, was machst du denn da? Wir sind hier doch nicht im Needle Park.«

»Ich tue, was ich tun muß, Wine. Wofür die Steuerzahler mich angestellt haben.« Er guckte mich scharf an. Ich sah mich in der Menschenmenge um. Alle schienen genauso gelähmt von der ganzen Sache zu sein wie ich auch.

»Komm schon, Koontz.« Ich versuchte, meine Stimme zu senken. »Du kannst einen Mann wie ihn nicht hier vor all diesen Leuten einlochen. Du bist dabei, seine Karriere zu ruinieren. Halt doch mal die Luft an. Abgesehen davon ist er unter vierundzwanzigstündiger psychiatrischer Aufsicht. Du kannst diesen Mann überhaupt nirgendwohin mitnehmen.«

»Vierundzwanzigstündiger psychiatrischer Aufsicht, ja?«

»Ja, bei Dr. Carl Bannister. In Malibu.«

»Tja, Wine, von nun an scheint mir, wird niemand mehr sich unter Bannisters Aufsicht begeben können, wieviel sie auch wert gewesen sein mag. Denn wir haben ihn vor vier Stunden tot aufgefunden. Und genau deshalb und jetzt nehmen wir Otis King wegen Mordverdacht fest.«

14

»Was glaubst du, wie lange er in dem Gelände war?« fragte Jacob, mein älterer Sohn. Wir saßen um den Küchentisch herum – er, Chantal, Simon, Tante Sonya und ich – und aßen eine ganz normale ordinäre Pepperoni-Pizza, fünf Stunden, nachdem das Komiker-und-Chefs-Benefiz aufgelöst worden war, wobei riesige Mengen unberührtes Gourmet-Essen, meines eingeschlossen, auf den blumengeschmückten Klapptischen übriggeblieben waren.

»Wahrscheinlich sind sie morgens um sechs Uhr zum Jogging gegangen. Jedenfalls war das der Stundenplan. Sie sind das Tor zur Kolonie rausgerannt, haben den Highway gekreuzt und sind dann in die Hügel hinauf in ein Gebiet, das die Serra Retreat genannt wird.«

»Ich kenne die Gegend«, sagte Simon, der oft in der Malibu Lagoon surfen ging. »Da oben gibt es Ranches und viele Eukalyptusbäume.«

»Und sie haben also gesagt, daß der schwarze Mann den weißen Mann mit einem Messer getötet haben soll«, sagte Sonya. »Das ist kein großer Unterschied zu dem Fall der Scottsboro-Jungen.«

»Ach komm«, sagte ich. »Das war 1931. Sie hatten bis zum ersten Prozeßtag keinen Anwalt, und acht von ihnen bekamen Todesurteile.«

»Ja, sie sind aber drei Jahre später in der Berufung wieder freigelassen worden«, sagte Jacob.

»Kluges Kerlchen«, sagte ich. In den letzten paar Jahren liebte es Jacob, sich weltverdrossen zu geben, als sei die ganze Gesellschaft unter der Diktatur von ausgekochten Journalisten und blasierten Modedesignern. Er und seine Freunde interessierten sich für Sicherheit und Geld. Das war ihre Form der Revolte gegen ihre Eltern aus den Sechzigern, die die meisten ihrer Ideale verloren hatten. Aber ich nahm an, daß auch das, wie so vieles andere, wieder vorübergehen würde. »Auf jeden Fall«, fuhr ich fort, »liegt die Sache hier völlig anders. Ein schwarzer Millionär ist angeklagt, einem weißen Prominentenpsychiater die Gurgel durchgeschnitten zu haben.«

»Das ist eine revolutionäre Tat«, sagte Sonya.

»Sehr komisch.«

»Was ist denn sonst revolutionär? Wohltätigkeitsveranstaltungen?« raunzte Sonya. »Damit wird nichts erreicht. Schlimmer – sie werfen einige Sachen sogar zurück. Ich hasse es, die Bibel zu zitieren, aber es steht alles in Prediger 5, Vers 10: ›Denn wo viele Güter sind, da sind viele, die sie aufessen.‹«
Jede Art von Wohltätigkeit bringt nur mehr verhungernde Menschen und Krankheit. Wenn man wirklich etwas verändern will, dann muß die Nation sich selbst verändern. Jetzt z.B., in China ...«
»O.K., O.K.. Ich weiß. Du hast gerade meinen Sohn mit in eine Wiederaufführung des ›Krieg um Algier‹ genommen, aber dieses Ereignis hier ist so revolutionär wie der Aufkauf einer Firma an der Börse, und Otis King wird eine richtige Verteidigung haben, als sei er John Delorean, Autoboß und Koksdealer.«
»Glaubst du, daß er schuldig ist?« Das war Chantal.
»Das habe ich nicht gesagt. Aber entweder ist die Polizei sehr viel blöder, als ich je gedacht hätte, oder derjenige, der Otis in diese Situation gebracht hat, ist ein gottverdammtes Genie, denn niemand würde einen Mann wie Otis ohne jede Vorwarnung eingelocht haben, wenn er nicht höllisch sichere Beweise hätte. Und schaut euch an, was sie ohnehin schon haben: eine Mordwaffe mit Otis' Fingerabdrücken; einen Sack voll Motiven, jedenfalls nach Bannisters Patientenprotokollen, die detailiert über die kriminellen Vergehen seines Bruders Auskunft geben und – Koontz hat mir das vertraulich gesagt – über Otis' persönliche Verwicklungen in die Geschäfte seines Bruders; einige Zeugen, die sie gesehen haben, als sie in den Wald gerannt sind, und dann bezeugt haben, daß Otis alleine zurückgekommen ist; und dann noch Otis' eigene extrem paranoide Persönlichkeit und seinen biographischen Hintergrund als mißhandeltes Kind, seine kriminelle und seine Drogenkarriere.«
»Alles nicht zu bestreiten«, sagte Jacob.
»Ja, alles nicht zu bestreiten, aber für uns doch, wenn wir versuchen herauszubekommen, ob er es wirklich getan hat oder nicht.«
»Was ist denn mit dir passiert?« fragte Sonya. »Bist du einer von denen geworden?«

»Sonya, er ist Millionär. Kein armer Junkie. Und wenn es ein armer Junkie wäre, der diesen Typen umgebracht hat, dann würde ich auch sagen, was Sache ist. Aber ihr könnt beruhigt sein. Ich glaube ja gar nicht, daß er es war.«

»Ahhh ...« Sonya seufzte tief auf. »Beinahe hättest du eine Herzattacke verschuldet.«

»Aber ich bin nicht sicher. Denk immer daran.«

»Das ist mir wurscht. Hauptsache, du bist nicht einer von denen geworden. Ich war sehr besorgt, daß die Therapie dich kaputtgemacht haben könnte.«

»Therapie? Therapie macht niemanden kaputt!« Ich fühlte mich so angegriffen, daß ich fast schrie. Trotz der Dramatik der letzten paar Stunden hatte ich meine letzte Sitzung mit Nathanson immer noch nicht verdaut. Sogar eine beiläufige Erwähnung des Themas brachte mich auf. Chantal sah mich an.

»Warum beruhigst du dich nicht einfach und wir untersuchen einige der vorliegenden Tatbestände?« fragte sie.

»O.K. Und was ist mir dir?« Ich wandte mich zu Simon um, der gerade die Rückseite meiner *New Republic* mit Graffiti bekritzelte. »Keine Hausaufgaben?«

»Ein bißchen Mathe und englischer Aufsatz.«

»Na, denn los.«

»Was?«

»Mach's. Mach's doch einfach. Ich will davon nichts mehr hören. Und hör auf, die Umschläge meiner Zeitschriften für künstlerischen Ausdruck zu mißbrauchen. Du hast einen Zeichenblock.« Ich deutete auf das Schlafzimmer. Er blitzte mich böse an, als er davontrottete.

»In Ordnung, jetzt zurück auf Feld 1.«

Das Telefon läutete. Ich nahm ab. Es war Emily.

»Hm, Moses«, sagte sie. »Ich weiß, daß es schon spät ist, aber ich wollte nicht, daß Sie morgen losgehen und Ihren Tag verschwenden, bevor ich nicht mit Ihnen geredet habe.«

»Meinen Tag verschwenden?«

»Ja. Ich glaube nicht, daß ich Ihre Dienste noch weiter benötige. Soweit es mich betrifft, ist ja jetzt alles in den Händen der Polizei, und es sieht so aus, als arbeiteten sie ordentlich. Ich danke Ihnen sehr für das, was Sie bisher für mich getan haben. Sie haben Ihre Arbeit mehr als kompetent gemacht, und wenn Sie mir eine Rechnung schicken, werde ich Ihnen selbstverständlich alle Zeit und Ausgaben vergüten, aber ich möchte nicht, daß Sie weiter ermitteln.« Sie sagte all das so schnell, als hätte sie es vorher geübt.

»Sind Sie sich dessen sicher?«

»Absolut. Gute Nacht, Moses, und vielen Dank.« Sie legte auf.

»Wir sind gefeuert«, sagte ich.

Chantal griff sich an die Stirn. »Au, das ist ja schlimmer, als Stegreifwitze auf der Bühne zu erzählen. Da kündigen sie es dir wenigstens vorher an. Tja, das war interessant, aber kurz.« Sie stand auf und griff nach ihrer Schultertasche. »Ich bring den Wagen morgen zurück und benachrichtige dich, was Benzin und Kilometerzahl betrifft. Kannst du mir meinen Scheck schicken?«

»Ich hab nicht gesagt, daß du gefeuert bist. Ich habe gesagt, daß wir gefeuert sind.«

»Der Fall ist vorbei. Mit was willst du mich denn bezahlen, mit Hosenknöpfen?«

»Gut, du hast doch diese grandiose Ansage schon auf die Antwortmaschine gesprochen über die International Investigative Consultants. Wir könnten doch versuchen, dieser großartigen Anforderung gerecht zu werden. Wir sind doch in der Epoche des Yuppie-Unternehmertums, oder nicht? Jedenfalls für die nächsten sechs Wochen. Entweder so was, oder wir eröffnen ein Restaurant.«

Sonya und Jacob sahen sich an. Chantal sah zu ihnen rüber, dann lehnte sie sich zurück und betrachtete mich mit halb wachsamem, halb erleichtertem Gesichtsausdruck.

»Ein Restaurant scheint mir eine bessere Idee zu sein«, sagte Jacob.

»Ich danke dir für die Unterstützung«, sagte ich.

»Du bist nicht verpflichtet, mir einen Gefallen zu tun«, sagte Chantal. »Ich meine damit, daß du mir nichts schuldest oder so.«

»Ich weiß.«

Wir saßen einen Moment stumm in der Runde.

»Ja, dann«, sagte Sonya abschließend, »wirst du jetzt deinen eigenen CIA aufmachen. Wie willst du das denn schaffen? Zur Bank gehen und einen Kredit aufnehmen?«

»Erst mal beenden wir den Fall Otis King. Oder den Fall Ptak/King oder was auch immer es ist. Das sind ganz sicher die Schlagzeilen in Los Angeles, wahrscheinlich auch sonst überall, für die nächste Zeit, und wer es knackt, kriegt eine Riesenpublicity.«

»Ich dachte, der Fall sei schon gelöst?« sagte Jacob.

»Das ist unser Risiko.« Ich zündete einen Joint an und reichte ihn Chantal. »Und in der Zwischenzeit werde ich dir beibringen, wie du ein paar Geschäfte für dich allein erledigen kannst. Wenn es funktioniert, wenn es dir genug für dich selbst einbringt, bleiben wir dabei. Wenn nicht ...«

Sie nickte, zog am Joint und reichte ihn Sonya rüber, die ihn auf Armeslänge von sich entfernt hielt. »Immer wieder bestehst du darauf, mir dieses Zeug zu geben«, sagte sie. »Du weißt, daß ich es für ein Zeichen bourgeoiser Dekadenz halte, und außerdem ist dieser junge Mann hier minderjährig. Du korrumpierst ihn.«

»Ich bin siebzehn«, sagte Jacob. »Mit zwanzig hat Alexander schon mit einem Heer von fünfunddreißigtausend Mann das persische Reich angegriffen.«

»Aber ja doch. Und mit dreiundzwanzig wurde Dennis Kucinich zum Bürgermeister von Cleveland gewählt. Wir wissen, daß diese Welt voller begnadeter Kreaturen steckt. Aber bei allem Respekt vor dem Alter dieser Dame und der unbestreitbaren Tatsache, daß wir alle eines Tages Graue Panther sein werden, laßt uns die Sache herunterkochen.« Ich nahm den Joint und drückte ihn aus. »Abgesehen davon ist es fast Mitternacht. Warum bringst du nicht einfach deine Großtante nach Hause?«

Ich gab Sonya einen Gute-Nacht-Kuß und umarmte meinen Sohn kurz. Sie schüttelten Chantal die Hand und verschwanden. Dann ging ich in das zweite Schlafzimmer, um nach Simon zu sehen. Er war schon fest eingeschlafen, mit seinem Kopf auf dem unaufgeschlagenen Mathebuch. Ich fischte es unter ihm hervor, zog seine Schuhe aus und deckte ihn zu. Dann lief ich in die Küche zurück und setzte mich Chantal gegenüber an den Tisch.

»Hier stehn wir nun«, sagte ich.

»Ja.« Sie sah mich einen Moment lang an und pickte sich dann den Joint und starrte darauf. »Dein Therapeut – was hat er mit ›Wesen‹ und ›Erscheinung‹ gemeint?«

»Das ist so was wie der alte Vexierbildeffekt, wo man ein Muster in einem Feld von Punkten erkennen soll. Oder das Sprichwort vom Wald, den man vor lauter Bäumen nicht sieht.«

»Und du kannst das nicht?«

»Manchmal lasse ich meine Probleme überhandnehmen. Also jedenfalls glaubt mein Therapeut das.«

»Aber das ist doch bei jedem so, oder nicht?« Sie drehte den Joint in ihrer Hand und legte ihn dann wieder hin. »Mein Exmann hat immer alle diese Begriffe benutzt – neurodies retrodas – für Sachen und Gefühle, die eigentlich jeder kennt. Später habe ich dann erkannt, daß er sie als Mittel benutzt hat, mich zu kontrollieren. Jedenfalls meistens.« Sie sah zu mir auf und lächelte. »Du bist doch ganz in Ordnung, so wie du bist. Ich kann das beurteilen.«

»Vielen Dank. Das beruht auf Gegenseitigkeit.«

Sie zuckte mit den Schultern, eine lustige kleine Falte zog sich gerade von ihrer Unterlippe nach oben, um in der Senke ihrer Wange zu verschwinden.

»Du mußt wissen, daß es sehr lange her ist, daß ich mich in jemanden verliebt habe.« Diese Worte waren nicht vorausgeplant. Sie mußten gerade irgendeinem geheimnisvollen Ort entstiegen sein. So, als würde sich das Wesen aus der Erscheinung herausschälen, oder war es umgekehrt?

Chantal errötete leicht und sah weg. Ich war plötzlich auch sehr verlegen. Ich sagte nichts mehr, bis sie sich wieder zu mir umdrehte.

»Es tut mir leid. Ich hab nicht beabsichtigt ...«

»Nein. Das ist schon in Ordnung. Es sind halt nur so große Worte und ...«

»Du hast sie sicher schon gehört.«

Sie nickte. Wir saßen in jener Art unbehaglicher Stille herum, von der man sagt, man könne Lastwagen dadurch fahren. Ich konnte sie atmen hören und merkte, wie meine Pulsfrequenz anstieg. Nach einer Weile starrten wir einander an, als seien wir ein Paar von siebzehnjährigen Teenagern in einem Autokino.

»Weißt du, für jemanden, der eine Bühnenkomikerin war, bist du sehr schüchtern.«

»Das ist doch nicht so seltsam, oder?«

»Nein, ich glaube nicht, daß es das ist.« Ich sah sie wieder an. »Willst du von deinem Prinzip abgehen?«

»Ja.«

Ich nahm ihre Hand, und wir gingen langsam in mein Schlafzimmer. Wir begannen uns im grünen Licht der Neon-Wanduhr gegenseitig auszuziehen.

»Du zitterst«, sagte sie.

»Du auch.«

»Es ist keine so ernste Angelegenheit.«

»Nein, das ist es nicht. Jedenfalls glaube ich, daß es das nicht ist.«

Unsere Kleider fielen auf den Fußboden, und ich konnte die Silouette ihres Körpers im Schrankspiegel sehen. Es war eine lange, weiche Linie mit einer zarten, runden Kurve, die sauber in schneeweiße Schenkel mündete. Ihr Schamhaar hatte das gleiche Kastanienbraun wie das auf ihrem Kopf, aber es ringelte sich in engen kleinen Locken an ihre Haut. Ich umfaßte sie mit beiden Armen, und wir ließen uns auf das Bett gleiten. Und dann schliefen wir miteinander. Die Erde hat sich nicht bewegt oder irgend etwas anderes. Aber wenn man bedenkt, daß wir es noch niemals vorher gemacht hatten, und wenn man weiterhin bedenkt, was an diesem Tag schon alles passiert war, und wenn man zusätzlich noch die Kriegsverletzungen der Akteure bedenkt, und daß ich mich immer noch nicht auf meine rechte Seite drehen konnte wegen meiner gebrochenen Rippen, also, wenn man all das in Rechnung stellt, kann man ruhig sagen, daß es ganz schön großartig war.

Das Telefon läutete am nächsten Morgen um 5.46. Es fühlte sich an wie ein terroristischer Anschlag. Ich angelte im Dunklen herum und warf dabei beinah mein Radio und meine Lampe vom Nachttisch.

»Hallo«, grunzte ich.

»Hallo, Mr. Wine.«

»Ja?«

»Mein Name ist Nick Steinway – nein, keine Beziehung zum Klavierbauer. Würde es Ihnen etwas ausmachen, in mein Büro zu kommen? Ich würde sehr gerne mit Ihnen sprechen.«

»Mit mir sprechen? Wissen Sie, wie spät ...«

»Der Tag ist so kurz, Mr. Wine. Und es steht uns nur eine begrenzte Zeit zur Verfügung, die Dinge zu erledigen. Wenn Sie, sagen wir, in fünfzehn Minuten hier sein könnten, wäre ich mit Ihnen um halb sieben fertig.«

»Worum gehts hier – um einen Haarschnitt?«

»Sehr witzig. Sehen Sie, Wine, seien Sie da. Es wird Ihnen nicht leid tun.«

»Wo ist da?«

»Global Pictures, Vorstandsgebäude, Suite 200. Wie essen Sie Ihre Eier?«

»Spiegel.«

Er legte auf.

Ich sah zu Chantal rüber, die mich verschlafen anstarrte. »Schlaf wieder ein«, sagte ich. »Ich bin in ein paar Minuten wieder da.« Ich stand auf und verordnete mir eine Zweiminuten-Rasur.

Exakt um 6.05 trat ich durch eine Tür, auf der PRÄSIDENT INTERNATIONALE PRODUKTIONEN stand, in Nick Steinways Empfangszimmer. In der Art, wie das hier lief, hätte es gut drei Uhr nachmittags sein können. Auf einer weißen Ledercouch redeten zwei bärtige Typen um die Dreißig ängstlich auf eine attraktive silberhaarige Dame ein, die zehn Jahre älter war als sie, und durch eine offene Tür konnte man eine Gruppe von vier Männern in Anzügen sehen, die mit Hilfe einiger Kaffeekannen in einer Eßecke irgendwelche Papiere durchgingen. Aber etwas schienen alle gemeinsam zu haben: Sie rieben sich die Augen.

»Sie müssen Mr. Wine sein«, sagte eine Sekretärin, eine mütterliche Dame in einer grauen Hemdbluse. »Mr. Steinway möchte Sie umgehend sehen.« Sie drückte die Gegensprechanlage zu seinem Büro. »Es ist Mr. Wine.«

Ich drehte mich um, als die Bürotür von selbst aufschwang oder wohl eher durch eine Fernbedienung, die ein kleiner drahtiger Mann Ende Zwanzig bediente, der auf einer weiteren weißen Ledercouch saß, die aber doppelt so groß wie die im Empfangsraum war. Er sprach ins Telefon, während er ein halbes Dutzend Skripts durchblätterte, die auf seinem Schoß lagen. »Er kann mich als sonst was bezeichnen«, hörte ich ihn sagen, als er mich näher zu sich winkte, »er ist drei Tage im Verzug und muß zehn Seiten streichen.« Er legte auf und erhob sich, um mir die Hand zu schütteln. »Mr. Wine, nehme ich an ... Nur noch einen Augenblick. Ich komme gleich wieder zu Ihnen ... Haben Sie die Eier bekommen?« Aber bevor ich antworten konnte, lief er hinter mir vorbei ins Empfangszimmer. »Haben Sie diesen zweiten Akt gelöst?« fragte er die beiden Typen auf der Couch. »Wenn ja, lassen Sie es mich wissen. Und vergessen Sie nicht, Ihr nächstes Projekt machen Sie mit mir.« Bevor die beiden antworten konnten, war er schon hinüber zu der Eßecke gelaufen und hatte sich über den Tisch mit den Anzugleuten gebeugt. »Ja, für den Rohfilm«, sagte er. »Aber Sie müssen uns Europa geben und eine Ausfallgarantie.« Er hob eine leere Kaffeekanne an. »Besorg den Jungens noch ein bißchen Kaffee, Elizabeth.« Er stellte die Kanne wieder hin und schoß zurück in sein Büro und schloß die Tür hinter sich. »Jetzt«, sagte er, »möchte ich Ihnen unser Problem darlegen.«

»Lassen Sie mich raten. Sie haben einen Multimillionen-Vertrag mit jemandem unterzeichnet, der gerade wegen Mordes verhaftet worden ist.«

»Korrekt.«

»Und jetzt müssen Sie sich entscheiden, ob Sie ihn unterstützen wollen oder nicht.«

»Exakt. Aber wir müssen das schnell entscheiden, denn es ist schon einiger PR-Schaden entstanden. Ich würde sagen, daß Global spätestens in einer Woche entweder hinter ihm steht oder ihn in den Wind schießt. Ich glaube eigentlich nicht, daß er unschuldig ist, aber wir können es uns nicht leisten, uns ein schlechtes Image einzuhandeln. Diese ganze Geschichte ist noch extremer als der Fall Landis, wo es schließlich genaugenommen nur um fahrlässige Tötung ging. Na, versuchen Sie mal, in diesem Geschäft mit Talenten zurechtzukommen.« Er schüttelte den Kopf. »Was soll's, am Fließband muß man ja auch mit Asbest arbeiten.«

»Warum ich?«

»Ich hab Sie gestern auf dem Benefiz gesehen. Ich habe gehört, daß Sie für Emily Ptak arbeiten.«

»Wer hat Ihnen das erzählt?«

»Eddy Sandollar.«

»Woher wußte der das?«

»Eddy weiß alles. Das ist sein Geschäft. Es könnte ja sein, daß Sie eines Tages ein großer Spender werden, trotz alledem. Einerlei, ich hab Sie überprüft. Ich hab die Möglichkeit, so was sehr schnell zu machen. Also, wieviel kriegen Sie für den Auftrag?«

»Fünfhundert am Tag plus Spesen.«

»Fünfhundert? Sie machen sonst nur zweihundert am Tag.«

»Sie kennen meinen Tagessatz?«

»Das ist mein Job. Ein Agent kommt hier rein und will hunderttausend für ein Filmskript haben. Ich muß wissen, was die Autoren verdienen.«

»Fünfhundert, oder vergessen Sie die Sache.«

»In Ordnung«, sagte er. »Aber ich war gerade dabei, Ihnen ein anderes Arrangement vorzuschlagen. Ihren normalen Tagessatz und einen Fünfzigtausend-Dollar-Bonus, wenn Sie den Fall lösen. Das nennen wir einen Schritt-für-Schritt-Handel.«

»Schlag ich ein«, sagte ich.

Als ich wieder zu Hause ankam, saß Chantal in der Küche, las die Zeitung und trank Kaffee.

»Das Glück ist auf unserer Seite«, sagte ich und küßte sie von hinten. »Wir haben schon einen neuen Klienten gefunden.« Ich erzählte ihr von Global Pictures und seinem jungen Workaholic-Präsidenten. »Der einzige Nachteil daran ist, daß wir die Sache in einer Woche gelöst haben müssen. Anderenfalls können sie es nicht mehr gebrauchen. Steinway streicht uns dann von der Lohnliste. Nicht nötig zu erwähnen, daß wir niemandem verraten dürfen, für wen wir arbeiten.«

Sie deutete auf die dreispaltige Schlagzeile über den Photos von Bannister und Otis: BEKANNTER KOMIKER VERHAFTET WEGEN MORD AN PSYCHIATER.

»Steht was Neues drin?«

»Sie haben den Körper in einer Schlucht hinter der Serra Retreat gefunden. Offensichtlich war er unter ein paar Blättern und Unterholz versteckt und ist runtergerutscht.«

»So schnell? Wer hat ihn gefunden?«

»Ein paar Cowboys von der Ranch – Jack Goldman und Danny Aronowitz.«

»Koschere Cowboys«, sagte ich und schenkte mir ein bißchen Kaffee ein, um möglichst schnell an ein wenig Koffein zu kommen. »Wo war das Messer?«

»Das haben sie nicht gesagt. Aber es ist von einer Marianne Walders entdeckt worden, einer Aerobic-Lehrerin aus dem Malibu Movers Club. Wir werden sie aufsuchen müssen.«

»Ich werde das tun. Ich mache Außendienst und schau mir den Tatort an. Ich möchte, daß du hier bleibst und dich mit Stanley Burckhardt in Verbindung setzt. Er müßte bis jetzt etwas herausgefunden haben, und wenn nicht, dann möchte ich wissen, warum. Außerdem möchte ich mehr über Nastases Trip nach Triest wissen. Besorge genaue Daten und Zielorte, wenn du kannst. Wo er gewohnt hat. Wen er getroffen hat. Was auch immer. Setz dich mit der Einwanderungsbehörde in Verbindung und finde heraus, wann er die Staatsbürgerschaft bekommen hat. Da könnte vielleicht was sein. Weiterhin geh bitte zum Katasteramt und sieh nach, ob Bannister sein Haus besitzt – 63 A, Malibu Kolonie. Vielleicht sagt es uns nicht viel, aber es ist Bestandteil der Standardrecherche. Dann triff dich mit mir um zwei bei Zucky's Delicatessen an der Wilshire Avenue.«

»Yes, Sir«, sie sah mich kühl an.

»Sieh mal, ich weiß, was du jetzt denkst. Ich würde furchtbar gern den ganzen Tag mit dir verbringen und alles mit dir zusammen machen, aber wenn wir diese Sache schaffen wollen, müssen wir uns teilen, um zu herrschen.«

»Das war es nicht, was mich gestört hat, aber was soll's ...« Sie zuckte mit den Schultern und sah weg. »Wann wirst du deinen Seelenklempner aufs Korn nehmen?«

»Weshalb?«

»Du hast mir gesagt, daß du diese Streichhölzer in seinem Büro gesehen hast. Und daß er auch Emilys Psychiater ist.«

»Ja, schon. Ich habe daran gedacht. Es macht nicht viel Sinn. Ich meine, er kann sich ja noch nicht einmal selbständig bewegen.«

»Du meinst, daß er kein Auto hat.«

»Er hat so einen dunkelgrünen Kleinbus in der Einfahrt geparkt. Aber ich weiß nicht, wie er ihn benutzt. Ich meine, ich weiß noch nicht mal, ob er alleine lebt.«

Chantal sah mich an. Als ich die letzten Worte gesagt hatte, fiel mir erst auf, wie seltsam das alles klang. In freudianischen Zirkeln war es gängige Auffassung, daß der Patient wenig oder gar nichts über seinen Analytiker zu wissen hatte. Aber diese Zeiten waren lange vorüber, besonders in Kalifornien. So fragte ich mich, warum ich, ein Privatdetektiv, es vorgezogen hatte, darüber im dunkeln zu bleiben. Gab es da etwas, was ich nicht wissen wollte? Und war das über Nathanson oder über mich?

15

Wie Montecito und Palos Verdes war Serra Retreat einer der seltenen Orte in Südkalifornien, die immer noch an den Traum erinnerten, um den uns die Welt einst beneidet hat. Man fühlte sich wie in einer Zeitmaschine, wenn man zuerst durch eine Bilderlandschaft wie auf alten Apfelsinenkisten fährt und dann in eine Welt der Wälder eintaucht, wenn man vom Pacific Highway zur Cross Creek Road abbiegt und durch ein Tor weiterfährt, auf dem »Privatstraße – Benutzung auf eigene Gefahr« steht. Man kommt an einer perfekten kleinen Gemüsefarm vorbei und dann an einem perfekten kleinen Holzbungalow mit Spitzdach bis auf die Erde, vor dem eine hölzerne Delphinskulptur zu dem Bach hindeutet, der nie versiegt. Das war der kalifornische Traum für die gerade frisch gentrifizierten reichen Fernsehproduzenten, die hier in Frieden ihr Dope in imitierten Missionsstil-Ranchen rauchen konnten, die so authentisch aussahen, daß sie die Originale bei weitem übertrafen. Ab und zu konnten sie dann zum Pferdegatter hinausgehen und nachsehen, ob ihr Porsche noch in Ordnung war, oder um die Satellitenantenne neu zu justieren.

Als ich eintraf, standen einige Anwohner herum, ein paar Jugendliche mit Skateboards, ein in die Jahre gekommener Surfer in einem zerschlissenen Gummianzug, drei Latinahausmädchen und eine Gruppe von Frauen an einem neuen Jeep Cherokee, der dem von King King nicht unähnlich war. Sie standen am Rand des Bachs und beobachteten ein Paar Polizisten in Anglerstiefeln, die im

Schlamm hin und her trotteten und den Ort des Verbrechens mit hölzernen Rechen durchkämmten. Ich parkte das Auto und schlenderte zu dem Surfer hinüber, so beiläufig, als hätte ich mich gerade auf der Suche nach dem nächsten Dairy Queen verirrt. Er hatte den starren und hirngeschädigten Ausdruck von jemandem, dessen Kopf bestimmt dreißig Jahre lang von der Ozeanbrandung bearbeitet worden war.

»Wonach suchen die, nach Schnecken?« fragte ich und nickte in die Richtung der Cops.

»Das arme Schwein hat Selbstmord gemacht.«

»Hat er?«

»Er hats nicht mehr ausgehalten, Weibergeschichten.«

»Weibergeschichten? Woher wissen Sie das?«

»Es stand in den Zeitungen. Eines Tages hat er eine Flasche Erlanger's bei Enrico getrunken, und am nächsten Tag hat er sich alle gemacht. Ich hab ihn mal getroffen. Oben an der Stinson Beach.«

»Stinson Beach. Ich hab nicht gedacht, daß er da oben rumgehangen hat. Ich hab geglaubt, er hätte in Malibu alle Hände voll zu tun.«

»Malibu? Der Junge hat es hier gehaßt. Zuviele Leute. Smog, Verkehr und keine Forellen.«

»Keine Forellen, was? Ja, das kann ein Problem sein.« Der Surfer war schon weitaus mehr gaga, als ich dachte. »Komisch«, sagte ich. »Ich hab gelesen, daß er mit diesem schwarzen Komiker joggen war und dann in den Büschen niedergestochen wurde.«

»Ach, Sie interessieren sich dafür? Ein großer Dichter hat sich selbst getötet, und Sie machen sich Sorgen über einen Mercedes-Benz-Psychiater?« Der Surfer drehte sich um und sah mich an, als sei ich nicht einmal seiner Verachtung wert.

»Also Forellen, ja?« wiederholte ich und kapierte plötzlich, worüber er überhaupt sprach. »*Forellenfischen in Amerika*, Richard Brautigan, der Autor. Wirklich zu schade, daß er vor einem Jahr Selbstmord begangen hat.«

»Sie haben verdammt recht. Eine nationale Tragödie.« Der Surfer sah mich jetzt mit anderen Augen. Ich war soeben in seiner Achtung einige Stufen aufgestiegen. »Niemand liest mehr, nicht wahr?

Alle gucken sie Videoclipkanäle oder Cheech und Chong-Filme aus dem Videoladen.«

»Oh ja, aber wenigstens gehen noch einige Leute joggen«, ich nickte in Richtung des Baches.

»Narzisten.«

»Ich weiß, was Sie meinen. Ich wette, Sie haben das auch gelesen – *Die Kultur des Narzismus.*«

»Gutes Buch«, sagte der Surfer.

»Aber natürlich wart ihr Jungs die wirklichen Narzisten. Ihr seid in der Morgendämmerung aufgestanden und seid Jahre vor den ersten Yuppies in diesen Ozean hinausgepaddelt. Heute hüpfen sie in Nike-Rennanzügen und Reebok-Laufschuhen den Strand entlang. Sie müssen gesehen haben, wie das alles kam und ging.«

Der Surfer nickte. »Ah ja, die Zeiten, als die Surfbretter noch lang waren«, sagte er und schüttelte nostalgisch sein Haupt.

»Haben Sie diesen Seelenklempner jemals mit dem Komiker hier langrennen sehen?« Ich deutete auf die Cops. Einer von ihnen hatte gerade ein Bikiniunterteil aufgespürt und zeigte es seinem Partner.

»Manchmal. Manchmal war ich schon früher im Wasser.«

»Was ist mit gestern?«

Der Surfer hustete und spuckte aus. »Steckt überall die Nase rein wie dieser Krimiautor Parker«, sagte er.

»Ich bin bloß neugierig, das ist alles.«

»Das sind viele Leute.« Der Surfer zuckte mit den Schultern und zog sich in seinen Gummianzug zurück wie eine Schildkröte in ihren Panzer.

Ich studierte ihn einen Augenblick. »In Wirklichkeit bin ich ein Krimiautor«, sagte ich. »Ich sammle Material.«

Er drehte sich um und sah mich voll an. »Wirklich … Ich hab mir überlegt, ob ich selbst damit anfangen soll. Ein paar Bücher über einen Wellenreiter-Detektiv, der mit seinem Brett an der Redondo-Bucht trainiert.«

»Klingt wie ein guter Aufhänger.«

»Ich wollte einen über so eine Gruppe Typ Beach-Boys schreiben. Dem Leadsänger, so ein LSD-zerstörtes Genie, wird die Luft abgedreht, und mein Junge muß den Killer finden.«

»Warum machen Sie es nicht?«

»Könnten Sie mir dabei helfen, einen Agenten zu finden?«

»Vielleicht ... Ja ... Sicher.« Der Surfer grinste und entblößte dabei große Lücken in seinen Zähnen, die er sich kürzlich mit seinem Brett reingerammt haben mußte. »Und was war mit gestern?« fuhr ich fort. »Haben Sie sie joggen gesehen?«

»Klar, doch.«

»Irgend etwas Besonderes bemerkt? ... Das ist eine gute Übung fürs Schreiben.«

»Ja, dieser Typ Otis hat die ganze Sache nicht so ernsthaft betrieben. Der sah aus, als hätte er die ganze Nacht nicht geschlafen. Der Seelendoktor war ziemlich sauer, weil er nicht Schritt hielt. Dann passierte was Komisches. Jemand tauchte auf und bat Otis um ein Autogramm.«

»Warum ist das komisch?«

»Hier in Malibu Beach? Hier läuft doch jeder am Morgen – Dyan Cannon, Shirley MacLaine. Es ist wie aus dieser gottverdammten *People*. Niemand fragt nach einem Autogramm. Das ist einfach nicht cool. Verstehen Sie, was ich meine?«

»Ja. Wer hat ihn angehalten?«

»Irgend so ein Typ. Um die Dreißig. Dunkles Haar. Ich hab ihn mir nicht so genau angeschaut, weil ich schnell mein Brett losmachen wollte. Die Wellen brachen bei über einem Meter an diesem Tag. Auf jeden Fall tauchte der Typ erst auf, als Otis gerade den Pacific Highway überqueren wollte. Der Seelendoktor war schon auf der anderen Seite Wasser treten, als Otis das Autogramm gab, und die Ampel schaltete um, und er saß fest.«

»Wer Otis, oder der Doktor?«

»Beide. Also der Doktor wurde ungeduldig und lief schon voraus an das andere Ende der Serra Retreat, wo diese großen Felsnadeln stehen.«

»Also könnte er auch dort hinten umgebracht worden sein.«

»Wie meinen Sie das? Sein Körper ist doch genau hier gefunden worden.« Er deutete auf den Bach, wo der Cop gerade das Bikinioberteil gefunden hatte und mit den Damen vom Jeep herumalberte, denen er den nun zusammenpassenden Bikini anbot. »Er kam hier diesen Hügel heruntergerollt.«

»Sie meinen, das ist der Platz, wo er gefunden wurde. In Wirklichkeit könnte er doch hinter diesen einzeln stehenden Felsnadeln getötet worden sein und dann hier rübergeschleppt, ohne daß es Otis bemerkt hätte.«

»Ja, ... ja.« Der Surfer beäugte mich vorsichtig. »Das ist interessant. Nun weiß ich auch, warum Sie Detektivromane schreiben. Wie heißen Sie?«

»Robert Parker«, sagte ich.

»He, wirklich? Scheiße!« Er sah beeindruckt aus. »Ich hab einiges von Ihrem Zeug gelesen. Sie sind gut.«

Zehn Minuten später war ich bei Marianne Walders, der Aerobic-Lehrerin beim Malibu Movers Club, die die Mordwaffe entdeckt hatte. Sie hatte genau den Körperbau, den man von ihrer Profession erwartete, und ich starrte auf ihr Sweatshirt, wo »Movers Shake It Better« drauf stand, um mich auf meine Rolle als Agent eines Autoclubs einzustellen. Das war eines der Lieblingsgebiete meiner Detektivarbeit. Eine Rolle spielen oder, wie es im Gewerbe genannt wird, »eine Nummer abziehen«, um eine Information zu erlangen. Nathanson hatte gesagt, daß ich es deshalb so gern mochte, weil es ein Akt versteckter Aggression war. Aber im Moment schien mir alles, was Nathanson mir jemals erzählt hatte, in Frage zu stehen.

»Wie Sie ja sicher wissen, kommt ein Autoclub nicht einfach nur vorbei und wechselt mitten in der Nacht Ihre Reifen. Wir sind ein umfangreiches Dienstleistungsunternehmen – Pannen, Notfälle, Straßendienst, Reiseagentur und Versicherungen«, erläuterte ich Marianne, die hinter einer Theke in dem engen Empfangsraum stand. Hinter ihr konnte man in einem Spiegel ein paar Matronen sehen, die zur Musik von Tina Turner einen schwächlichen Can-Can vollführten.

»Ja, ich weiß«, sagte sie und lächelte erfreut. Ich hatte immer die Erfahrung gemacht, daß der Autoclub die erfolgreichste Tour war, eine Nummer abzuziehen. Alle, sogar die eingefleischt mißtrauischen, paranoiden Leute, haben Vertrauen zu einem Autoclub.

»Bezüglich dieses Dr. Bannister ist schon ein Anspruch geltend gemacht worden, und wir möchten die Sache so schnell wie möglich erledigen. Können Sie mir etwas über ihn sagen?«

»Ich hab den Herrn nie getroffen.«
»Aha. Und wie ist es mit Otis King?«
»Ihn auch nicht, obwohl ich ihn natürlich schon im Fernsehen gesehen habe. Er ist komisch. Ich habe nie verstanden, warum er mit seinem Partner zusammengeblieben ist.« Dann zuckte sie plötzlich zusammen, weil ihr etwas einfiel. »Oh, ist das nicht derjenige, der Selbstmord begangen hat?«
»Ich glaube, ja. Was ist mit der Mordwaffe? Wir haben die Meldung erhalten, daß sie hier auf dem Grundstück gefunden worden ist.«
»Gut. Nicht genau auf dem Grundstück. Kommen Sie mit, ich zeige Ihnen die Stelle.«
Ich folgte ihr nach draußen auf einen Balkon, der den Blick auf die Rückseite eines kleinen, zweistöckigen Bürogebäudes freigab, das die Movers beherbergte, einen Surfbrett-Verleih, einen Windsurf-Verleih, einen Video-Verleih, einen Wasserski-Verleih und einen Laden für Joghurteis. All diese Geschäfte für Strandvergnügungen wurden anscheinend nur der zweifelhaften Ehre halber, in Malibu situiert zu sein, offengehalten. Sie waren alle an den Hügel zurückgedrängt worden, wo die Straße vom Küsten-Highway nach Serra Retreat abbog.
»Das Messer war dort drüben versteckt. Dort, wo sie immer die Kästen lassen.«
»Was für Kästen?«
»Das Evian-Wasser. Jeden Montag, Mittwoch und Freitag stellen die Jungens vom Getränkevertrieb zwei Kartons Evian an unsere Tür. Ich nehm sie dann am nächsten Morgen mit rein.«
»Ist das immer so?«
»Nun, nach einer guten Übungsstunde will doch niemand Leitungswasser trinken.« Sie zog ein Gesicht. »Das würde doch alles ruinieren.«

16

»Einen Augenblick, einen Augenblick. Sag das noch mal. Nathanson war der Lehrer von Bannister?«
»Und Supervisor am Südkalifornischen Institut für Psychotherapie. Genaugenommen hat Nathanson ein Buch herausgegeben, in dem Bannister den wichtigsten Beitrag geschrieben hat: *Aspekte der psychodynamischen Methode.*«
»Wo hast du das herausgefunden?« Wir saßen bei Zucky's und hatten die Speisekarte schon in der Hand, aber ich verlor plötzlich den Appetit.
»Bei der *Los Angeles Times*?«
»Bei der *Times*? Was hast du dort getrieben?« Meine Stimme war so laut und irritiert, daß am nächsten Tisch ein Seniorenpaar von seiner Hackfleischpastete aufsah.
»Wir werden von der Polizei nicht sehr viel Hilfe bekommen«, sagte Chantal und senkte ihre Stimme bedeutsam. »Also habe ich mir gedacht, daß ich mich mit den Zeitungsleuten, die über den Fall berichten, anfreunden könnte. Der Typ, der den Nachruf schreibt, hatte es bei seinen Hintergrundinformationen.«
»Das kannst du nicht machen. Ich muß immer wissen, wo du dich aufhältst, jederzeit.« Ich wußte, daß ich mich wie ein Arschloch anhörte, aber ich konnte mich nicht zusammennehmen. Die Nathanson-Geschichte hatte mich in einen Irren verwandelt.
»Warum?«
»Koordination. Das ist ... es ist absolut notwendig.«
»Also soll ich keine eigene Initiative ergreifen?«
»Das habe ich nicht gesagt.«
»Was hast du dann gesagt?«
Ich brütete einen Augenblick vor mich hin. »Wo ist Burckhardt?«
»Ich weiß nicht. Ich habe ihn nicht finden können.«
»Das ist es, was ich sage, das hätte deine erste Sorge sein müssen.«
»Auf Wiedersehn.« Sie erhob sich und machte Anstalten, aus dem Restaurant zu gehen.
»Warte einen Augenblick ...« Ich stand auf und wollte ihr hinterherlaufen. »Wo gehst du hin?«
»Ich verschwinde.«
»Verschwinde? ... Was ...«

»Wenn das die Art von Partnerschaft sein soll, die du dir vorstellst, dann lohnt es sich nicht. Es gibt andere Sachen, die ich machen kann.«

»Wie was zum Beispiel?« Ich trat ihr in den Weg. Die alten Leutchen mit der gefüllten Pastete bekamen eine gute Vorstellung.

»Nun, zum Beispiel vergibt das Kalifornische Institut für Hypnotherapie nach einem halben Jahr Unterricht Therapielizenzen.«

»Du willst Therapeutin werden?«

»Was soll daran falsch sein?«

»Du bist viel zu neurotisch, um ...«

»O.K., das wars dann.« Sie schnitt mir brüsk den Weg ab.

»Warte doch! Warte doch! Es tut mir leid. Du hast recht.« Sie verlangsamte das Tempo. »Ich habe mich angegriffen gefühlt. Ich vermute, daß ich bestimmte Sachen nicht hören will ...« Ich senkte meine Stimme. »... blöde Sachen über Nathanson. Aber merk dir eins, du kannst nicht einfach abhauen und alles an den Nagel hängen. Das hier ist ein hartes Geschäft, und ein solches Verhalten ist nicht gerade vertrauensbildend.«

Sie stand da und beobachtete mich wie ein wachsames Tier.

»Er hat abgesagt«, sagte sie.

»Was?«

»Nathanson hat deinen nächsten Termin abgesagt. Es war auf deinem Anrufbeantworter.«

»Hat er gesagt, warum?«

»Nein.«

»Das ist merkwürdig. Oh, na ja ...«, sagte ich und klang ein wenig ruhiger, als ich mich fühlte. In Wirklichkeit hing mir das Herz in der Kehle. »Ich vermute, wir müssen ihn auschecken.« Ich sah auf meine Uhr. »Aber wir haben immer noch Zeit, etwas zu essen und um zehn vor drei da zu sein. Es passiert in der Praxis eines Therapeuten ohnehin bis fünf Minuten vor der vollen Stunde nichts Interessantes.«

Ich wartete, wie Chantal reagieren würde, aber sie blieb weiter da stehen. »Ich habe vergessen, dir etwas anderes zu erzählen«, sagte sie gedehnt.

»Was?«

»Ich bin zum Katasteramt gegangen. Bannister besitzt sein Haus nicht selbst. Es gehört einer VIP Leasing of the Grand Bahamas.«

»Steuerparadies«, sagte ich. »Weiß der Himmel, wer das ist. Vielleicht sogar Bannister selbst, der ein bißchen Prominentenknete recycelt.«

Fünf Minuten vor drei saßen wir in Chantals Mietauto in der Nähe einer Kreuzung, ungefähr einen halben Block von Nathansons Haus entfernt. Ein dunkelbrauner Maroon parkte davor, wahrscheinlich gehörte er einem Patienten; der grüne Kleinbus war hinten geparkt. Wir sagten kein Wort und betrachteten still den Wechsel der Sekunden auf der Digitaluhr des Amaturenbretts. Ungefähr zwei Minuten vor der vollen Stunde tauchte eine Frau mit schmutzigblondem Haar auf, stieg in einen Peugeot und fuhr davon. Fast gleichzeitig fuhr ein blauer Volvo an den Bordstein und eine Frau von etwa sechzig Jahren stieg aus und ging ins Haus. Chantal hielt eine Beschreibung des Wagens und die Autonummer in ihrem Notizblock fest. Ich rutschte in meinem Sitz hin und her. Ich fühlte mich unbehaglich, als täte ich gerade etwas, was ich nicht tun dürfte, so wie meinen eigenen Eltern nachzuspionieren.

Nichts passierte in den nächsten zwanzig Minuten. Ich wendete mich Chantal zu.

»Das ist Überwachung«, sagte ich. »Man kann nicht lesen, man kann nicht schlafen, und so was kann Tage dauern. Sehr glamorös, nicht?«

»Ich finde es interesssant.«

»Wirklich? Reden wir in einem Jahr noch mal drüber.«

Ich nutzte ihre Anwesenheit, schloß meine Augen und stellte den Autositz zurück. In ein paar Minuten war ich eingeschlafen. Ich nahm nichts mehr wahr, bis Chantal mir mit dem Ellbogen in die Rippen stieß. Es war acht Minuten vor vier, und die ältere Frau kam bei Nathanson raus und ging zu ihrem Volvo. Sie war untersetzt, und ihr Gesicht zeigte keinerlei Emotion. War sie ärgerlich, deprimiert oder erfreut? Fand sie, daß es das Geld wert gewesen war? Oder war sie so reich, daß es gleichgültig war?

Ich hatte nicht viel Zeit, weiter darüber nachzudenken, weil, kaum war der Volvo weggefahren, die Tür aufschwang und ein fleischiger schwarzhaariger Mann in einem weißen Arztkittel auftauchte und langsam rückwärts ging. Er balancierte Nathanson in seinem Rollstuhl die Rampe hinunter in die schwarz überdachte Ausfahrt. Er drehte den Psychiater in seinem Stuhl herum und schob ihn zum Kleinbus, hielt an, öffnete die Türen und hob Nathanson auf den vorderen Beifahrersitz, setzte sich dann selbst auf die Fahrerseite und ließ den Wagen an. Ich duckte mich wie ein unartiges Kind in die Autopolster, als er mit nur eineinhalb Metern Abstand an mir vorbeifuhr.

Ich wartete, bis sie an der Kreuzung links abgebogen waren, wendete und folgte ihnen. Was trieb ich bloß hier, fragte ich mich. War es nur eitle Neugier? Warum sollte er denn nicht einen Termin absagen? Das war nicht außergewöhnlich. Was hatte ich denn erwartet? Daß er auf den Freeway fahren würde Richtung Stadt zu einem weiteren heimlichen tête-à-tête mit Emily Ptak im Hotel? Und wie hing das mit der Mord- und Selbstmordepidemie zusammen, die Malibu und ein paar östlichere Orte in den letzten Wochen heimgesucht hatte? Vielleicht fuhr er nur zu irgendeinem Laden, um dort auf einem dieser Behindertenplätze zu parken, die auch in den überfülltesten Einkaufszentren immer so einschüchternd leer blieben. Was auch immer er dort wollte, es war höchstwahrscheinlich verschwendete Zeit, jedenfalls in den Augen allzeit eiliger Leute wie Nick Steinway ganz bestimmt.

Ich folgte ihm von der Entrada zur Ocean Avenue, wo er an den Santa Monica Palisades entlang weiterfuhr, deren Alte-Welt-Großartigkeit gefährlich am Abgrund eines Grabenbruchs hing. Er bog in die Colorado ein und dann wieder in die Vierte, um dann links in den Santa Monica Freeway einzubiegen und zur Stadtmitte zu fahren. Vielleicht fuhr er wirklich zum Bonaventure Hotel.

Ich blieb zwei Autos hinter ihm, als der Kleinbus schnell unter dem San Diego Freeway durchfuhr und an den Ausfahrten Overland, Robertson, La Cienega und La Brea vorbeifuhr. Gerade als in einiger Entfernung das Bonaventure auftauchte, – seine silberverspiegelten Säulen dräuten wie Designer-Raketensilos in den sich verdunkelnden Himmel –, bog er an der Ausfahrt Crenshaw ab und fuhr nach Norden in Richtung der Hügel. Wir überquerten den Pico, und die Aufschriften der Schilder wechselten aus dem

Englischen ins Asiatische. Die mittelamerikanischen Einkaufszentren mit ihren flachen Dächern wurden durch blaugekachelte Ersatz-Chinoiserien mit lustigen kleinen Pagodendächern abgelöst, die aus dem traditionellen kalifornischen Stuck hervorsprießten. Wir waren jetzt in Koreatown, dem am schnellsten wachsenden Stadtviertel von Los Angeles; genaugenommen wuchs dieses Viertel so schnell, daß es schien, als verdoppele es sich alle paar Wochen: aber es hat nicht den Lumpencharme der Chinesen oder die ästhetische Zen-Ordnung der Japaner, sondern die simple landverschlingende Gier des amerikanischen Materialismus. In mehr als nur einer Eigenart waren uns die Koreaner ›Seoul Brothers‹.
Nathanson hielt bei einem der größeren Einkaufszentren an und parkte auf dem Behindertenparkplatz vor einem riesigen, schrill angemalten Restaurant namens New Inchon. Ich hielt auf der anderen Straßenseite und wartete, bis sein Bär von Fahrer auftauchte, den Rollstuhl auspackte, ihn auffaltete und den Psychiater vorsichtig auf den Sitz manövrierte. Nachdem er sichergestellt hatte, daß Nathansons Füße ordentlich auf der Leiste standen, löste er die Bremsen an den Rädern und schob den Doktor eine Rampe hinauf und durch die holzgeschnitzte Tür in das Restaurant.
»Gut, ich sehe es ein«, sagte Chantal. »Wir verschwenden unsere Zeit. Er ist nur zum Essen ausgegangen.«
»Möglicherweise. Mal sehen.«
Ich nickte ihr zu, und sie stieg mit mir aus dem Auto. Wir gingen über den Parkplatz zu dem Restaurant, und ich öffnete langsam die Tür, um sicherzugehen, daß wir auf der anderen Seite nicht direkt über Nathanson stolpern würden.
Eine wandgroße Landkarte von einem mythisch wiedervereinigten Korea unter einem Portrait des gegenwärtigen Führers des südlichen Teils, General Chun Doo Hwan, sprang mir direkt ins Gesicht. Ich trat ein und hielt Chantal die Tür auf. Wir standen im Empfangsraum und sahen an einem bronzenen Buddha vorbei ins eigentliche Restaurant. Es war hell erleuchtet und laut und in verschiedene Bereiche aufgeteilt: für Sushi, Tempura und eine Art koreanisches Barbecue, das am Tisch auf kleinen ambulanten Grills zubereitet wurde. Ich musterte die Leute im Publikum, das

fast ausschließlich aus Koreanern bestand, gut angezogenen, bourgeoisen Typen, die, abgesehen von ihren mongolischen Gesichtern, auch aus dem Valley oder einem der Küstenorte hätten kommen können. Einige Männer trugen sogar das obligatorische Hemd mit offenem Kragen und Goldkettchen. Ihre Frauen waren ebenfalls in kostspielige Mode gehüllt, richtig ausgerüstet, abends in dieser entschlossen aufstiegsorientierten Gesellschaft auszugehen. Das Essen roch gut, und ich war schon halb entschieden, selbst etwas davon zu essen, als ich Nathanson sah, wie er weiter hinten durch eine Tür geschoben wurde, die anscheinend zur Rückseite des Restaurants führte. Ein großer, schmaler Koreaner im Freizeitanzug zeigte dem Fahrer den Weg.

Wir warteten ein paar Minuten und ignorierten den Empfangskellner, der uns zu einem Tisch führen wollte, dann folgten wir ihnen. Der Ausgang führte in einen Flur, der hinter der Küche vorbeiging. Wir liefen da durch und taten unser Bestes, die neugierigen Blicke der Köche und Geschirrwäscher nicht zu beachten, bis wir an einen Notausgang kamen. Ich riß ihn auf und gelangte auf eine schmale Gasse gerade hinter dem Müllcontainer. Chantal kam hinterher, und wir sahen bis ans Ende einer Gasse, die durch eine graphitgraue Mercedes-Limousine versperrt war. Nathanson stand mit dem Gesicht zur Rückseite des Wagens, in dem bei offenem Fenster ein grauhaariger Koreaner in einem blauen Anzug saß. Ich konnte hören, wie sie miteinander sprachen, aber ich konnte sie nicht verstehen. Ich war gerade dabei, näher ranzugehen, als ich das scharfe Klicken eines Schnappmessers hörte.

»Hey, Klugscheißer, sehen wir uns wieder?«

Es waren die Brüder Wal.

Mit all ihren Messern und Ketten.

»Geh rein!« schrie ich zu Chantal hinüber. Sie bewegte sich nicht.

»Ich hab gesagt, geh rein!« Sie bewegte sich immer noch nicht, sie war erstarrt.

»Was machen wir denn hier, Klugscheißer? Gekommen, um den Reverend zu sehen?« Er begann uns zum Müllcontainer zurückzudrängen, während sein Partner sich zwischen uns und die Tür schob.

»Reverend?«

»Verkauf mich nicht für dumm, Klugscheißer. Ich weiß, warum du hier bist. Du brauchst Jesus, stimmt's?«

»Stimmt.«

»Dann sprich in Zungen. Ich weiß, daß du in Zungen reden kannst, richtig, Klugscheißer?«

»Klar.« Ich sah von den beiden Wals zu Chantal rüber. Unten am Ende der Straße konnte ich das Geräusch eines anfahrenden Motors hören.

»Los!« sagte er.

»Los, was?«

»Sprich in Zungen. Ich will dich Zungenreden hören. Du bist doch ein religiöser Mensch. Du bist doch hier, um den Reverend zu sehen, seinen Rat und Beistand einzuholen. Sprich!«

Er kam auf mich zu, grinste und stach mit seinem Messer nach oben durch die Luft. Eine Tür schlug zu. Ich spähte die Gasse hinunter. Nathanson wurde gerade in die Limousine neben den grauhaarigen Koreaner geladen.

»Was ist los, Klugscheißer? Hat die Katze deine Zunge gefressen? Kann nicht Zungenreden, und die Katze hat seine Zunge gefressen. Ich glaube Bruder Wal, das sind Satanisten. Ich glaube, die sind von der falschen Seite.«

Der schweigsame Wal zog eine Kette unter seiner Lederjacke hervor und bewegte sich langsam auf Chantal zu.

»Ich kann Zungenreden«, sprudelte sie plötzlich hervor, rang ihre Hände und begann im 100-km-Tempo zu reden. »Ich bin ein katholisches Mädchen. Im Kloster erzogen. In Quebec. Von Nonnen. Strengen Nonnen. Und gemeinen Jesuiten. Unter Aufsicht. Mußten alle fünfzehn Minuten beten. Auf den Knien. Vater, Sohn und Heiliger Geist. Jesus, Maria und Joseph. Matthäus, Markus, Lukas, Johannes. Leib und Blut. Heilige Kommunion. Sieh die Wundmale. Fühl Seine Gegenwart. Maria, Maria, voller Gnaden.«

»Das sind keine Zungen. Das Mädchen hier will uns verscheißern, stimmt das nicht, Bruder Wal? Das ist eine Gotteslästerung! Fang diese Tochter des Teufels!«

Der schweigsame Wal fing an, die Luft mit seiner Kette zu peitschen und zischte sie nur Zentimeter an Chantal vorbei.

»Hilfe, Hilfe, Polizei!« schrie sie.
Die Brüder Wal wirbelten herum. Ich trat dem sprechenden Wal in den Magen und verblüffte ihn gerade lang genug, um seinen Partner in den Nacken zu schlagen, griff nach Chantal und stieß sie ins Restaurant zurück.
»Heilige Mutter voller Gnaden ...«, schrie sie und rannte wie eine Gazelle den Restaurantflur hinunter, wobei sie fast ein paar Abräumkellner und Stammgäste umrannte, die am Münztelefon warteten. Ich stürzte ihr durch die Vordertür nach und raste über den Parkplatz. Sie sagte kein Wort, bis wir das Auto erreicht hatten, alle vier Türen versperrt und vom Parkplatz runtergefahren waren.
»Ich kündige«, sagte sie. »Ich kann das nicht machen. Ich bin ein Feigling. Ich hab Angst vorm Fliegen. Ich hab Angst vor der Dunkelheit. Ich hab Angst vor Schlangen. Ich hab vor gottverdammten Spinnen Angst. Warum, zum Teufel, will ich bloß Detektivin sein?«
»Das ist eine gute Frage.« Ich fuhr um den Block und hielt nach der grauen Limousine Ausschau, aber es war keine Spur von ihr zu sehen. »Um ehrlich zu sein, hast du es doch gar nicht schlecht gemacht, wenn man die Umstände bedenkt. Du hast die Nerven behalten.«
»Ja, ja, aber jetzt im Augenblick fühle ich mich reif für die Intensivstation ... Ich werde eine Waffe brauchen«, sagte sie.
»Eine Waffe?«
»Wenn wir mit Kreaturen wie diesen fertig werden müssen, dann brauch ich eine Waffe. Zur Selbstverteidigung. Eine Achtunddreißiger.«
»Eine Achtunddreißiger wird dir den Arm abreißen. Du wirst den Rückschlag noch einen Monat später spüren. Außerdem können die meisten Leute mit einer Achtunddreißiger keinen Elefanten auf fünf Meter treffen.«
»Dann will ich eine dieser kleinen Derringer haben, wie sie Miss Kitty in *Gunsmoke* hatte. Und ich werde jeden morgen Zielübungen machen, bis ich alle Bierdosen vom Gartenzaun schießen kann. Wer waren diese Typen?«
»Die Brüder Wal.«

»Die schon wieder. Aber was haben sie mit Nathanson und diesem Kriegsherrn in der Limousine zu tun? Ist er der Reverend? Und worum ging es hier überhaupt? Ich fühlte mich wie mitten in einer Folge von *Terry and the Pirates*. Waren diese Kerle Punks oder Jesus-Freaks oder was?«

»Weiß der Himmel«, sagte ich. Jetzt lächelte sie, obwohl ihr nicht so recht danach war. »Bibelfeste Berserker. Wieder B und B – genau wie diese Nastase-Sache.«

»War das nicht B für B?«

»Richtig, B für B. Beten für Billionen, Bohnen für Boston – eine Sekunde, ja ... Bibeln. Es gab doch Kisten für Bibeln in Nastases Haus. Viel Sinn ergibt das aber auch nicht.«

»Wie wärs mit Bibeln für Billy? Vielleicht ist er ein Geheimagent für Billy Graham.«

»Oder *Bibeln für Bonzo*, eine neue Fassung des alten Reagan-Films.«

»Das ist es«, sagte Chantal und grinste. »Der verrückte Schimpanse fängt an, aus dem fünften Buch Moses die Seiten rauszureißen, und Nancy kriegt Wind davon und schließt ihn zusammen mit Mike Beaver und Betsy Bloomingdale in der Santa Barbara Ranch ein ... Einen Augenblick, wo sind wir gerade?«

»Ecke Santa Monica und Western Boulevard.«

Sie sah auf die Uhr. »Ich muß in fünf Minuten im Fun Zone sein.«

»Im Fun Zone?«

»Ja. Ich hab heute um neun Uhr dreißig und um zwölf Auftritte. Ich muß mich noch schminken. Wenn es dir nichts ausmacht, mich dort abzusetzen ...« Sie verstummte, als sie meine Reaktion sah. »Hey, sieh mal, wir haben es noch nicht zu Interpol gebracht bis jetzt, und Entertainment ist mein Beruf.«

»Ist das deine Vorstellung von Partnerschaft? Wir sind schließlich mitten in einem Fall.«

»Ja, weiß ich doch. Aber ein Mädchen muß all seine Karten im Spiel behalten. Du erwartest doch nicht von mir, daß ich die Johnny-Carson-Show für ein bißchen Räuber-und-Gendarm aufgebe. Ich meine, es kommt doch nichts in die Quere oder so. Und ich werde keine Sekunde aufhören, darüber nachzudenken. Ich verspreche es.«

»Oh, hm ...«

Es herrschte eine unbehagliche Stille, als ich auf den Freeway kam und bei Highland wieder runterfuhr und über den Sunset Strip zum Fun Zone steuerte. Ich ließ sie mit einem flüchtigen Wangenkuß am Club raus.

»Bis nachher«, sagte sie. »Und mach dir keine Sorgen, wir werden das Kind schon schaukeln.« Sie rannte geradewegs auf den Bühneneingang zu, ohne einen Blick zurückzuwerfen.

Ich blieb einen Augenblick sitzen und starrte hinüber zum Albergo Picasso. In meinem Hirn tauchte das Bild von Ptak auf, der über die Brüstung des Penthauses in einem weiten Bogen zu Boden stürzte. Es sah mir weniger und weniger nach Selbstmord aus, aber wer hatte ihn über die Brüstung gestoßen? Nastase war es nicht, das war klar. Viel wahrscheinlicher war es jemand, der den armen Kerl nur benutzt hatte und dem es nichts ausmachte, ihn von der Bildfläche verschwinden zu lassen, als die Sache zu heiß wurde, jemand, der kaltblütig genug war, mich von einem Ex-Contra quer durch New York jagen zu lassen. Ich hoffte inständig, daß es nicht Nathanson war.

Ich wollte gerade vom Parkplatz des Fun Zone runterfahren, als ich ein Klopfen an meinem hinteren Fenster hörte. Es war Koontz. Er ging um den Wagen und setzte sich, ohne eine Einladung abzuwarten, auf den Beifahrersitz.

»Tss, Tss, Art Koontz, der Freund der Komödie. Dieser Mann ist nicht von diesen Rumkrakeelern wegzukriegen. Du solltest in den nächsten Ferien in die Catskills fahren, die sind berühmt für ihre bunten Abende.«

»In Wirklichkeit bin ich bloß auf dem Heimweg von meinem Volkshochschulkurs vorbeigekommen. Ich besuche so einen großartigen Kurs über integrierte Business-Software. Das solltest du ausprobieren. Es ist ...«

»Spar dir die Worte, Koontz.«

»In Ordnung, in Ordnung. Aber sag später nicht, ich hätte dir keine vernünftigen Ratschläge gegeben. Vielleicht würdest du zuhören, wenn ich dein neumodischer Seelendoktor wäre?«

»Gerade im Augenblick bezweifle ich das.«

»Gut. Das ist ja schon ein Fortschritt. Wie dem auch sei, ich bin froh, daß ich dich hier getroffen habe, denn das erspart mir einen Telefonanruf. Wenn du nicht aufhörst, in dem Fall King einen Narren aus dir zu machen, werde ich mir eine Unterlassungsanweisung besorgen.«

»Du wirst was?«

»Sieh mal, das ist nicht persönlich gemeint, aber das ist einfach nichts für kleine Jungs. Da mischt jetzt jeder mit – das FBI, die Drogenfahndung. Sie haben heute morgen einen weiteren Haftbefehl erlassen.«

»Gegen wen?«

»King King. Das Büro des Generalstaatsanwaltes meint – dank der Informationen, die wir ihnen gegeben haben –, man kann ihm das Fell über die Ohren ziehen. Aber weißt du, was? Er war gar nicht zu Hause. Und zwar seit gestern; genau zu der Zeit, als sein Bruder Bannister niedergemetzelt hat, hat der große unbesiegbare King die Flatter gemacht. Merkwürdige Koinzidenz, nicht?«

»Irgendwelche Spuren?«

»Spuren? Der ist wahrscheinlich an der Copacabana und bumst kleine Mädchen, bis ihm der Schwanz abfällt. Das ist Gerechtigkeit, was? Oder tut er dir etwa leid, weil er schwarz ist?«

»Tief durchatmen, Koontz.«

»Die Drogenleute gehen die Wände hoch. Die scheißvielen Jahre, die sie schon versucht haben, diesen Müllhaufen zu erwischen. Zehn gottverdammte Jahre! Wenn die feststellen, daß du da drin rumstocherst, hängen die uns beide zum Trocknen auf, noch bevor sie dich nach deinem Namen gefragt haben. Also, alter Freund« – er tippte mir auf den Arm – »ich meine es ernst mit der Unterlassungsorder. Halt dich da raus. Genaugenommen tust du dir selbst einen Gefallen, wenn du dich diesem Schlamassel fernhältst. Du bist doch ein heller Junge. Wir sind in den Achtzigern. Die meisten deiner Genossen führen inzwischen Wirtschaftsunternehmen. Denk doch positiv. Denk ...«

»Erzähl mir bloß nichts. Integrierte Business-Software ...«

»Genau«, sagte er und stieg aus.

Zu seiner Erbauung wendete ich, als führe ich nach Hause, drehte dann aber ein paar Straßen weiter wieder um, weil ich Emily Ptak einen Überraschungsbesuch machen wollte. In der Einfahrt standen Autos, und alle Lichter waren an, als ich bei dem Tudor-Anwesen am Ende von West Wanda ankam. Ich parkte vor dem Zaun und drückte die Gegensprechanlage. Nach ein paar Sekunden antwortete die Stimme der Nanny, und gleichzeitig sah ich die Videokamera auf mich zuschwenken. Das Leben in großen Städten.

»Was können wir für Sie tun?«

»Einiges. Mein Name ist Moses Wine. Ich habe für Mrs. Ptak gearbeitet. Ich weiß, daß es schon spät ist, aber es ist sehr wichtig, daß ich ihr ein paar Fragen stellen kann.«

»Warten Sie einen Moment.«

Ich stand ein paar Minuten herum und starrte ins Dunkel, bevor die Stimme sich wieder vernehmen ließ.

»Es tut mir leid. Mrs. Ptak liest ihrer Tochter eine Geschichte vor und wünscht nicht gestört zu werden.«

»Sagen Sie ihr, daß ich warten werde.«

»Ich glaube nicht, daß das sehr ratsam ist, Mr. Wine.«

»Sagen Sie ihr, daß es einige Probleme zu lösen gibt, im Zusammenhang mit ihrem Besuch im Bonaventure Hotel vorgestern.«

Die Gegensprechanlage verstummte erneut. Nach einer langen Wartezeit öffnete sich das Tor. Ich stieg wieder in mein Auto und fuhr hindurch und parkte hinter einem Audi-Diesel, der nicht älter als zwei Monate aussah. Als ich ausstieg, erwartete Emily mich an der Tür. Sie trug einen rötlichbraunen Hausmantel, der grau eingefaßt war, und sah sehr müde aus.

»Hallo«, sagte sie, und ihre Stimme klang kühl wie Trockeneis. Sie ließ mich eintreten und machte eine schnelle Wendung nach rechts in ein pinienholzgetäfeltes Herrenzimmer, das direkt von der Eingangshalle abging. Der Raum war mit Büchern und den gerahmten Memorabilien aus der Karriere ihres verstorbenen Ehegatten vollgestellt. Sie schloß die Tür und deutete auf einen Ledersessel. »Machen wir es kurz. Soweit es mich betrifft, gibt es nichts, was wir noch bereden müßten.«

»Wir haben nie sehr viel geredet, Emily. Wie war Ihre Beziehung zu Ihrem Gatten?«

»Ambivalent. Ambivalenz ist die normale Befindlichkeit im heiligen Stand der Ehe. Sie sind sicherlich alt genug, das zu wissen.«

»Vielleicht, aber ich bin ein Romantiker.«

»Was wünschen Sie wirklich, Mr. Wine?«

»Wer war der Mann, der mit Ihnen im Raum 715 im Bonaventure Hotel war?«

»Das ist meine Privatangelegenheit.«

»Emily, hier sind einige Kapitalverbrechen begangen worden. Früher oder später werden sie von großen Geschworenengerichten untersucht. Sie werden sicher vorgeladen.«

»Mein Privatleben im Bonaventure Hotel oder irgendwo anders hat absolut nichts mit irgendeinem Verbrechen zu tun. Oder gibt es ein Gesetz gegen den Besitz von Libido in dieser blaustrümpfigen Gesellschaft?«

»Nein, es ist nur seltsam, daß Sie kaum zwei Wochen nach dem Tod Ihres Ehegatten ein Hotel-tête-à-tête mit einem anderen Mann haben. Ich würde daher annehmen, daß die Sache schon lief, bevor er starb.«

»Und?«

»Ungefähr neunzig Prozent aller Morde finden in der Familie statt.«

»Unter Leuten, die von ihren Gefühlen regiert werden. Ich habe fünf Jahre damit zugebracht und eine selbst für unsere obszön privilegierte Gesellschaft peinliche Summe Geldes dafür ausgegeben, daß genau das bei mir nicht der Fall ist. Abgesehen davon, bin ich sicher, daß Ihnen bekannt ist, daß wir alle in der Lage sind, mehr als eine Person zu lieben. Manchmal mit gleicher Intensität. Unsere Kinder lehren uns das. Es ist einfach nur so, daß einige von uns sich selbst diese Freude verwehren.«

»Zweifellos haben Sie das in der Therapie gelernt.«

»Neben vielen anderen Dingen.«

»Aber wenn Sie das alles so gut rationalisiert haben, begreife ich nicht, warum Sie mich heute abend nicht sehen wollten«.

»Diese ganze Geschichte wird immer bizarrer und gewalttätiger. Grell. Wie aus dem Klatschblatt *National Enquirer*. Mike und ich hatten ein sehr großes Problem. Ich haßte dieses Leben in der Öffentlichkeit, diesen Exhibitionismus. Das hat uns wahrscheinlich mehr als alles andere einander entfremdet. Auch jetzt macht es mich verrückt. Ich halte das nicht aus. Ich will von all dem nichts mehr hören. Ich möchte nicht mehr daran denken. Und ich möchte niemanden sehen, der etwas damit zu tun hat. Ich möchte ganz einfach die ganze Sache vergessen, so gut ich kann und so schwierig das sein mag, und verschwinden.«

»Also keine Prominenten-Benefize mehr mit Eddy Sandollar.«

»Dem widerspreche ich entschieden, Mr. Wine. Diese Wohltätigkeitsveranstaltungen gelten einem höheren Gut. Nicht dem, jemanden persönlich aufzubauen.«

»Und Sie werden Ihre Affaire immer unter dem Teppich halten?«

»Diese Affaire ist vorüber. Sie endete genau an diesem Tag im Bonaventure. Und ich kann Ihnen versichern, daß es keine Chance für eine Versöhnung gibt. Jetzt müssen Sie mich aber entschuldigen. Ich möchte meiner Tochter ihre Gutenachtgeschichte zu Ende vorlesen.« Sie ging zur Tür und hielt sie mir auf.

»Können Sie mir eine allerletzte Frage beantworten?«

»Das kommt darauf an.«

»Hatten Sie jemals eine sexuelle Beziehung mit Eugene Nathanson?«

»Ich sehe keine Veranlassung, diese Frage zu beantworten. Ich glaube daran, daß das Verhältnis zwischen Patient und Therapeut eine der heiligsten Bindungen unserer Gesellschaft ist.«

»Oh ja, ich zweifle nicht daran, daß Sie das glauben.« Ich machte noch einen Versuch: »Wußte Mike von Ihrer Affaire?«

»Aber ja, natürlich. Wir waren verheiratet, seit wir zwanzig Jahre alt waren. Er wußte alles, was ich tat, und ich wußte alles, was er tat, sogar, wenn er versuchte, es zu verbergen. Ich wußte alles über sein Gefühl der Unsicherheit, die Mädchen, die er bumste, seine Drogen, seine Schulden, sein Bedürfnis nach Selbstzerstörung. Er hat alles freudlos verschleudert, weil er glaubte, er habe es nicht verdient. Es ist kein Penny von seinem Vermögen mehr übrig. Schauen Sie in Ihren Akten nach, Herr Detektiv. Alles, was er mir hinterlassen hat, ist das Haus. Und selbst das ist nicht viel wert. Es steht auf einer erdbebengefährdeten Spalte.«

»Aber warum waren Sie dann so sicher, daß er keinen Selbstmord begangen hat?«

»Er würde nicht den Mumm dazu gehabt haben. Gute Nacht.«

Sie schloß die Tür vor meiner Nase und ließ mich im Nachgeschmack ihrer Bitterkeit einfach stehen.
Ich spürte diese Bitterkeit immer noch, als ich zwanzig Minuten später die Tür zu meinem Apartment aufschloß. Ich ging ins Schlafzimmer und hörte den Telefonanrufbeantworter ab. Ein Privatdetektiv aus Detroit wollte wissen, ob ich ihm einen faulen Kunden namens Jack Luchese aufstöbern könnte, der seine Rechnung nicht bezahlt hatte. Mein Sohn Jacob benötigte 40 Dollar für seine Bewerbung an der Columbia-Universität, und Nick Steinway rief an, um nach den Fortschritten zu fragen und mir etwas anzukündigen, was Vertragsmemo hieß und meine kurzfristige Anstellung bei Global Pictures betraf. Ich würde ihn morgen in seinem Büro jederzeit zwischen fünf und sechs Uhr dreißig morgens erreichen, aber nicht später, weil er dann in einer Mitarbeiterbesprechung sei und danach für die nächsten sechsunddreißig Stunden über London und Paris nach Tunesien fliegen würde. Dieser Typ ließ Jet-Set-Henry Kissinger blaß aussehen.
Ich fiel auf mein Bett und fischte einen Joint aus der Tischschublade. Gerade, als ich wegen Feuer in die Küche gehen wollte, fand ich in meiner Tasche ein Streichholz-Briefchen. Ich zündete den Joint an und sah, daß auf der Vorderseite des Briefchens eine Hand aufgedruckt war, die sich mir entgegenstreckte mit den Worten ICH WAR HIER – KOMIKER- UND CHEFS-BENEFIZ FÜR AFRIKA – 24 STUNDEN HEISSER DRAHT FÜR HUNGERHILFE – 1-800-234-HILFE. Ich zog tief durch und wählte die Nummer. Es klingelte einmal, und dann kam eine inzwischen vertraute Stimme vom Band. Ich konnte etwas im Hintergrund hören, was wie Eingeborenentrommeln klang, als sie sagte: »Hier spricht Eddy Sandollar live zu dir aus Harar, Äthiopien. Jetzt, während ich spreche, hat es begonnen zu regnen, eine winzige Atempause für dieses gottverlassene Land. Aber laßt euch nicht von falschen optimistischen Nachrichten in der Presse täuschen. Das ist nur eine zeitweilige Linderung in einem andauernden Kampf gigantischer Dimensionen. Wir brauchen nichts weniger als einen Marshall-Plan für Afrika. Das ist unsere planetarische Verantwortlichkeit. Gleichgültig, ob du zu Jesus, Buddha, Yahweh oder zum ›spirit in the sky‹ betest, ich weiß, daß du mit mir an diesem Kreuzzug gegen

den Hunger teilnehmen willst. Hinterlasse bitte nach dem Piepton deine Nummer, deinen Namen und die Zeit, zu der du angerufen hast. Einer unserer freiwilligen Helfer wird dich am nächsten Werktag anrufen und mit dir über deinen Beitrag sprechen. *Namaste.*«

Piep.

»Hier spricht Moses Wine, 555 4273. Sagen Sie bitte Mr. Sandollar, daß er mich anrufen soll.«

Ich legte auf und streckte mich auf dem Bett aus; vorher drückte ich noch auf »Play« am Videorekorder. *The Best of Mike Ptak* war noch immer eingelegt. Eine lahme Parodie des Vizepräsidenten George Bush flimmerte über den Schirm. Ich wußte nicht, was ich langweiliger finden sollte, das Original oder die Kopie. Aber das Endergebnis blieb dasselbe wie bei meinem ersten Versuch, die Werke Mike Ptaks zu studieren: Binnen fünf Minuten war ich eingepennt.

»Wach auf! Wach auf! Ich hab's!« hörte ich aus großer Entfernung eine Stimme in meinen Traum eindringen. Ich zwang meine Augenlider, sich zu heben, und sah eine vor Aufregung fast platzende Chantal, die vor meinem Bett auf und ab lief. Es war gerade zwei Uhr morgens durch. »Ich hab's rausgefunden! Junge, war ich heute brilliant! Also ich meine, normalerweise schlag ich für mich nicht so die Werbetrommel, aber heute nacht habe ich sie überwältigt. Sie waren auf den Knien. Stella Resnick überlegt, ob sie mich für ein Solo plazieren soll. Scheiß auf diesen esoterischen frankokanadischen Müll. Das ist es, eine einzigartige Nummer – Komikerin/Privatdetektivin! Tagsüber bist du ein Bluthund auf der Spur, und nachts machst du Witze über die ganzen Irren, denen du dabei begegnet bist. Ich hab sie von den Sitzen gerissen.«

»Du hast was?« Spätestens jetzt saß ich im Bett mit weit offenen Augen.

»He, worüber regst du dich so auf? Ich hab dir doch gesagt, daß ich's herausgefunden habe – B für B. Es kam mir einfach über die Lippen, als ich frei assoziierte. So passiert das, wenn man eine Nummer auf der Bühne improvisiert, Stegreifkomödie. Wenn du kochst, steigen Blasen auf.«

»Jetzt warte doch mal einen Moment. Du willst mir erzählen, daß du vor einem öffentlichen Publikum im Fun Zone gestanden hast und ihnen intime Details aus unserer Untersuchung erzählt hast?«

»Nun ja, natürlich nicht systematisch. Ich glaube kaum, daß Sie daraus –«

»Wer, zur Hölle, glaubst du, bist du eigentlich? Das ist die allerunprofessionellste Sache, von der ich je gehört habe! Du hast doch überhaupt nicht gewußt, wer im Publikum war.«

»Du hast kein Recht, mir zu sagen, was ich zu tun habe.«

»Und wie ich das habe. Du arbeitest für mich, und dein Benehmen ist lächerlich. Du kannst doch nicht herumlaufen und –«

»Ich hab nicht alles verraten.«

»Woher weißt du das denn?«

»Woher ich das weiß? Ich war diejenige, die dort war ... Oh, scheiß drauf!« Sie ging ins Bad und raffte ihre Sachen zusammen und schimpfte vor sich hin, als sie wieder rauskam. »Ich hatte von Anfang an recht. Wenn man Geschäft und Privatleben vermischt, ruiniert man beides. Wir sollten uns beide einen Gefallen tun und die ganze Sache kurz und klar beenden.«

»Was?«

»Ich gehe.«

»Ich habe dich nicht dazu aufgefordert.«

»Ich bin kein Sozialfall, und wenn du kein Vertrauen darein hast, wie ich die Dinge angehe, so sehe ich, was mich betrifft, keine Ursache, unser Verhältnis fortzusetzen. Also dann, Aufwiedersehn.«

»Aufwiedersehn.«

Sie blieb noch kurz an der Tür stehen, als sie aus dem Schlafzimmer lief. »Oh, wenn du dich vielleicht erinnerst, Nastase war Rumäne. Also sollte klar sein: B für B ist Bibeln für Bukarest.«

Sie schloß die Tür und ging.

17

Als ich Chantal am nächsten Morgen anrufen wollte, war immer besetzt. Später erreichte ich den Anrufbeantworter. Scheiße, dachte ich. Wir sind alle Neurotiker. Es ist hoffnungslos. Dann ging ich unter die Dusche.
Ich trocknete mich gerade ab, als Koontz anrief.
»Deine Freundin hat ja gestern eine tolle Show abgezogen.«
»Sie ist nicht mehr meine Freundin.«
»Oh ja? Das ist aber interessant. Also, wie sie dich auf der Bühne portraitiert hat, da erschienst du wie eine Mischung von Humphrey Bogart und Johannes dem Dreiundzwanzigsten. Aber das ist ja schließlich nicht mein Bier. Jedenfalls hat sie der gerichtlichen Verfügung, daß dir die Beschäftigung mit diesem Fall untersagt ist, den letzten Schliff gegeben. Sie müßte in fünfzehn Minuten bei dir eintreffen. Es tut mir wirklich leid. Aber sieh mal, ich weiß, das klingt wie ein Ratschlag aus dem Club der einsamen Herzen, aber falls du am Donnerstag nichts vorhaben solltest, am Abend gibt es diesen Integrierten-Software-Kurs–«
»Vielen Dank, wirklich, danke.«
»Keine Ursache.«
Er hatte gerade aufgelegt, als die Türglocke ging. Es war ein Bote von Global Pictures mit den Vertragsunterlagen.
»Mr. Steinway hat gesagt, daß ich warten soll, bis Sie es unterzeichnet haben.«
»Mein Rechtsanwalt sieht sich diese Sachen gerne vorher an«, sagte ich, als ich den Umschlag öffnete. Ich stellte mir gerade vor, wie diese Bulldogge von Steinway mich, wegen Nichterfüllung des Vertrages, vor ein Gericht zerren würde.
»Mir ist nicht gestattet, ohne den Vertrag zurückzukommen«, sagte er und reichte mir einen Kugelschreiber. Er pflanzte sich im Korridor auf, als sei er ein Gerichtsvollzieher. Ich war derjenige, der eine Unterlassungsorder brauchen würde, um ihn hier rauszukriegen.
»Sehen Sie, das ist kein –« fing ich an, als das Telefon erneut läutete.
»Hallo.«
Eine Stimme flüsterte. »Das Geld zieht um.«
»Was?«

»Das Geld zieht um.«

»Wer spricht?«

»Ein Christ.«

»Ein Christ. Großartig. Warten Sie, bleiben Sie einen Moment dran.« Ich drehte mich zu dem Boten um. »In Ordnung, in Ordnung. Hier. Nehmen Sie es mit.« Ich kritzelte meine Unterschrift auf die dafür vorgesehene Zeile am Ende des Vertrags und gab ihn zurück. »Nun entschuldigen Sie mich bitte, ich muß –«

»Das Datum fehlt«, sagte er.

Ich schrieb schnell das Datum dazu und gab ihm die Papiere zurück. Der Bote nickte und verschwand.

»Hallo, Herr Christ.«

Stille.

»Hallo!«

»Suchen Sie die Medizin.«

»Medizin? Was für eine Medizin?«

Keine Antwort.

»Hallo ... Hallo ...?«

Es klickte.

Christ. Medizin. Bibeln für Bukarest. Burckhardt, dachte ich. Zwei Minuten später war ich im Auto und fuhr durch La Cienega Richtung Wundermeile. Es regnete heftig, der erste Regen in diesem Jahr, und die Autos schlidderten auf dem Schmierfilm über den Asphalt. Die Autofahrer von L. A. erinnern sich von einem Jahr zum anderen nie, wie man bei nassen Straßen fährt, und es war wie Autoscooterfahren den ganzen Weg runter bis zum Fallbrook Arms.

Ich rannte schnell die Treppen hoch, mir war plötzlich bewußt geworden, wie sehr ich mich vor dem Unvermeidlichen fürchtete. Dieses Gefühl steigerte sich noch, als ich Burckhardts Tür verschlossen vorfand. Ich hämmerte einige Male dagegen, und lächelte die Chicano-Botenjungen verlegen an, die im Flur herumlungerten, dann schloß ich mit einem Dietrich auf. Sie zuckten nicht mal mit der Wimper, wahrscheinlich waren sie aus genau demselben Grund hier wie ich.

Niemand war im Büro. Zu meiner großen Erleichterung war auch niemand im Bad oder im Wandschrank. Natürlich könnte er auch irgendwo im Gelände sein oder unter einem Müllhaufen begraben. Burckhardt war so einer von den Typen, der schon fünf Jahre tot sein könnte, und man erführe es nie.

Ich stöberte einen Augenblick auf seinem Schreibtisch herum, aber ich fand nichts außer unbezahlten Strom- und Wasserrechnungen und eine unglaubliche Sammlung von Bonbonpapieren. Ich setzte mich und lieh mir sein Telefon. Glücklicherweise war es noch angeschlossen. Ich rief die Auskunft an, um die Nummer von Cosmic Aid Headquarters zu erfragen, und wählte.

»Eddy Sandollar, bitte«, sagte ich.

»Mr. Sandollar ist im Augenblick nicht anwesend«, sagte die Dame vom Empfang. »Kann Ihnen jemand anderes weiterhelfen?«

»Ich möchte direkt mit Mr. Sandollar sprechen. Es ist so was wie ein Notfall. Kann ich ihn nicht irgendwo anders erreichen?«

»Kennt er Sie?«

»Ja, er kennt mich. Mein Name ist Moses Wine.«

»Bleiben Sie dran, bitte.«

Nach einigen Minuten war sie wieder in der Leitung und fragte mich nach meiner Nummer. Eddy würde mich umgehend zurückrufen. Ich legte auf, und in weniger als einer Minute klingelte das Telefon.

»Hallo, Moses.«

»Hallo, Eddy, danke, daß Sie angerufen haben.«

»Kein Problem. Gott, war das ein Riesentheater neulich. Ich glaube nicht, daß ich das je vergessen werde.«

»Ich glaube, niemand von uns wird das. Sehen Sie, Eddy, ich wollte Sie fragen, ob Sie noch eine Weile in L. A. sind. Weil ich glaube, Sie könnten mir dabei helfen, ein paar Dingen auf den Grund zu gehen.«

»Jesus, Moses, wie gerne ich Ihnen helfen würde, aber ich bin gerade dabei, nach Ojai zurückzufahren, in einer halben Stunde. Ich fahre in drei Tagen nach Äthiopien, um die Lieferung von ein paar Landrovern zu überwachen. Wenn man nicht selbst für alles Sorge trägt, dann nehmen sie sie am Ende, um eine Invasion in den Sudan zu machen oder irgendso was. Sie wissen ja, wie es dort drüben ist – je ärmer das Land, desto größer die Armee.«

»Ja, das habe ich gehört. Wo sind Sie denn jetzt im Augenblick? Vielleicht könnten wir uns nur für ein paar Minuten sehen. Es ist sehr wichtig.«

»Aber sicher, Moses, aber sicher. Kennen Sie Ben Frank's auf dem Sunset Strip? Wir treffen uns dort in einer Viertelstunde.«

Sandollar saß schon an einem Tisch in Ben Frank's und war völlig in die neuste Ausgabe des Popblatts *Billboard* vergraben, als ich dort ankam.

»Lesen Sie immer noch in der alten Bibel?« fragte ich und setzte mich ihm gegenüber. Er sah nicht so aus, als hätte er in den letzten Nächten gut geschlafen. Aber das war ihm kaum vorzuwerfen.

»Es ist schwer, die alten Angewohnheiten aufzugeben. Wissen Sie was anderes?«

»Nein, ich wüßte auch nicht, was daran falsch sein sollte?«

»Ich weiß nicht. Aber es ist so was wie eine Sucht. Ich habe eigentlich wichtigere Dinge zu tun im Leben, als mir darüber Gedanken zu machen, welche Gruppe zur Zeit Nummer Eins ist.«

»Das glaube ich gern. Aber wo wir gerade von Bibeln reden, haben Sie je von einer Organisation gehört, die ›Bibeln für Bukarest‹ heißt?«

»Bibeln für Bukarest«, er lachte. »Wie in Rumänien?« Er rollte sein *Billboard* zusammen und klopfte damit auf den Tisch. »Das klingt wie eine dieser alten Organisationen, die früher Bibeln hinter den eisernen Vorhang geschmuggelt haben. Ich glaube, da war so ein Typ, der hat damit Millionen gemacht.«

»Millionen?«

»Man besorgt sich eine gebührenfreie Achthunderternummer, schaltet sich bei einer dieser Kabelfernsehstationen ein und erzählt dem Publikum, daß man den Atheisten Gott bringen will. Die Kohle kommt so schnell rein, daß man sie nicht zählen kann.«

»Wissen Sie etwas über einen koreanischen Prediger? Könnte er etwas damit zu tun haben?«

»Nicht, daß ich wüßte.« Er lächelte. »Es gibt immer einen Reverend Moon.«

»Jemand, der weniger berühmt ist?«

»Höchstwahrscheinlich. Die Koreaner sind sehr evangelikal. Warum fragen Sie mich das alles?«

»Ich weiß es selbst nicht. Aber auf irgendeine Weise, glaube ich, hängt das alles mit dem Tod von Mike Ptak, Vasile Nastase und wahrscheinlich auch Carl Bannister zusammen.«

»Ja, das hört sich interessant an. Ich hoffe, Sie haben recht. Und ganz gewiß hoffe ich, daß Otis und sein Bruder nicht dafür verantwortlich sind.«

»Wie könnte ich etwas über einen koreanischen Prediger erfahren?«

»Tja, das weiß ich auch nicht genau. Da versteh ich eigentlich nichts von, das ist nicht meine Linie. Cosmic Aid versucht, sich von den Sekten fernzuhalten. Abgesehen davon, sind die religiösen Organisationen ziemlich gut geschützt. Die Regierung kann ihnen nicht mal in die Bücher gucken. Genaugenommen ist es ein ziemlicher Skandal. Ich hab da viele Geschichten drüber gehört.«

»Welche zum Beispiel?«

»Hilfsorganisationen, die kleine Vermögen zusammensammeln, es auf die Bank tragen und von den Zinsen leben. Oder es dazu benutzen, gigantische Hauptverwaltungen, die Zigmillionen Dollar kosten, aufzubauen, die mit kleinen Unternehmen konkurrieren könnten. Verdammt, noch nicht mal Live Aid wußte, wie sie ihr Geld ausgeben sollten. Sie hatten über ein Jahr Millionen auf der Bank, bevor ... Aber, sehen Sie, Moses, ich wünschte, ich könnte Ihnen besser behilflich sein, aber es ist, wie ich gesagt habe. Ich muß wieder zurück. Viel Glück mit der ganzen Sache, ja? Und halten Sie mich auf dem laufenden. Wenn es irgend etwas gibt, was ich tun könnte, um Otis zu helfen, würde mir das sehr viel bedeuten.« Er stand auf. »Und offen gesagt, es sieht auch nicht gerade großartig für Cosmic Aid aus, wenn Sie verstehen, was ich meine. Das war nicht eben unsere erfolgreichste Benefizveranstaltung. Ich melde mich wieder.« Er schüttelte meine Hand und wandte sich zum Gehen.

»Eine schnelle letzte Frage?«

»Sicher.«

»Wie ist es mit Arneimitteln? Kann man damit irgendwelche Extraprofite machen?«

»Warum nicht?«

»Verdorbenen Arzneimitteln?«

»Nicht verdorben. Mit abgelaufenem Verfallsdatum. Sie kennen doch Arneimittelhersteller. Die größten Überproduzenten der Welt. Sie müssen das Zeug doch irgendwie loswerden.«

»Also verkaufen sie es mit Discount an die Hilfsorganisationen.«

»Sie haben es erfaßt.«

»Und die Organisation steckt die Differenz in die eigene Tasche.«

»Macht doch jeden glücklich, oder?« Er sah auf die Uhr. »Jetzt muß ich aber wirklich gehen.« Er bemerkte plötzlich, daß er das *Billboard* unter dem Arm geklemmt hielt und reichte es mir. »Nehmen besser Sie die Zeitung. Schlechtes Karma, Sie wissen ja. Wiedersehen.« Und weg war er.

Christen, Bibeln und verfallene Arzneimittel. Ich saß da und brütete über diese Heilige Dreieinigkeit und fragte mich, ob das in irgendeiner Weise eine Verbindung mit Ptak und seinen sogenannten fünfundzwanzig Millionen hatte. Das war schließlich ein Haufen Aspirin, sogar wenn man die Inflation bedachte. Aber andrerseits hatte Elmer Gantry noch keinen Zugang zum Kabelfernsehen.

Fünf Minuten später war ich wieder auf der Straße und fuhr Richtung Stadtmitte. Gemäß der einstweiligen Verfügung, die mir untersagte, im Fall King zu ermitteln, würde ich den Haftprüfungstermin von Otis auslassen müssen, aber nichts konnte mich daran hindern, das Handelsregister nach fiktiven Geschäftsbezeichnungen wie »Bibeln für Bukarest« durchzusehen. Und ebenfalls nach etwas, das wie »nestor« oder »nestron« klang; nach Chantals Ermittlungen hatte Mike Ptak so etwas geschrien, als er von seinem Penthaus im Albergo Picasso seinen Sturzflug in den Tod antrat. Und wenn das Handelsregister zufällig im Gebäude des Zivilgerichts auf der Hill Street sein sollte, d. h. eigentlich nur um die Ecke der Strafgerichte am Temple, ja, dafür konnte ich leider auch nichts.

Aber ich war kaum eine halbe Meile gefahren, als in meinem Rückspiegel ein blauer Dodge auftauchte. Sein Fahrer war die gleiche Scott-Glenn-Kopie, die mich durch ganz New York verfolgt hatte. In den Achtzigern sind sogar die Killer zweiküstenfit,

dachte ich. Ich verlor keine Zeit. Ich bog auf den Parkplatz des Burger King ein, lief zum alleröffentlichsten öffentlichen Telefon, das ich finden konnte, warf eine Münze ein und wählte.
»Parker Center«, kam es vom anderen Ende.
»Commander Koontz, bitte.«
»Die Leitung ist besetzt, können Sie warten?«
»Nein, geben Sie mir John Lu, von der asiatischen Abteilung.«
Das Telefon läutete. »Lu am Apparat.«
»Hallo, John, Moses Wine.«
Er machte eine kurze Pause. Ich sah die Straße runter und hielt nach meinem New Yorker Freund Ausschau, aber ich konnte ihn nirgends ausmachen. »Hallo, Moses.« Lu schien so glücklich darüber zu sein, von mir zu hören, wie ein Arzt von einem Kunstfehler-Schadensersatz-Anwalt.
»Hören Sie, hm, John, könnten Sie mir eine winzige Frage beantworten? Es geht um diese Brüder Wal. Es scheint, daß sie Verbindung mit einem gewissen Re-«
»Es tut mir leid, Moses. Ich habe Anweisung, nicht mit Ihnen zu sprechen.«
»Das ist klar. Aber hier geht es -«
»Ich kann nicht.«
»In Ordnung. So ist das Leben, nicht? Geben Sie mir Koontz.«
»Ich werde es versuchen.«
Diesmal war die Leitung frei.
»Koontz am Apparat.«
»Wine auf der anderen Seite.«
»Was ist jetzt?«
»Ich werde verfolgt.«
»Was tust du auch da draußen?«
»Es ist mir ernst, Koontz. Du mußt diese Unterlassungsverfügung aufheben lassen. Ich werde von einem bezahlten Killer aus New York verfolgt.«
»Das überrascht mich überhaupt nicht. Das ist ein großer Drogenfall. Also geh wo rein, wo der Typ nicht auf dich schießen kann, schließ die Tür und mach sie nicht wieder auf. Oder muß ich dich in Schutzhaft nehmen? Hast du heute morgen keine Zeitung gelesen? Es gibt massive Beweise dafür, daß der Kokainverbrauch in

dieser Stadt rapide ansteigt. Jedermann ist das peinlich, und der Polizeichef will Bürgermeister werden. Irgend jemand kriegt dafür in den Arsch getreten, und ich habe keine Lust, derjenige zu sein.«
»Schau mal, ihr Jungens seid in diesem Fall nicht auf dem richtigen Dampfer. Es passiert da was ganz anderes.«
»Träum weiter, kleiner Junge.«
»Ich weiß nicht genau, was es ist, aber es hat irgendwas mit einem gigantischen Reibach zu tun in der Welt der internationalen Hilfsorganisationen oder christlicher Hungerhilfe.«
»Hast du dafür irgendwelche Beweise?«
»Nein, aber -«
»Schau mal, Wine, laß mich offen sein. Seitdem du zu diesem Psychiater gehst, kommt es mir vor, als seist du ein bißchen daneben.«
»Das ist das Problem. Er gehört zu den Leuten, die ich im Verdacht habe.«
»Siehst du, das ist genau, was ich meine. Ich halte mich nicht für einen Experten, aber ich habe auf der Polizeiakademie Psychologie belegt, und ich weiß, daß sie das akute Paranoia nennen würden. Geh nach Haus.«
Er legte auf.
Ich guckte die Straße runter und hielt nach dem New Yorker Ausschau, aber ich sah ihn immer noch nicht. Ich ging zu meinem Auto zurück und fuhr ganz langsam in Richtung Innenstadt. Ich fühlte mich nicht sehr wohl in meiner Haut. Genaugenommen fühlte ich mich so einsam und allen fremd, wie ich es immer gewesen war. Ich hatte keinen richtigen Fall, ich hatte keinen Partner, und mein Klient würde sicher von seinem Vertrag zurücktreten, wenn er herausfände, daß mich das Gesetz daran hinderte, meinen Pflichten nachzukommen. Es war eine melodramatische Zusammenfassung all dessen, was mir nach fünfzehn Jahren Arbeit als Privatdetektiv geblieben war. Die Lichter der Großstadt hatten aufgehört, für mich zu glitzern. Vielleicht hatte Koontz recht. Vielleicht hatte ich die Wirklichkeit tatsächlich nicht mehr so voll im Griff, wie ich gedacht hatte.
Ich fühlte mich keinen Deut besser, als ich auf den Parkplatz ge-

genüber dem Gerichtsgebäude in der Temple Street einbog. Übertragungswagen der drei großen Fernsehstationen und noch ein paar weitere der lokalen Sender waren vor dem Gebäude aufgefahren. Dahinter eine Polizeibarriere, die eine wilde Meute von notorischen Gerichtssaalhockern, Alks und Bagladies zurückhalten sollte. Obwohl es stark regnete, warteten sie offensichtlich auf Otis, und ich lief schnell durch die Menge in den Eingang des Zivilgerichts in der Hill Street. Das Handelsregister war eine Treppe nach unten, und ich zögerte nur ein paar Sekunden, bevor ich mich mit meinem wirklichen Namen bei dem Angestellten eintrug. Es war wenig überraschend, daß ich unter der Bezeichnung »Bibeln für Bukarest« keine Eintragung fand. »Nestral« gab es auch nicht. Aber es gab ein »Nestron« in der Sechsten Straße. Es war als Vertriebsgesellschaft eingetragen. Ohne Hinweis darauf, was dort vertrieben werden sollte.

Ich eilte aus dem Gebäude und lief zurück in Richtung meines Autos. Aber gerade, als ich um die Ecke von Hill Street bog, sah ich die Menge nach vorwärts drängen. Otis, mit dunkler Brille und Nadelstreifenanzug tauchte vor dem Strafgerichtsgebäude auf, zusammen mit seinem Manager/Rechtsanwalt Purvis Wilkes und drei teuer aussehenden weißen Rechtsanwälten mit fetten Aktentaschen. Ihnen folgten einige Dutzend Reporter, die Nikons und Videokameras schwenkten und »Mr. King, Mr. King!« schrien.

Purvis Wilkes schob Otis hinter sich und streckte eine Hand gegen die Reporter aus, während er seinen Klienten zu der wartenden Limousine führte. »Mr. King wird zum jetzigen Zeitpunkt keine Erklärungen abgeben.«

»Mr. Wilkes, kein Kommentar zur Millionenkaution?« schrie jemand.

»Kein Kommentar.«

»Sind die drei Gentlemen Mitglieder des Verteidigungsstabes?«

»Im Augenblick bin ich Otis' einziger Anwalt. Wir suchen noch nach jemandem, der vor kalifornischen Gerichten zugelassen ist.«

Und dann kamen sie alle auf einmal: »Ist es wahr, daß Otis nur von einem schwarzen Mann vertreten werden will?« »War er high?« »War es PCB oder waren es Speedballs?« »Werden Sie auf

Unzurechnungsfähigkeit plädieren?« »Ist sein Vater nicht wegen Mordes verurteilt worden?« »Hat die Filmgesellschaft ihn in die Therapie gezwungen?« »Wollte Bannister sein Manager sein?« »War er immer so selbstzerstörerisch?« »Ist King King außer Landes gegangen, um eine gerichtliche Verfolgung zu umgehen?« »Wissen Sie, wo er sich aufhält?« »Hat Otis es getan, um seinen Bruder zu schützen?«

»Kein Kommentar, keine Fragen mehr jetzt, bitte«, sagte Wilkes und fuhr fort, Otis gegen die anderen abzuschirmen und ihn zur Limousine zu schieben.

Er hatte die Reporter schon fast abgedrängt und Otis in der Limo, als der Komiker anhielt und schrie: »Hey, warte eine Sekunde, siehst du diesen Angeber?« Er deutete auf mich. »Er ist den ganzen Weg nach New York rübergekommen, um mich hierher zurückzubringen, um mich am Arsch zu kriegen. Kennt ihr die Moral von diesem Typen, ja, von diesem da, ihr blöden Presseärsche?« Die Reporter – scharf auf diese Gelegenheit – begannen, nach vorne zu drängen und ihre Kameras in Position zu bringen. »Trau keinem Weißen, auf keinen Fall einem Weißen, aber besonders keinem dieser Bürgerrechtsknutscher, Motownlover, Muhammed-Ali-Umarmer, Malcom X-Bläser, Jesse-Jackson-Sex'n'Drugs'n-'Rock'n'Roll-Niggerlover, diese billigen Radikalliberalen oder sonst was, die denken, daß sie dir den Arsch retten. Nur weil diese Arschlöcher vor zwanzig Jahren mal auf irgendeiner Demo waren, glauben sie, du gehörst ihnen. Aber bei den Kerlen sind Liebe, Haß und Schuldgefühle in ihren erbsengroßen Gehirnen so durcheinandergemixt, daß alles, was sie können, ist, dich mit ihrer Freundlichkeit umzubringen! Und mit Freunden wie diesen, wie dieser Schwachkopf so schön gesagt hat, wer braucht da noch Feinde? So, das war die Predigt des Heiligen Otis. Wenn ich im Knast über die Klinge springe, wirds nicht mein Kreuz sein, das sie zusammennageln.«

Und mit diesen Worten stieg er ins Auto und fuhr ab. Die Reporter und die Menge rannten hinter ihm her, um zu versuchen, noch ein letztes Wort aufzuschnappen. Das war kein schlechter Rap, dachte ich, jedenfalls nicht für jemanden, der über die letzten vierundzwanzig Stunden clean geblieben war. Ich machte mich davon, bevor die Herren von der Presse sich dazu entschließen konnten, das Objekt von Otis' Verachtung zu interviewen, aber als ich den Bürgersteig entlanglief, konnte ich den New Yorker sehen, der da stand und mich anstarrte.

18

Ich hatte ihn immer noch im Rückspiegel, als ich an der Ecke der Sechsten Straße und La Brea bei Nestron ankam. Es war ein geducktes Lagerhaus im Stil der frühen Sechziger mit langweiligen senffarbenen Ziegelmauern und einem Flachdach. Obwohl die Ampel auf Grün stand, verlangsamte ich das Tempo, als ich mich La Brea näherte, und hielt an der Kreuzung, wobei ich die zornigen Rufe des Lastwagenfahrers hinter mir zu ignorieren versuchte. Und dann, als die Ampel auf Rot schaltete, zog ich den Motor hoch und gab Gas, witschte zwischen zwei Autos durch und schoß quer über die nasse Straßenkreuzung nach San Vincente hinein, inmitten eines Chors von quietschenden Bremsen und trötenden Hupen. Ich raste die Siebenundfünfzigste Straße entlang und produzierte eine Fontäne, die ein ganzes Azaleenfeld hätte bewässern können. Glücklicherweise waren keine Bullen in der Nähe, als ich eine scharfe Biegung in den Orange Drive machte und dann eine weitere zum Edgewood Place. Ich fegte ein zweites Mal durch La Brea und schnitt noch ein paar mehr Autos und ein paar Lastwagen und fuhr zum dritten Mal nach rechts in die Citrus Avenue. Dann fuhr ich rechts ran, um abzuwarten, ob der New Yorker mich verloren hatte. Er muß doch ein etwas vorsichtigerer Fahrer als ich gewesen sein, denn es schien, als sei es mir gelungen, ihn abzuhängen. Ich legte den ersten Gang ein und fuhr jetzt langsam bis zum Ende der Citrus Avenue, erreichte die hintere Seite von Nestron und parkte an der Laderampe.

Zwei Minuten später fragte ich mich, ob sich dieser ganze Aufwand überhaupt gelohnt hatte. Alles, was Nestron vertrieb, waren Papierwaren, und das nächste, womit die Firma an das Arzneimittelgeschäft rankam, waren Rezeptblocks.

Ich ging zum Auto zurück, mir war schwindlig, und ich war zerstreut. Ich wußte, daß es Dinge gab, die ich tun sollte, Spuren, denen ich folgen sollte, aber ich konnte mich nicht darauf konzentrieren. Plötzlich fiel mir ein, daß es genau die Zeit für meinen üblichen Termin mit Nathanson war, denjenigen, den er abgesagt hatte. Ich beschloß, trotzdem hinzufahren.

Der Himmel wurde dunkler und dunkler, als ich nach Westen Richtung Santa Monica fuhr. Im Canyon schien es mir, als sei es schon Nacht geworden, obwohl meine Uhr erst zwei Uhr mittags anzeigte. Wenn es mein Termin gewesen wäre, wäre ich nur zwei Minuten zu spät gekommen. Aber als ich bei Nathansons Haus ankam, hatte offensichtlich jemand anderes meinen Platz eingenommen. Ein dunkler bärtiger Mann überquerte die Straße auf dem Weg von seinem Auto, einem zehn Jahre alten Mercedes, zur Praxis des Psychiaters. Ich parkte direkt hinter ihm und sprang aus dem Wagen. Als sei ich von unbewußten Kräften gelenkt, rannte ich genau hinter ihm durch die Tür.

Nathanson sah verblüfft von seinem Schreibtisch auf.

»Wieso Sie, Moses?«

»Ich weiß, daß das nicht mein Termin ist.«

»Ja, aber Sie haben sich keinen neuen Termin geben lassen.«

»Ich möchte wissen, warum Sie diesen abgesagt haben.«

»Ein anderer Patient hatte einen Notfall.«

Er wandte sich zur Tür, wo inzwischen der dunkle bärtige Mann mit verstörtem Gesichtsausdruck stand. »Es ist in Ordnung«, sagte der Mann mit außerordentlich zurückhaltender Stimme. »Ich werde gehen.«

»Nein«, sagte Nathanson, »das wird nicht nötig sein.«

»Ich muß außerdem wissen, was Sie in Koreatown zu suchen haben.«

Nathanson zögerte. »Lassen Sie uns für ein paar Minuten allein«, sagte er zu dem anderen Patienten.

»Aber natürlich, Doktor.« Er ging und schloß die Tür vorsichtig hinter sich.

»Setzen Sie sich, Moses.«

»Nein, ich bleibe stehen.« Ich spähte auf seinen Schreibtisch. Die Streichhölzer lagen nicht mehr auf der Approbationsordnung.

»Ihr Blick ist so starr, Moses. Die Frau. Wie geht es mit der Frau?«

»Schlecht.«

»Das habe ich mir gedacht. Erzählen Sie mir darüber.«

»Wie bitte? Erzählen Sie mir lieber, was Sie dort unten mit dem Reverend zu schaffen hatten.«

»Konzentrieren Sie sich auf das Hier und Jetzt. Wie fühlen Sie sich in diesem Augenblick?«

»Verschonen Sie mich mit Ihrem Therapeutenblabla. Was, zum Teufel, ist hier los?« Ich stand über ihm und sah auf den Rollstuhl herunter, als wollte ich ihn jeden Augenblick schütteln.

»Das kann ich Ihnen nicht sagen. Und wenn ich es könnte, würde ich es nicht tun.«

»Warum nicht?«

»Weil hier der falsche Ort ist, es zu hören.«

»Wie bitte?«

»Das müssen Sie selbst herausfinden. Keine Gurus mehr, Moses.«

»Ich will keinen Guru, ich will die Wahrheit wissen.«

»Wenn Sie die Wahrheit wissen wollen, dann müssen Sie damit anfangen zu sehen, was um Sie herum vorgeht. Beginnen Sie damit, sich auf die Gegenwart zu besinnen. Konzentrieren Sie sich aufs Atmen.«

»Ist das alles, was Sie mir zu sagen haben?«

»Im Augenblick, ja.«

Ich starrte ihn eine Sekunde lang an. »Ich bin fertig mit Ihrer Therapie, und wissen Sie, was noch? Ich lasse Sie verhaften.«

»Gut. Jetzt übernehmen Sie die Kontrolle.«

Ich ging raus und warf die Tür hinter mir zu. Ich lief an dem anderen Patienten in seinem gebrauchten Mercedes vorbei in mein Auto, ließ es an und fuhr mit aufheulendem Motor davon. Ich war schon auf dem halben Weg nach Koreatown, bevor mir klar wurde, wo ich hinfuhr. Aber als es mir bewußt wurde, hatten sich die Spinnenweben vor meinem Hirn zerrissen. Alle meine Sinne waren alarmiert und mein Körper wachsam. Es war so, als hätte ich gerade ein Jahr in Dunkelheit verbracht und sei endlich wieder ans Tageslicht gelangt.

Ich hielt vor dem New Inchon und ging hinein. Es war mitten am Nachmittag, eine tote Zeit für das Restaurant, aber es hingen noch ein paar Männer an der Bar rum, die noch einen auf die Gesundheit hoben. Ich schlüpfte neben zwei von ihnen und bestellte einen Glenlivet.

»Wissen Sie, es sind nicht nur die Lohnkosten«, sagte ich zu ihnen, noch bevor der Barmann mit dem Drink zurückgekommen war. Die beiden Männer sahen sich an, natürlich verwirrt, was dieser Gringo da sagte.

»Ich meine, die Qualität ist nicht schlecht. Aber es kann mir keiner erzählen, daß die koreanischen Firmen Goldstar und Samsung besser sind als die japanischen Sony und Hitachi, jedenfalls jetzt noch nicht. Es muß andere Gründe dafür geben, daß Korea in der nächsten Welle industrieller Macht oben schwimmt. Und wissen Sie, was es ist? Glaube, einfacher altmodischer Glaube.«

Der Barmann goß den Scotch ein und schob ihn in meine Richtung. »Dank dir, Joe. ... Sie wissen, was ich meine?« sagte ich zu den Jungs.

»Ja, ja. In gewisser Weise.« Der mir am nächsten saß, ein birnenförmiger Typ mit einer roten Krawatte, lächelte verlegen.

»Worum es geht«, fuhr ich fort, »ist, daß Korea orientalische Geduld mit christlicher Standfestigkeit verbindet. Kennen Sie irgendeine andere Kultur mit dieser Kombination?«

Sie sahen sich an, als wollten sie sich fragen, wo dieser Junge denn vom Boot gefallen sei. Nur, daß sie diejenigen vom Boot waren und ich der Junge von nebenan.

»Nicht alle Koreaner sind Christen«, sagte der Birnenförmige. »Einige sind Buddhisten, andere Konfuzianer.«

»Der gleiche Unterschied. Ich werde Ihnen erklären, was ich meine. Wer sind zur Zeit die größten Evangelisten in Koreatown? Sie wissen, die ganz großen Tiere.«

»Dr. Chung«, sagte der Birnenförmige.

»Dr. Wu«, tönte die glockenhelle Stimme seines Kumpans.

»Chung? Ist das nicht der mit der verlängerten Mercedeslimousine? Ist das nicht der?«

»Nein, das ist Wu«, sagte Birne.

»Ach ja, richtig, das ist der mit der Kirche drüben in ...«

»Dr. Wus Kirche ist nicht hier. Die ist in Seoul.«

»Ja, aber es gibt ein Bürogebäude an der Ecke Achte Straße/Crenshaw«, sagte sein Kumpel.

»Das ist genau, was ich sage. Ein Geschäftsmann. Er weiß, daß Gott will, daß wir alle im Wohlstand leben. Stimmt's? Auf Ihre Gesundheit.« Ich vernichtete meinen Scotch und verschwand.

Fünf Minuten später war ich vor dem Hankyu Investment Center Achte/Ecke Crenshaw. Ich lief an einem Immobilien-, an einem Börsenmakler und an einem Café vorbei, das sich Der 38. Breitengrad nannte, rein in die Lobby des Gebäudes und fand die Liste der Mieter neben dem Fahrstuhl. Da war kein Dr. Wu oder ein Reverend Wu eingetragen oder ein Hinweis auf irgendeine religiöse Vereinigung. Aber mein Blick blieb an einem bestimmten Namen hängen: VIP Leasing Corporation. Das war der gleiche Bahama-Briefkasten, der Bannisters schicke Malibu-Villa besaß und ganz zufälligerweise auch noch das Penthaus.

Ich ging in den Fahrstuhl und drückte auf ›P‹. Es war im elften Stock, und ich kam flott voran, bis der Aufzug im fünften Stock anhielt. Die Türen öffneten sich, und die Brüder Wal stiegen ein.

»Hallo, cleverer Hund«, sagte der gesprächige Wal. »Wie geht's dir heute nachmittag?« Er zog eine Achtunddreißiger und richtete sie auf mich.

»Mit jeder Minute schlechter.«

»Wir ändern die Fahrtrichtung. Mal gucken, was im Keller los ist.«

»Ja, ich hab gehört, dort haben sie Sid Vicious einbalsamiert.«

»Oh, du magst Punk-Musik, cleverer Hund.« Er drückte auf den Nothalt und stoppte den Aufzug.

»Besonders religiöse Punk-Musik. Die inspiriert so.«

»Yeah, in Zungen.« Das letzte Wort sprach er lang und hart aus, und dann nahm mich sein Bruder in den Würgegriff und drückte mich gegen die Fahrstuhlwand. Der gesprächige Wal lachte sanft und drückte ›K‹. Wir fuhren abwärts.

Im Keller waren viele Korridore, die zu den Heizungskellern führten. Die Brüder Wal stießen mich eine lange Strecke voran bis zu einer Waschküche, schoben mich hinein und schlossen die Tür hinter uns.

»Nun, Bruder Wal, werden wir ihn hier umbringen und dann rausschaffen? Oder ihn erst rausschaffen und dann umbringen?«

»Bringt mich hier um«, sagte ich, »und ladet mich im Joshua Tree National Monument ab. Das ist ein toller Ort. In den Sechzigern haben sie dort jemanden lebendig verbrannt. In einem Leichenwagen.«

»Brennender Leichenwagen ... Mann«, sagte der sprachmächtige Wal.

»Natürlich bestehen noch andere Möglichkeiten. Es gibt da einen Kaktus unter den ›Hollywood‹-Lettern über Los Angeles. Eine Schauspielerin hat dort Selbstmord begangen, nackt ausgezogen. Und dann der Pacific Highway. In den dreißiger Jahren ist dort ein deutscher Regisseur namens Murnau in seinem Auto von den Klippen gesegelt, während sein Liebhaber an seinem Schwanz gelutscht hat.«

»Das gefällt mir«, sagte der andere Wal und machte damit zum erstenmal den Mund auf.

»Und wartet einen Augenblick. ... Wie ist es mit den Büschen im Elysian Park? Da hat Angelo Bueno – ihr wißt, der Hillside-Würger – Frauen hingeschleppt, um sie zu vergewaltigen und umzubringen. Und wie wär's mit dem unsterblichen Richard Ramirez, dem Jäger in der Nacht?«

»Yeah, Heavy Metal-Satanismus!« sagte der wortgewaltige Wal.

»Peitschen und Ketten! Könnt ihr so was auftreiben? Es gibt so viele Möglichkeiten in der Welt. Zum Beispiel kann man jemanden mit Stacheldraht erwürgen oder ... denkt mal darüber nach.« Ich nahm ein Handtuch von einer Waschmaschine runter. »Sogar ein gewöhnlicher Haushaltsgegenstand kann ein großartiges Folterinstrument sein. Die Chinesen haben Wassertropfen benutzt, stimmt's? Und der Schah von Iran, ich hab gehört, daß die Jungens dort ordinären Elektrodraht benutzt und ihn den Gefangenen um die Eier geschlungen haben, um ihnen einen Schlag zu versetzen. Damit sie wußten, wer der Boß war. Toll, was? Und wie ist es damit?« Ich wirbelte das Handtuch eine Armlänge von mir entfernt herum. »Die weiße Flagge. Man sagt, daß Stiere nur auf die rote reagieren ... aber wie ist es mit den Ochsen?« Ich drehte das

Handtuch erneut. Der gesprächige Wal sah auf das Handtuch, und ich rannte in ihn hinein und versetzte ihn in den einstweiligen Ruhestand. Die Kanone flog hinter den Wäschetrockner. Ich tauchte zu ihm ab, schlug seine Sonnenbrille zur Seite und steckte meine Finger in seine Augen, wie man es mir in dem Tae Kwan Do-Kurs beigebracht hatte. Dann rollte ich ab und trat seinem Bruder mit den Absätzen ins Gesicht.

Das waren alles schmutzige Tricks. Bevor sie so richtig mitkriegten, wie ihnen geschah, war ich schon über den Fußboden gekrochen und hatte nach dem Revolverknauf gegriffen, der halb unter der Maschine hervorguckte. Ich sprang auf die Füße und richtete die Waffe auf sie, dabei merkte ich, wie meine Hand zitterte und mein Gesicht hochrot war. Ich haßte Gewalt. Jedesmal hatte ich das Bedürfnis, mich zu übergeben.

»In Ordnung, ihr Scheißkerle, für wen arbeitet ihr?«

Beide Wals starrten mich benommen an, dem einen tropfte das Blut aus Nase und Mund, dem anderen aus den Augen.

»Kommt schon, Jungs, ihr wollt doch mit diesem Baby keine intime Bekanntschaft machen.« Ich hielt ihnen die Achtunddreißiger zu ihrer Erbauung näher vor die Nase. Die Brüder Wal reagierten immer noch nicht. Ich trat dem näherliegenden, dem stillen Teilhaber, wieder ins Gesicht und erwischte ihn hart an den Wangenknochen. Sein Kopf knickte zurück, und ich hörte ein leises Knakken.

»Reverend Wu«, sagte er. »Wir arbeiten für Reverend Wu.«

»Das gefällt mir besser. Was sollt ihr für ihn tun?«

Erneut Stille.

»Was soll das heißen? Die letzte Wiederaufführung von ›Mein kleines Geheimnis‹?« Ich erhob noch einmal meinen Fuß.

»Wir wissen es nicht. Wir wissen es nicht«, sagte der stille Partner und schnappte nach Luft. Der gesprächige Wal war nur noch auf unverständliche Klagelaute reduziert, er warf sich hin und her und bedeckte seine Augen in Qual wie ein Punk-Ödipus. »Wir haben ihn nie getroffen.«

»Ihr habt den Mann nie getroffen, für den ihr arbeitet?«

»Wir kriegen die Anweisungen von seinen Helfern.«

»Was für Anweisungen?«

»Alles, was sie wollen. Wir können uns kostenlos einkleiden, wissen Sie, bei Melrose.«

»Klamotten«, sagte ich. »Herr im Himmel!« Ich starrte zu ihnen runter. Zwei zu Mus gehauene koreanische Punks. Zum ersten Mal sah ich die Wals bei voller Beleuchtung, ohne ihre Sonnenbrillen, und sei es auch nur im grünen, fluoreszierenden Licht der Waschküche. Sie waren höchstens fünfzehn, vielleicht sechzehn Jahre alt – deprimierend bösartige kleine Kreaturen, wie die Hintergrundmusiker aus einem Twisted Sister Heavy Metal-Video.

»Lassen Sie uns bitte nicht einfahren, Mister, bitte«, sagte der stille Bruder. »Mein Onkel wird uns umbringen. Hab ich recht, Douglas?«

Er sah zu seinem Bruder rüber, aber Douglas war zu angeschlagen, um zu antworten. Er spuckte seine Zähne auf den Fußboden.

Ich stopfte die Kanone unter mein Jackett und verließ die Szene. Erst als ich im Aufzug wieder nach oben fuhr, bemerkte ich, daß mein Ärmel mit Blut bespritzt war. Mein allerbestes Jackett, dachte ich. Aber dann lächelte ich und rubbelte das Blut in den Stoff rein, so daß es in dem bunten italienischen Wollgewebe verschwand. Ich war genau wie die anderen. Auch ein Klamottenfreak.

Ich richtete meine Krawatte gerade und trat in das Penthaus und geriet zuerst in das Foyer der VIP Leasing. Das war so eine Art Vielzweckempfangsraum, wie man ihn überall in Amerika und inzwischen auch überall in der Welt finden kann – avokadogrüner Teppichfußboden, furnierte Walnußtäfelung und Talmi-Renaissance-Messing-Tischlampen. Die Empfangsdame war über eine High-Tech-Telefonanlage gebeugt und drückte in dem Bemühen, beschäftigt zu wirken, auf verschiedene Knöpfe.

»Hallo, ich bin Phil Bettelheim. Ich möchte gerne Dr. Wu sprechen, wenn es Ihnen nichts ausmacht …« Ich nahm eine meiner praktischen kleinen Geschäftskarten aus der Tasche und reichte sie zu ihr rüber.

»Kennt Dr. Wu Sie persönlich?«

»Ich glaube nicht. Ich bin vom Einwanderungsbüro.« Ich sagte das sehr langsam, so daß sie mir folgen konnte. »Einer Ihrer Angestellten, ein –«, ich gab vor, einen undeutlich geschriebenen Namen zu

entziffern, »Douglas Wal aus Laveta Terrace hat vor kurzem in der neuen Kalifornischen Lotterie gewonnen.«
»Wirklich?« Ihre Augen weiteten sich.
»Glücklicherweise oder unglücklicherweise. Sehen Sie, gerade vor ein paar Wochen, als ein Jorge Esperanza den Hauptgewinn gemacht hat, kam die Großbäckerei Roswell von Torrence in etliche Schwierigkeiten, als festgestellt wurde, daß Esperanza ein illegaler Einwanderer war. Das Ergebnis war eine Überprüfung des Betriebes, der ungefähr achtzig Prozent seiner Beschäftigten wieder zurück nach Guatemala und Mexiko schicken mußte. So, ich bin sicher –«
Ich wäre in dem Stil fortgefahren, wenn die Empfangsdame nicht schon lange hektisch und dringlich in Schnellfeuergewehrkoreanisch in das Telefon getackert hätte. In nicht mehr als dreißig Sekunden tauchte Dr. Wus persönliche Sekretärin auf, eine sorgfältig frisierte Dame in einem seidigen, im Hongkongstil geschlitzten Kleid und grell orangenen Fingernägeln, die mich zu seinem Büro eskortierte. Ich hätte mich aber ohnehin nicht verirrt. Die schwere Bronzetür mit Marmorklinken verbarg ihr Geheimnis nur unzureichend.
Wu selbst war vielleicht einen Meter fünfzig groß und saß hinter einem fast doppelt so breiten Schreibtisch. Er erinnerte mich an Fotos, die ich von Deng Xioaping auf Staatsempfängen gesehen hatte, seine Füße baumelten etwa fünfzehn Zentimeter über dem Fußboden. Er sah nicht ganz so gewitzt wie Deng aus, aber durchaus helle. In dem Moment, als er meiner ansichtig wurde, bedeutete er seiner Sekretärin, den Raum zu verlassen, ebenso wie einem seiner ›Helfer‹, einem schlangenartigen Individuum, das einen weißen Rollkragenpullover und einen koreanischen Kimono trug und am Bücherregal gelehnt stand und sich bemühte, nicht in seinen Zähnen herumzustochern.
»Setzen Sie sich«, sagte Wu, ohne den Blick von mir zu wenden. Ich versank in einem weichen Ledersessel, was mich auf seine Sitzebene brachte. »Sie sind nicht vom Einwanderungsbüro. Sie sehen nicht wie einer von denen aus, Sie kleiden sich nicht wie einer von denen, und Ihre Augen sind zu intelligent. Was also möchten Sie?«

»Ich möchte gerne wissen, warum Sie Mike Ptak umgebracht haben?«
Er zuckte nicht mit der Wimper. »Sie sind der zweite Mensch, der mich das diese Woche fragt. Ich bringe keine Leute um. Ich bin bei weitem zu reich dazu.«
»Das hört sich gut an, Doktor. Aber es entspricht nicht meinen Erfahrungen, und ich bin ganz sicher, den Ihrigen auch nicht. Wenn es sich nicht um Mitglieder der eigenen Familie handelt, dann töten Leute normalerweise, um ihre Position zu verbessern oder sie zu erhalten. Nach meiner Überzeugung brachten Sie Ptak um – oder wahrscheinlicher: ließen Sie Ptak umbringen –, um eine Position zu erhalten.«
»Und was für eine Position wäre das?«
Ich startete einen Versuchsballon. »So was um die fünfundzwanzig Millionen in Hilfsfonds.«
»Das ist eine Menge Geld.«
»Ja, das ist es.«
»Und dann mußten Sie den rumänischen Hausdiener loswerden namens Vasile Nastase, der wegen seiner religiösen Ergebenheit für Sie leicht für Ihre Zwecke einsetzbar war.«
»Wegen seiner Ergebenheit?« Er schüttelte den Kopf. »Wie heißen Sie? Sie sind zweifellos ein Privatdetektiv.«
Ich sagte ihm meinen Namen. »Nun gut, Mr. Wine, erlauben Sie mir, daß ich Sie mit ein paar einfachen Tatsachen des Lebens bekanntmache. Wenn Sie Gottes Werke verrichten, dann müssen Sie von einem Mr. Ptak oder irgend jemand anderem nichts befürchten. Die Neue Evangelikale Kirche der Östlichen Pforte ist eine religiöse Organisation, die in keiner Weise profitorientiert ist und deren Hauptsitz sich in Seoul befindet, in Korea. Den Gesetzen jenes Landes entsprechend und denjenigen dieses Landes – das, wie jedes Schulkind weiß, Kirche und Staat getrennt hat –, ist niemand berechtigt, unsere Bücher einzusehen und unsere Konten zu überprüfen, es sei denn, Sie können glaubhaft den Verdacht auf eine Straftat begründen, wie z. B. Postbetrug. Das kann aber Jahre dauern. Und tatsächlich dauert es Jahre.« Er lächelte ein wenig.
»Und VIP Leasing?«
»Eine kleine Immobilien-Holding-Gesellschaft. Die Kirche ist dazu

berechtigt, Immobilien zu besitzen, oder etwa nicht? Verglichen mit dem Vatikan sind wir nur ein kleines Licht am großen Sternenhimmel.«
»Ich fand es sehr interessant, daß die Immobilien in Ihrer Holding auch die Residenz eines Dr. Carl Bannister in Malibu umfassen, dessen kürzliche Ermordung mit den beiden anderen Todesfällen eine Verbindung hat.«
»Interessant ja, aber wenig beweiskräftig. Und soviel ich weiß, ist diesbezüglich schon eine Verhaftung erfolgt. Aber jetzt, Mr. Wine, müssen Sie mich entschuldigen. Wenn Sie glauben, daß ich direkt mit diesen Todesfällen zu tun haben sollte, dann müssen Sie es selbst beweisen. Aber ich kann Ihnen versichern, daß Sie ihre Zeit verschwenden.« Er stand auf und verbeugte sich in meine Richtung. »Und wenn Sie darauf bestehen, mit diesen Ermittlungen fortzufahren, tun Sie das auf eigene Gefahr. Nicht bezüglich der mutmaßlichen Verbrechen, sondern weil jede Organisation etwas zu verbergen hat. Das ist das Wesen der menschlichen Gesellschaft. Ihre Kultur ist durchdrungen von Korruption. Die meinige auch. Und die russische, die italienische und die griechische auch. Sie mögen der Auffassung sein, daß es gut wäre, das an den Wurzeln zu bekämpfen, aber viele Leben sind von diesen Strukturen abhängig, ganze Systeme. Der Mensch, der es unternimmt, die Welt zu reinigen, muß sich darauf gefaßt machen, mit den Konsequenzen seines Idealismus zu leben.«
»Ich weiß Ihre Analyse der Geschichte zu schätzen, Doktor, aber, hm, eine Sache macht mir noch Sorgen. Die Steuerfahndung. Wie paßt die ins Bild? Ich glaube, mich daran zu erinnern, daß Reverend Moon mit der einige Probleme hatte.«
»Dieser Schwachkopf«, Dr. Wu runzelte die Stirn. »Meine Tochter hat auf einer dieser absurden Massenhochzeiten geheiratet.«
Ich grinste. »Sie meinen diese große Publicity-Show, als er eintausend Moonies gleichzeitig verheiratet hat?« Ich spähte zu dem gerahmten Portrait eines jungen koreanischen Mädchens hinüber, das hinter ihm auf dem Bücherregal stand. Das Bild war vielleicht zehn Jahre alt, und das Mädchen darauf war etwa vierzehn, aber sie sah seltsam vertraut aus.
»Exhibitionisten wie er verdienen das Schicksal, das sie ereilt«,

fuhr Wu fort. »Aber was das Finanzamt betrifft, da haben wir keine Probleme. Man trägt einfach seine Kosten und seine Dienstleistungen, die man im Programm hat, in ihr Formblatt Nr. 990 ein.«

»Dienstleistungen im Programm?«

»Erziehung, Werbung und Hilfsfonds.«

»Alles in einem Punkt zusammengefaßt?«

»Seltsam, nicht? Es ist aber ohne jede Bedeutung, Mr. Wine. Für die Habgierigen gibt es viel bessere Wege, ihr Geld zu verstekken.«

»Sie meinen zum Beispiel Bargeld in der Post? Ich habe gehört, Sie kriegen buchstäblich Tonnen davon, besonders nach Katastrophen wie dem Erdbeben in Mexiko. Und wenn man sich dann noch vorstellt, daß diese kleinen Schecks nicht schwer einzulösen sind. Es wäre ein Riesenaufwand, die alle nachzuchecken, hab ich recht? Bei der Einkommenssteuer mit Hilfe angeblicher Wohltätigkeitsspenden falsche Angaben zu machen, ist doch praktisch Nationalsport.«

Der Reverend zeigte wieder sein halbes Lächeln. Vielleicht war es das, was sie meinten, wenn sie über den geheimnisvollen Osten sprachen. So geheimnisvoll war es auch wieder nicht.

»Also, was machen Sie mit diesem ganzen Bargeld? Ist es nicht ein bißchen komisch, mit einem ganzen Koffer voll davon bei der Bank aufzutauchen, sagen wir mal, zehn Millionen, und das alles auf einmal der Dame rüberzureichen, die für die Eröffnung der neuen Konten zuständig ist?«

Das Lächeln verflüchtigte sich wieder von seinem Gesicht.

»Ich nehme an, Sie müssen das machen, was jeder anständige Drogenhändler macht«, fuhr ich fort. »Ein Geschäft eröffnen und das Geld ganz langsam reinfiltern. Aber Sie können es nicht auf einmal tun. Sie brauchen einen Ort, wo Sie das ganze Bargeld hintun, während Sie darauf warten, es ins Geschäft zu stecken.«

»Ich nehme an, Sie würden das so machen, Mr. Wine.«

»Ich frage mich, wo das sein könnte.«

»Warum sehen Sie sich nicht um?« Er öffnete mir die Tür. »Ich glaube nicht, daß die Brüder Wal Sie stören würden. Es war nett, Sie kennengelernt zu haben, Mr. Wine, Gott segne Sie.«

Ich ging aus dem Gebäude und stieg ins Auto, fuhr ein paar Straßen weiter und dann die Neunte Straße langsam wieder zurück. Ich parkte vor dem Schnellimbiß Seven-Eleven und lief zu Fuß zum Hankyu Investment Center zurück über eine lange Auffahrt, die hinter den Geschäften, die der Crenshaw zugewandt waren, verlief. Ich hatte beim Rausgehen bemerkt, daß das ganze Gebäude von Videokameras überwacht wurde, und Wal oder nicht Wal, ich war nicht so sicher, ob ich wirklich wieder hineingehen wollte. Also blieb ich an einem rückwärtigen Parkplatz stehen und schaute in den guten Freund aller Detektive, den Müllcontainer. Es war nicht ganz meine Lieblingsbeschäftigung. Aber ich hatte mir schon seit langem alle Empfindlichkeit, was diese Sparte der Detektivarbeit betraf, abgewöhnt, denn niemand, nicht mal der CIA oder Bob Dylan jagten all ihre Papiere durch den Reißwolf. Irgend etwas schlüpfte immer wieder durch, auch wenn es nur eine Telefonnummer war, die jemand auf die Rechnung eines nahegelegenen mexikanischen Schnellimbisses gekritzelt hatte.
Glücklicherweise war dieser besondere Müllcontainer nicht mit allzuviel Überbleibseln mexikanischer oder koreanischer Schnellküche gefüllt. Er war eher bis zum Rand mit den Segnungen der elektronischen Datenverarbeitung vollgestopft, Ausdrucken, Lochkarten und der ganzen Papierflut des Mikrocomputerzeitalters. Innerhalb von fünf Minuten war ich bestens über den Dow Jones Index orientiert und hatte über mindestens fünf aufstrebende Firmen Gutachten der Wertpapierhändler Standard & Poor gelesen, sowie mich über die Preise von Gold, Silber, Platin und Krügerrand informiert. Koontz hatte völlig recht: Die ganze Welt war am Durchdrehen wegen dieser integrierten Business-Software.
Ich war gerade dabei, die Sache aufzugeben und wirklich einen Kurs im Grundstücksmakeln zu absolvieren, als ich einen weiteren Ausdruck unter einem Stapel von Versicherungsprospekten herausfischte. Er war überschrieben mit DERZEITIGE GESCHÄFTSVERBINDUNGEN – NEUE EVANGELIKALE KIRCHE DER ÖSTLICHEN PFORTE. Ich überflog die alphabetische Liste und blieb gleich beim zweiten Eintrag hängen: BIBELN FÜR BUKAREST – KONTAKT: W. T. WEBSTER, 46 AVONDALE, GLEN-

DALE. Ich spähte zum Penthaus hoch. Die Sonne ging gerade unter und tauchte die Bürofenster des Reverend Wu in ein rauchiges Orange. Ich stopfte mir die Liste in die Tasche und machte mich zu meinem Wagen auf.

Eine halbe Stunde später fuhr ich langsam die Avondale herauf. Es war eines dieser heruntergekommenen Viertel im Tal von Glendale, das sich wahrscheinlich seit den Dreißigern nicht mehr verändert hatte, als die ganzen Leute von Oklahoma und Arkansas auf der Flucht vor ihren zu Staubwüsten erodierten Feldern hier angekommen waren. Das hier war Bibelland. (...)

Nummer 46 war das zweitletzte Haus im Block, eine heruntergekommene Angelegenheit im Bungalowstil mit häßlich gelb gestrichenen Dachfirsten und Seitenwänden in verblichenem Grün. Irgendeine Bambuszierstaude verwilderte auf der Veranda, und ich sah, daß sich ihre Wurzeln durch die Betonstufen arbeiteten, als ich zur Vordertür ging. Es war keine Klingel da, also machte ich die Fliegengittertür auf und klopfte an der inneren Tür. Ich konnte die Fünf Blinden Jungs aus Alabama *Carry Me Up* von einer zerkratzten Schallplatte singen hören und war darauf vorbereitet, schwarze Gesichter auftauchen zu sehen, aber ein junger weißer Mann Anfang Dreißig öffnete die Tür. Er ließ die Kette davor, und ich konnte ein Drittel seines aknezerfressenen Gesichts sehen. Er trug eine Zahnspange um seine oberen Zähne, die schwer zuckerkorrodiert waren.

»Sie verkaufen nichts, und ich kauf Ihnen nichts ab«, sagte er noch bevor ich den Mund aufmachen konnte.

»Ich bin kein Vertreter.«

»So?«

»Sag ihm, er soll weggehen«, kam die Stimme einer alten Frau aus dem Hintergrund.

»Er wird nicht reinkommen, Großmutter.« Er kam näher an die Tür und inspizierte mich genauer. »Was wollen Sie hier?« Irgendwoher kannte ich seine Stimme, aber ich konnte mich nicht erinnern, woher. Dann fiel es mir ein. Der Anruf.

»Ich bin ein Christ«, sagte ich.

»Der Teufel sind Sie!« Er drehte sich um. »Hier draußen steht ein Lügner, Großmutter!«

»Wir rufen lieber die Polizei an. Ich mach das gleich, Billy.«
»Wo sind die Medikamente, Billy?« fragte ich.
»Was soll denn das? Hauen Sie hier ab! Sie hätten nicht kommen sollen. ... Großmutter, hast du die Polizei erreicht?«
»Ja, ja, ich rede gerade mit ihnen. Willst du den kleinen oder den mit dem Rückschlag?«
Billy antwortete nicht.
»Was ist mit Stanley Burckhardt passiert?«
»Mit wem?«
»Ein fetter Mann um die fünfzig. Privatdetektiv.«
»Da hatte ich nichts mit zu tun. Sie haben ihn weggebracht.«
»Wer? Die Koreaner?«
»Koreaner waren keine beteiligt. Koreaner sind religiös. Heilige Leute.«
Ich packte Billy am Hemd und zerrte ihn näher zur Tür. »Wer hat Burckhardt weggebracht?«
»Ich hab versucht, Ihnen zu helfen, Mister, und jetzt wollen Sie, daß man mich umbringt. Sie hätten sowieso nicht hierherkommen dürfen. Gehen Sie weg. Gehen Sie weg. ... Großmutter, hol den Kleinen! Schnell, Großmutter!«
»Du bist der Junge, der mir Burckhardt auf den Hals gehetzt hat, hab ich recht? Der Dreiundzwanzigjährige.«
»Irgend jemand hat uns belogen. Sie haben gesagt, daß sie heilige Leute sind. Sie haben gesagt, daß sie zu den Koreanern gehören, aber das war nicht wahr.«
»Du meinst, wer auch immer Vasile dazu überredet hat, ihn ins Penthaus vom Picasso zu lassen, hat ihm erzählt, daß er zu Reverend Wus Kirche gehört?«
Billy nickte heftig. »Sie haben alles darüber gewußt. Sie haben uns Bibeln versprochen.«
»Aber ihr habt nicht gewußt, daß sie bloß Ptak loswerden wollten, stimmt das? Ihr habt eine Todsünde begangen. Und jetzt fühlt ihr euch schuldig.«
»Wegen Ihnen werde ich noch umgebracht. Ich hätte es wissen müssen. Genau wie der arme Vasile. Ich hab geschworen, daß ich es niemandem erzählen werde. Ich hab es geschworen. Gott ist denen gnädig, die seine Werke tun. Großmutter!«

»Erleichtere dein Gewissen, Billy. Übe tätige Reue. Wer war es?«
Ich konnte den Schatten der alten Frau durch die Rolläden auf einem kirchlichen Abreißkalender sehen, als sie sich mit einem Gewehr in der Hand auf die Tür zubewegte.
»Ein dunkelhaariger Typ. Schmales Gesicht«, beschrieb ich ihm den New Yorker.
»Ich werde Ihnen überhaupt nichts sagen, Mister. Ich werde Ihnen nie irgend etwas erzählen.« Plötzlich duckte er sich unter der Tür weg und ging in die Knie. So konnte ich direkt in die Mündung der ›Kleinen‹ sehen, welche die Großmutter mit einem irren Grinsen direkt auf meinen Kopf gerichtet hielt.
»Zieh Leine, Kleiner!« Sie hob das Gewehr leicht an, aber das wäre nicht nötig gewesen. Ich hatte schon den Eindruck gewonnen, daß sie es ernst meinte.
»Es ist in Ordnung. Es ist schon in Ordnung«, sagte ich und bewegte mich rückwärts an einem alten durchgerosteten Dodge vorbei, der in der Auffahrt geparkt war.
Ich stieg ins Auto und fuhr einen Block weiter. Dann parkte ich um die Ecke an der nächsten Kreuzung. Fünf Minuten später heulten die Sirenen eines Streifenwagens die Straße runter. Ich saß noch eine Weile herum und blätterte durch das *Billboard* und wartete darauf, daß die Bullen wieder wegfuhren, und fragte mich, wer Billy dermaßen erschreckt haben könnte, wenn nicht die Koreaner. Jedenfalls war klar, wer auch immer es gewesen sein mochte, er hatte zuerst Nastase übertölpelt, ihn in das Penthaus reinzulassen, Ptak unter Drogen gesetzt, ihn runtergestoßen und dann Nastase ruhiggestellt und wahrscheinlich auch Burckhardt, um alle Spuren zu verwischen. Kein Wunder, daß Billy in Panik war. Wer wäre das nicht, bei einer solchen Abschußrate? Darauf hatte er nicht gewettet, als er sich verpflichtet hatte, gottlose Kommunisten mit Bibeln für Bukarest zu erleuchten.
Zehn Minuten später kam der Streifenwagen mit Billy und seiner Großmutter auf dem Rücksitz vorbeigefahren. Ich nahm an, daß ein anderer am Haus geblieben war, um abzuwarten, ob ich zurückkommen würde. Aber im Moment war ich nicht mehr interessiert. Meine Aufmerksamkeit war auf anderes gerichtet. Sie kon-

zentrierte sich auf eine ganzseitige Anzeige auf der hinteren Umschlagseite des *Billboard*.

19

Zwei Stunden später starrte ich immer noch auf die Anzeige, während ich durch mein Apartment wanderte und versuchte, die Puzzleteile zusammenzubekommen. Dann läutete es. Ich öffnete die Tür, und Chantal platzte herein. Sie trug einen Greta-Garbo-Hut und einen schwarzen Trenchcoat. Kaum hatte sie die Schwelle überschritten, redete sie los. »Sieh mal, ich weiß, daß Entschuldigungen ganz nutzlos sind, aber es tut mir wirklich leid. Es war dämlich von mir, aufzustehen und vor allen diesen Leuten loszuplappern. Ich hätte das nie machen dürfen. Ich war nur zu starrsinnig, das zuzugeben. Du weißt doch, wie das ist, oder? Wenn du einen Standpunkt einnimmst und nicht davon abkannst, und zehn Minuten später bereust du die Sache.«

»Wenn ich das zehn Minuten später merke, dann komme ich normalerweise zurück und bringe die Sache so schnell wie möglich wieder in Ordnung.«

»Gut, gut, aber so bin ich nicht. Also ich meine, normalerweise nicht. Ich komm niemals zurück. Aber jetzt bin ich da. Zählt das nicht?« Sie sah mich hoffnungsvoll an. »Ist auch egal, was auch immer passiert, ich konnte den Fall nicht einfach so hinschmeißen. Also, ich will sagen, die ganze Chose ist doch viel zu interessant und so. Jedenfalls habe ich mich heute morgen entschlossen, Emily noch einmal zu folgen, und hab ein paar Bilder gemacht, die du dir vielleicht anschauen willst.« Sie legte einen Umschlag auf den Kaffeetisch.

»Bilder, oh ja?« Ich sah sie an. Sie hatte sich umgedreht und betrachtete das Sofa, scharrte mit den Füßen und sah an die Decke. Sie versuchte, nicht nervös auszusehen. Diese Frau war schon eine Nummer – der extremste Fall von zartbitter, dem ich seit Barbara Stanwycks *Golden Boy* begegnet war. Aber ich muß zugeben, ich war hingerissen, daß sie wieder zurück war.

»Willst du nicht deinen Mantel ausziehen?« fragte ich.

»Aber ja doch, sicher.« Sie drehte sich auf dem Absatz rum und setzte erst mal den Hut ab. Das rote Haar ergoß sich wie ein Wasserfall über den schwarzen Mantel.

»Schau dir das mal an, hm«, fuhr ich fort, wobei ich versuchte, wieder auf eine sachliche Ebene zu kommen. »Du kennst doch das großartige Art-Deco-Wrack auf dem Sunset Strip, das Gebäude hier gerade den Hügel runter?«

»Du meinst das Astro-Haus? Wo jeder davon träumt, wie es restauriert aussehen würde?«

»Ja, aber niemand glaubt, daß sich eine Investition lohnen würde.« Ich ging rüber, drückte ihr das *Billboard* in die Hand und zeigte auf die Rückseite.

»Sieh dir das an.«

Sie starrte auf die schicke Hochglanzgraphik eines Wolkenkratzers im Stil des New Yorker Chrysler Buildings, der den ganzen Strip beherrschte. Kleine Miniatur-DC-3s umkreisten die Spitze, wie sie es in dem alten Universal Pictures-Markenzeichen gemacht hatten, und als Noten gezeichnete Radiowellen wie bei RKO schossen aus der Antenne. Unten war eine Reihe Porsches, Maseratis und Lamborghinis auf der Parkzone vor dem überdachten Hauptportal aufgefahren, über dem in leuchtenden roséfarbenen Neonbuchstaben der Name des Etablissements angebracht war: Neutron City.

»Neutron City ...« wiederholte sie.

»Klingt bekannt, oder nicht?«

Sie sah mich verwirrt an.

»Könnte das nicht das Wort gewesen sein, daß Mike Ptak vom Penthaus runtergerufen hat? Nicht Nestron, Neutral oder Nastral, nicht mal Neutrum. Aber Neutron ...« Ich nahm ihr das Heft aus der Hand und las den Anzeigentext vor: »Zukünftige Heimstatt des größten Plattenaufnahmestudios der Welt und eines Radiosenders. Die Neue Kapitale der Popmusik im Alten Astro-Haus. Die Vergangenheit lebt in der Zukunft, und die Zukunft lebt in der Vergangenheit. Die kunstgerechte Multimillionendollar-Restaurierung beginnt in der nächsten Woche. Wer sagt, daß Rock'n'Roll tot ist? Sichern Sie sich Büroräume im Neutron. Rufen Sie 555 3023 an.«

»Was ist das für eine Nummer?«

»Nach dem Haines-Führer« – ich wies auf einen Mikrofiche mit dem Telefonbuch – »ist es eine Firma, die sich Sassafras Productions nennt.«

»Wer sind die?«

»Na ja, ich weiß es nicht ganz sicher, aber ich habe gerade eine Stunde in einem Plattenladen in der Abteilung für Oldies verbracht, und da bin ich auf einen merkwürdigen Zusammenhang gestoßen. Erinnerst du dich an eine Gruppe vor vielleicht fünf Jahren, die Headless Chickens?«

»Das waren die mit dem ekeligen Baßspieler, der einen durchsichtigen Plastikanzug an hatte.«

»Richtig. Das war der Typ, der wegen der PR auf der Bühne lebendige Tiere biß? Also auf jeden Fall waren die eine Sassafras-Produktion für Licorice Records.«

»Sandollars alte Firma.« Sie sah sich die *Billboard*-Anzeige nochmal an. »Eine Multimillionen-Dollar-Restaurierung«, sagte sie. »Ich hab gedacht, der hätte die Nase voll vom Musikgeschäft.«

»Das ist eine Sucht, hat er selbst gesagt.«

»Außerdem müßte er eigentlich pleite sein.«

»Ja, komisch, nicht? Man sollte doch meinen, daß den niemand mehr mit der Feuerzange anfassen will, bei seinen unbedeutenden Plattenverkäufen.«

»Aber wo hat er denn das ...?« Sie brach ab und sah mich an.

Ich antwortete nicht.

»Cosmic Aid.« Sie sagte es ganz langsam.

Ich nickte.

»Den hungernden Afrikanern vom Munde ...«

»Rein in die Ohren von Leuten, die sie hatten füttern wollen. Netter Trick, was?«

»Was für ein Arsch«, sagte sie. »Was für ein unglaubliches Arschloch.«

»Ein fünfundzwanzig Millionen schwerer Arsch. Und ich wette, daß er keine Spuren hinterläßt. Wahrscheinlich hat er alles in bar angehäuft, und wir müssen zuerst herausfinden, wo er es versteckt. Auf dem Rechtsweg würde man bei einer Wohltätigkeitsorganisation Jahre dazu brauchen.«

»Ja dann«, sagte sie, »bin ich ganz sicher, daß du dir diese Bilder angucken solltest.«

20

»Also, Sie mögen ihre Bilder nicht«, sagte ich. »Wissen Sie, daß das eine Beleidigung ist. Die Lady war Berufsphotographin in Washington, zwei Jahre lang.«

»Ich hab nicht gesagt, daß ich ihre Bilder nicht mag. Ich habe bloß gesagt, daß das darin enthaltene Risiko höher als der mögliche Gewinn ist.«

»Höher als der Gewinn? Im Moment haben Sie einen Klienten, der sich im Gebüsch versteckt, und einen anderen, der in der Todeszelle auf Vollstreckung wartet.«

»Darüber würde ich mir keine Sorgen machen. Kalifornien hat seit Caryl Chessman niemanden mehr unter Strom gesetzt.«

»Ja, ja, aber ein Haufen Leute steht in der Warteschlange.«

Es war in der darauffolgenden Nacht, und ich fuhr auf dem Rücksitz eines gemieteten T-Bird durch Süd-Los Angeles. Chantal saß neben mir. Otis' Manager/Rechtsanwalt saß auf dem Vordersitz neben einem schwarzen Ungetüm namens Omar, der bislang noch kein Wort gesagt hatte.

»Sehen Sie, ich muß ihn selbst treffen«, sagte ich. »Ich bin sicher, daß er in der Lage ist, seine eigenen Entscheidungen zu treffen.«

»Er ist nicht in L. A.«

»Erzählen Sie mir doch nicht so eine Scheiße, Purvis. Sein Bruder steht mit dem Rücken zur Wand. Und wenn er im Moment nicht hier ist, dann ist er jedenfalls nicht weit weg.«

In diesem Augenblick bogen wir rechts nach Slauson ab, nur ein paar Blocks davon entfernt, wo vor ungefähr einem Dutzend Jahren die Antiterrortruppe der Polizei den sicheren Unterschlupf der Symbionese Liberation Army pulverisiert hatte. Wir bogen ein zweites Mal nach rechts ein, in die Compton, und fuhren geradeaus über jene unsichtbare County Grenze, wo aus Gründen, die nur ein langverstorbener Bürokrat noch kennen kann, die Stadt

Los Angeles zur Stadt Florence wird und sich dann wieder in Los Angeles zurückverwandelt, in das Gebiet, das die Welt als Watts kennt, berühmt für seine Aufstände und für die ununterbrochenen Ströme von Ostküstentouristen, die hier blöd herumgucken und sagen: »So schlimm sieht es hier doch gar nicht aus.«

Aber wir vier im Auto sagten überhaupt nichts, als wir die Rodia Towers hinunterfuhren an den alten Straßenbahngleisen entlang, bis wir ein weiteres Mal in eine kleine Seitenstraße einbogen, die von rostigen Öltonnen und abgewrackten Autos gesäumt war. Sie nannte sich 111. Place. Ein paar Brothers mit schwarzen Baretten und Motorradjacken, auf deren Rücken Schädel und Knochen aufgemalt waren, standen vorne an einem der Autowracks, als wir um die Ecke bogen. Beim Näherkommen verringerten wir die Geschwindigkeit und warteten, bis sie uns durchwinkten.

Ich spähte zu Chantal hinüber, die still vor sich hinstarrte und ihre Hände unter mein Bein geschoben hatte. Zwei Häuser weiter sah ich ein Licht im Fenster aufleuchten und dann wieder verlöschen.

Wir kurvten hinter eine Reihe von Öltonnen, holperten über einen Vorgarten und fuhren an die Seite des Hauses ran. Chantal und ich waren gerade ausgestiegen, als zwei weitere Brothers aus dem Nichts auftauchten, uns auf die Motorhaube des T-Bird stießen und anfingen uns abzutasten. Wilkes sah mit einem halben Lächeln zu. Als sie sich vergewissert hatten, daß wir sauber waren, ließen sie uns in das Haus. Wilkes folgte ein paar Schritte hinter uns, während Omar, der sich die ganze Zeit nicht vom Fleck gerührt hatte, im Auto sitzen blieb und wartete.

Das Wohnzimmer war völlig dunkel, als wir eintraten. In dem schwachen Licht, das von außen kam, konnte ich gerade noch King King ausmachen, der in der Ecke saß und eine Zigarre rauchte. Er wartete, bis wir uns auf das Sofa gesetzt hatten, bevor er anfing zu sprechen.

»Sie machen immer Schwierigkeiten, Cowboy. Schwierigkeiten in der Unterhaltungsindustrie und Schwierigkeiten ... in der Vergnügungsindustrie.«

»Ich wüßte nicht, was ich mit dem horizontalen Gewerbe für Schwierigkeiten habe.«

»Du hast aber eine Tussi mitgebracht. Du hast vorher nicht gesagt, daß du eine Tussi mitbringst.«
»Sie ist mein Partner.«
»Ich traue den Männern nicht, die mit Tussis arbeiten. Die werden am Schwanz herumgeführt.«
»Und was ist mit Frauen, die mit Männern arbeiten?« fragte Chantal. »Woran werden die geführt?«
»Das habe ich bislang noch nicht rausgefunden.« King King lachte weich und rauchte eine Weile vor sich hin. »Also, ihr habt ein paar Bilder.«
»Sind Sie interessiert?«
»Das weiß ich nicht. Die Sache ist ein großes Risiko.«
»Ja, stimmt. Sie scheinen umfangreiche Sicherungsmaßnahmen getroffen zu haben. Sogar bessere, als ich dachte.«
»Und das muß jetzt gleich erledigt werden?«
»Soweit ich informiert bin.«
»Wieviele bringst du ein?«
»Nur uns zwei.«
»Und für den Rest soll ich wohl sorgen?«
»Vier gute Leute könnten ausreichen. Mehr Figuren würden das Unternehmen unflexibel machen. Das buchstabiert sich u-n-f-l-e-« Sein Gesichtsausdruck machte deutlich, daß er im Moment nicht in der Stimmung war, sein privates Wörterbuch zu erweitern.
»Und was soll mit dem Geld passieren?«
»Es darf auf keinen Fall in Ihr Unternehmen fließen.«
»Sie sind ein Moralist, Mr. Wine.«
»Nein, aber ich halte einfach nicht sehr viel von Ihren Unternehmungen.«
»Von Ihren Unternehmungen halte ich ebenfalls nicht viel. Und ich halte die Behauptung aufrecht, daß Sie ein Moralist sind.«
»Wie Sie wünschen.«
»Und was ist mit meinem Bruder? Wird das meinen Bruder befreien?«
»Dafür gibt es keine Garantie.«
King King zuckte mit den Schultern und schüttelte den Kopf.
»Vielleicht sollten Sie sich einfach die Bilder ansehen«, sagte Chantal.

Er zog wieder die Schultern hoch und sagte. »Wie Sie wünschen.« Chantal langte in die Handtasche, und einer der Brothers aus unserer Eskorte zog eine Taschenlampe hervor und gab sie King King. Plötzlich kam jemand durch die Küchentür.

»Mach, daß du hier rauskommst!« schrie King King.

»Hey, warum, zur Hölle, sollte ich das? Ich mach, was ich will. Ich bin hier derjenige, der auf Kaution frei ist, und du bist der Justizflüchtige.« Es war Otis.

»Ich bin der Flüchtling und du der Schwachkopf. Ich hab dir schon hundertmal gesagt, daß jede einzelne Sekunde, die du mit mir gesehen wirst, einen weiteren Schritt auf der Einbahnstraße deines Selbstzerstörungstrips bedeutet.«

»Ich wollte bloß einen Blick auf den weißen Jungen hier werfen.« Er kam zu mir rüber und starrte mir in die Augen. »Hey, weißer Junge. Hab ich dir nicht ein bißchen Publicity in den Sechs-Uhr-Nachrichten verschafft, gestern? Tut mir leid. Aber du kennst ja diese durchgeknallten schwarzen Wichser. Wir sind schizomanisch. Den einen Tag hassen wir dich, den andern haben wir dich lieb. Das ist mit den jüdischen Wichsern genauso – nach zweitausend Jahren schlechten Straßenverhältnissen bist du auch auf glattem Asphalt wacklig auf den Beinen. Und dann sag ich dir noch was: Wenn du mir den Arsch rettest, werd ich dich dafür hassen. Ich weiß, daß sich das verrückt anhört, aber so ist das Leben, und du wirst damit klarkommen müssen.«

Ich nahm Chantals Fotos und ging zu King King rüber, der die Taschenlampe anknipste und sie auf das erste Bild im Stapel richtete. Es zeigte drei hintereinander stehende Blockbetonhäuser, die sich in das Ende eines Tales duckten und mit Eukalyptus- und Eichenbäumen umgeben waren. »Das ist das Hauptquartier von Cosmic Aid.«

»Das sieht aus wie eine Kreuzung zwischen Straflager und Bunker. Wo ist es?«

»Eine versteckte Schotterpiste hoch, ein paar Meilen außerhalb von Ojai, Kalifornien.«

»Hey, da war ich schon«, sagte Otis. »Shangri-La. Da haben sie *Lost Horizon* gefilmt. So ein Kamera-Typ hat mich da hochgebracht, um ein paar Pilze zu pflücken.«

»Diesmal nicht«, sagte King King.

Otis starrte seinen Bruder an. »Kann ich nicht mit, du Hurensohn? Ich hab gedacht, ich komm mit.«

»Verdammt noch mal, du wirst nicht mitkommen. Du bleibst genau in diesem schicken Hotel, wo dich diese Filmleute haben wollen, in Beverly Hills. Und du wirst einen Anzug und eine Krawatte anziehn und in der Lobby rumspazieren. Du wirst mit Purvis reden und wie der netteste schwarze Junge, der je aus der Bronx gekommen ist, aussehen. ... Reggie. Hey, Reggie.« Einer der Bodyguards trat aus dem Schatten. »Paß auf, daß Otis nach Hause geht.«

»Ja, Boß, ja, Massa!« sagte Otis. Er tänzelte herum und starrte immer noch seinen Bruder an, als er Reggie hinterhertrottete.

Ich zeigte das nächste Foto. »Das ist die Sicherheitstür. Dreiviertel Meile Maschendrahtzaun um das ganze Grundstück. Sie werden den Stacheldraht oben bemerkt haben und die Stromanschlüsse.«

»Habe ich bemerkt.«

Ich ging zum nächsten über, die Gebäude selbst aus kleinerem Bildwinkel photographiert mit einigen eifrigen jungen Leuten darauf, die zielstrebig zwischen ihnen hin- und herliefen, als seien sie alle auf gewichtiger Mission. »Das sind ein paar Mitarbeiter, alle sehr idealistisch, alle glauben, daß sie mithelfen, die Welt zu retten. Einige, mit denen wir gesprochen haben, kamen von Rajneeshpuram, nachdem die Gerichte in Oregon das Abenteuer beendet hatten.« Das folgende Photo war eine Nachtaufnahme von fünf Männern in paramilitärischer Ausrüstung, die quer übers Feld zum Hauptquartier rannten. Jeder von ihnen trug etwas bei sich, was wie ein 308-Kaliber-Steyr-Gewehr aussah. »Die Sicherheitskräfte«, sagte ich. »Sie kommen tagsüber nie raus.«

»Wie habt ihr das gekriegt?«

»Fragen Sie sie«, sagte ich und nickte zu Chantal.

»Ein Sun-Pac-zweiundzwanziger-Blitzlicht mit Infrarot«, sagte sie. »Das funktioniert bei jeder Kamera auf 15 Meter Entfernung.«

Ich griff nach dem nächsten Photo, das meinen New Yorker Freund etwas deutlicher zeigte, wie er durch die Dunkelheit robbte und die anderen in Nahkampf schulte. »Das ist ihr Anführer. Nach den Brandwunden auf seinem Rücken zu schließen, war er wahrscheinlich in Laos oder in Vietnam. Vielleicht auch woanders, aber wo auch immer er war, er versteht sein Geschäft.« Ich ging zur nächsten Aufnahme über, ein Photo mit Teleobjektiv von einem schwarzen Saab Turbo mit dunkel getönten Scheiben. Ein Mann und zwei Frauen stiegen aus und gingen zum Seiteneingang hinüber.

»Sandollar«, sagte King.

Ich nickte.

»Und schau an, das ist Mike Ptaks Tussi. Wer ist die andere?«

»Seine Frau Kim. Eine Koreanerin.«

»Was spielen die denn für eine Musik? Trio?«

»Nein, ich glaube, die spielen bloß mit Geld.«

»Scheiß-Ptak.«

»Scheiß-Ptak wollte damit Schluß machen. Es war seine Frau, die das nicht wollte. Oder jedenfalls vermute ich, daß es so war. Er ist derjenige, der vom Picasso geschubst wurde. Nicht sie.«

»Ist noch irgend jemand anderes daran beteiligt?«

Ich zögerte. »Ich bin im Augenblick noch nicht sicher. Ich hoffe, nicht.«

»Was meinst du damit, daß du hoffst, nicht?«

»Hören Sie, machen Sie hier mit oder nicht? Ihr Bruder wird gerade für den Rock'n'Roll-Traum von ein paar weißen Arschlöchern zum Trocknen aufgehängt, und Millionen von Dollars werden afrikanischen Babies direkt aus dem Mund gestohlen.«

»Wo haben sie das Geld hingetan?«

»Das wissen wir nicht«, sagte Chantal. »Ich bin gestern nachmittag reingegangen und hab behauptet, daß ich eine freiwillige Helferin sei. Ich bin nicht viel weiter als zum Empfangstisch gekommen.«

»Aber ihr seid sicher, daß es dort ist?«

»Nichts ist sicher«, sagte ich. »Aber ich wüßte nicht, wozu sonst dieser ganze Sicherheitsaufwand gut sein soll.«

21

»Fünfzigtausend, wenn du beweist, daß er unschuldig ist?«

»So was würde ich nicht umsonst machen.«

»Das ist nicht genug. Du hättest mehr dafür kriegen müssen. Aber egal, es freut mich zu hören. Ich hab schon geglaubt, daß du bloß ein scheißliberaler Idiot bist.«

»Aber nicht doch, King. Ich bin Monarchist.«

»Was?«

»M-o-n...«

»Verarsch mich nicht, Junge. Ich bring mein Vokabelheft nicht zu Jobs wie diesen.«

Es war die Nacht darauf, und wir fuhren auf dem Highway 63 nach Norden in einem gemieteten Ford Bronco mit Vierradantrieb – Chantal, King, Omar und ich plus zwei weiteren Jungs aus Kings Gefolge: Einer, ein fetter Mulatte, mit einem Baseballschläger von rechtem Arm, wurde Lancaster genannt. Der andere, ein hübscher, geschmeidiger Mann mit einem grobgestrickten Wollpullover, sprach mit schwach afrikanischem Akzent, rauchte eine Bruyère-Pfeife und wurde Drill gerufen. Wir waren alle bewaffnet, aber nur mit der Absicht, uns selbst zu verteidigen. Das Unternehmen mußte wie ein chirurgischer Eingriff abgewickelt werden – schnell, genau und weg – kein Verteidigungsschlag.

Die Straße wand sich die Berge hinauf, vorbei an den kleinen Schildern mit blauen Blumen – Panoramaweg – und den Makleranzeigen, »Grundstücke mit Aussicht – vom Besitzer zu verkaufen«, vorbei an Farmen mit Traktoren und isolierten Ansiedlungen, die aus dem Nichts zu kommen schienen und sich gegeneinanderduckten wie Pioniere gegen Indianer, die doch schon seit Jahrhunderten von hier verschwunden waren. Der nächtliche Himmel war bedeckt, und Omar stellte die Scheibenwischer an, damit der feuchte Nebel uns nicht die Sicht nahm. Die Straße war immer noch feucht, denn das nasse Wetter war noch nicht richtig weg, sondern immer wieder hatte es kurze Regenschauer gegeben.

Wir kamen an die Kreuzung zum Highway 150, und ich sagte Omar, er solle nicht nach Ojai abbiegen, sondern geradeaus nach Meiners Oaks fahren. Ein paar Meilen weiter erreichten wir eine Steinbrücke, unter der ein ausgetrocknetes Flußbett hindurchführte, das in ein Felsbassin mündete. Genau darunter war die Sandpiste, die durch eine Schlucht zu Cosmic Aid führte.

Wir rumpelten ein paar hundert Meter durch die Schlaglöcher, bevor die Straße steil anstieg und alle paar Meter so sehr von Gebüsch überwachsen war, daß die Zweige und Blätter gegen die Windschutzscheibe schlugen. Zwei Koyoten rannten vor uns her und verschwanden in einer Seitenschlucht. Wir fuhren um eine Kurve und kamen hart an den Abhang, wobei unsere Scheinwerfer ins Leere strahlten, und schlidderten dann wieder nach rechts und kamen auf der anderen Seite raus, von wo aus wir den Canyon übersehen konnten. Die Cosmic Aid war unter uns zu sehen. Die paar einzelnen Lichter an den Gebäuden wurden von starken Bogenlampen überleuchtet, die den ganzen Komplex anstrahlten.

»Mach aus«, sagte ich, und Omar löschte die Scheinwerfer.

Wir begannen mit dem Abstieg, wobei Omar dauernd die Gänge wechseln mußte, und kamen auf der engen Piste nur zentimeterweise voran, bis wir eine weitere Kurve erreicht hatten und wieder aus der Sicht der Stiftung waren. Omar blendete die Scheinwerfer wieder auf.

»Hurensohn«, sagte King, »wir sind Jungs aus der Stadt.« Es hatte wieder angefangen zu regnen; es schlug in großen schweren Tropfen an die Windschutzscheibe und war wohl eher Hagel oder Graupel. »Wir haben hier morgens um zwei nichts zu suchen.«

»Wärst du lieber in einem Nachtclub?«

Die Kumpels von King murmelten zustimmend.

»Da lang«, sagte Chantal und zeigte auf eine Gabelung, wo eine noch schmalere Straße als die, auf der wir uns befanden, steil nach links unten abfiel wie eine Skiabfahrt.

»Wir sollten uns jetzt ranhalten, Wine.«

Der Ford Bronco schepperte den schmalen Weg runter, bis das Gebüsch so undurchdringlich wurde, daß wir ohne einen Traktor vor uns nicht weitergekonnt hätten.

»Wir haben gedacht, daß wir hier übernachten«, sagte Chantal. »Der Zaun ist da unten, nur knapp hundert Meter von diesem Weg entfernt.«

Mittlerweile goß es in Strömen, als Omar zurücksetzte und die Handbremse anzog.

»Was sollen wir jetzt machen? Im Matsch schlafen?«, fragte King.

»Wir müssen versuchen, im Auto zu schlafen«, sagte ich. »Und dann kurz vor der Dämmerung wie geplant aufbrechen.«

»Wir werden bei diesem Wetter überhaupt nichts sehen.«

»Und wenn wir jetzt versuchen rauszugehen, werden wir nicht weit kommen. Die ganze Straße ist wahrscheinlich in einer Stunde weggeschwemmt.«

»Großartig, toller Aufwand, um Äthiopien zu helfen.«

Wir schliefen vielleicht drei Stunden im Bronco oder vielmehr, versuchten zu schlafen; Chantal hatte ihren Kopf an meine Schulter gelegt, und ich hatte mein Knie unter die Lenksäule geklemmt und meinen Fuß unter das Gaspedal direkt unter dem Absatz von Omars Stiefel, Größe 46. King saß hinten mit Lancaster und Drill. Sie hatten ihre breiten Schultern gegeneinander gepreßt und versuchten verzweifelt, etwas Erholung zu finden, wie nächtliche Fahrgäste in einem Wartesaal eines furchtbar überfüllten Dritteweltbahnhofes.

Um halb vier gab ich auf und öffnete die Augen. Der Regen hatte sich in ein feines Nieseln zurückverwandelt. Als ich mich umdrehte, sah ich, wie King mich hellwach anstarrte. Ich fragte mich, ob er überhaupt draußen schlafen konnte. Ich konnte es jedenfalls seit vielen Jahren nicht mehr. Und er war ein Geschäftsmann, der diese Art von Außendienst nicht gewöhnt war, obwohl ich auch sicher war, daß er sich vor vielen Jahren in seinem alten Revier mit Fäusten und Klingen hatte durchsetzen müssen, bevor er seinen gegenwärtigen exklusiven sozialen Status erreicht hatte. Drill war auch wach und summte eine fremdartige, nicht entschlüsselbare Melodie vor sich hin. Plötzlich schnitt das Licht einer Halogentaschenlampe durch das Wageninnere.

»Ist alles O.K. da drin?« hörten wir eine Stimme hinter uns. Wir drehten uns um und sahen einen Mann in den Dreißigern in Parka und Cowboyhut, der sich dem Wagen mit einer etwa gleichaltrigen Frau näherte, die einen schweren Ölmantel geradewegs aus einem Katalog für Arbeitsbekleidung trug. Sie stiegen zu uns ab und blieben an der rechten Seite des Bronco stehen.

»Habt ihr euch festgefahren?« fragte die Frau.

»Schon in Ordnung«, sagte ich. »Wir sind nur falsch abgebogen, und dann kam der Regenguß.«

»Ja, wir hatten auch einen Haufen Ärger«, sagte der Mann. »Aber wir sind jetzt fast zu Hause – im Hauptquartier von Cosmic Aid. Es ist weniger als eine Meile entfernt. Wir können euch einen Abschleppwagen schicken.«

»Das wird nicht nötig sein«, sagte ich.

»Wirklich nicht?« Der Mann guckte ins Innere des Wagens und starrte verwundert direkt auf den Seesack hinunter, in dem wir unsere Waffen verstaut hatten. »Komisch, daß ein Wagen wie dieser sich festfährt.«

»Er ist nicht festgefahren. Wir ruhen uns nur aus.«

»Wirrh sind ünterwegs nach San Franssisco von San Diego«, sagte Chantal mit einem dick aufgetragenen französischen Akzent. »Und auf diese S-trasse mit der belle vue, wir uns verirrt haben. Wir Rast brauchen.«

»Ah, Touristen?« sagte der Mann, der einen Sticker REMEMBER THE BHAGWAN trug. »Ja, ja, es ist eine tolle Straße. Laßt Big Sur nicht aus. Und den berühmten Seventeen-Mile Drive. Und eßt bei Nepenthes. Henry Miller ist da oft hingegangen.«

»Ah, Henry Millär, villen dank, danke«, sagte Chantal und tat auf den Akzent noch eins drauf.

»Je vous en prie«, sagte der Mann mit einem fürchterlichen Akzent. »Und meldet euch, wenn ihr irgendwelche Probleme habt.« Er ging mit der Frau wieder weg, die uns immer noch mit etwas verwirrtem Gesichtsausdruck betrachtete. »Unsere Stiftung würde sich freuen, wenn sie etwas für euch tun könnte. Wir sind eine Hilfsinstitution.« Sie verschwanden in der Dunkelheit.

»Scheiße«, zischte King und sah zu Drill rüber, der kein Wort sagte.

Niemand von uns konnte in der nächsten Stunde schlafen.

Zwanzig Minuten nach fünf erhellten erste Anzeichen der Dämmerung das Tal. Wir stiegen aus dem Auto und schnallten unsere Waffen um. Wir versuchten, im Schlamm auf den Füßen zu bleiben, und stiegen durch den Morgennebel, der so dicht war, daß im Vergleich dazu die vergangene Nacht klar erschien, den Weg herunter. Das Gebell der Koyoten vermischte sich mit dem regelmäßigen Brummen der Generatoren, die den Zaun unter Strom setzten.

Chantal und ich marschierten an der Spitze, und Omar blieb mit der Uzi hinten. Wir erreichten den Zaun schnell. Wir anderen blieben zurück, als Drill einen Spannungsmesser an drei Punkten am Zaunpfahl anbrachte. Dann isolierte er ein Stück Kabel, durchschnitt mit einer Klinge außergewöhnlich geschickt die zwei Schichten der Ummantelung und trennte die Erdung vom stromführenden Kabel. Man sah einen kurzen Funken an der Spitze des Zauns, und dann waren alle Leitungen tot. Omar und Lancaster sprangen mit dem Seitenschneider nach vorne, und Drill zeigte ihnen, wo genau er die Verbindungen unterbrochen haben wollte.

In fünf Minuten waren wir durch den Zaun gekrochen und liefen auf der Fahrstraße durch den Hof auf eine Seite des Hauptgebäudes. Die Bogenlampen waren immer noch angeschaltet und warfen ein angsteinflößendes, graugelbes Licht auf die Betongebäude. Wir kamen zur Seitentür, und Drill holte einen Drahtschneider raus, fuhr durch das Panzerglas mit vier genauen Schnitten, drückte dann sanft mit einem Vacuumhalter dagegen, und die Scheibe fiel mit einem ruhigen, leisen Plop auf den Boden. Wo hatte er das bloß gelernt? Ich wunderte mich. Hatten Hauseinbrüche in der Bronx wirklich solche Höhen des Professionalismus erreicht?

Es war fünf Uhr siebenundvierzig. Wir gingen an ein paar Schlafsälen vorbei und kamen zu den Büros der Verwaltung, die am Ende des Korridors lagen und durch Schwingtüren abgetrennt waren. Wir gingen langsam voran. Niemand war zu sehen. Wir betraten das Büro, überprüften die leeren Schreibtische, die Tischcomputer und die Anschlagbretter. Eine große Schautafel zeigte die Reichweite von Cosmic Aid, mit roten Pfeilen waren Thailand, der Sudan, Guatemala und Äthiopien hervorgehoben. Dann gab es eine Liste sogenannter befreundeter Geldgeber und einige gerahmte Briefe verschiedener ausländischer Politiker und Würdenträger. Im hinteren Zimmer hingen signierte Photos von Film- und Rockstars; auf den meisten posierten sie mit Sandollar. Auf einer Garnitur schwarzer italienischer Ledermöbel war ein Schild angebracht: KEINE SORGE – DAS IST EINE SCHENKUNG.

Eine Feuertür führte zu einem weiteren Korridor, auf dessen Wänden die Worte VERSORGUNGSZONE – LAGER UND LADEBEREICH und ein entsprechender Pfeil aufgemalt waren. Wir liefen den Gang entlang und gingen erneut durch eine Feuertür, die uns auf einen Stahlsteg führte, von dem aus man eine riesige Laderampe sehen konnte, groß wie in einem Hangar. Aber noch bevor wir den Steg überqueren konnten, begann die Alarmglocke zu läuten, und die Lichter gingen an.

»Scheiße«, sagte ich. »Separater Stromkreis!«

Ich schnappte mir Chantal und rannte über den Stahlsteg, während King und Drill die Wendeltreppe hinunterkletterten. Omar und Lancaster liefen in die entgegengesetzte Richtung, aber sofort darauf war das Geknatter eines Maschinengewehrs zu hören, und sie wichen in unsere Richtung zurück, an Brust und Seite getroffen. In der gleichen Sekunde erschienen unten drei Männer der paramilitärischen Truppe und hechteten über den Betonboden auf King und Drill zu, während sie auf sie feuerten. Ich packte Chantal und riß sie auf den Stahlsteg herunter, als Drill mit der Grazie einer Antilope von der Wendeltreppe auf das Dach einer Art Militärtransporter hinuntersprang, und ohne nur eine Sekunde die Balance zu verlieren, mit einer 45er auf sie zu feuern begann, wobei er zwei sofort traf und den dritten dahin zurückjagte, wo er hergekommen war. Dann sprang er auf den Betonfußboden, griff sich von einem der verwundeten paramilitärischen Wachmänner ein Maschinengewehr und unterstützte mich in einem Kreuzfeuer, mit dem wir die Tür, die zu dem Stahlsteg führte, belegten und die beiden ersten trafen, die dort durchzukommen versuchten. Dann rannte er wieder die Wendeltreppe rauf, bedeutete mir, ihm zu folgen, und wir beide sprinteten den Korridor entlang und verfolgten die anderen Sicherheitsleute und ihren Anführer in eine Sackgasse. Während Drill ihm den Kolben des Maschinengewehrs in den Leib rammte, griff ich mir seine AK-47 und stieß seinen Kopf gegen die Wand. Er sackte auf den Boden. Dann drehte ich mich nach Drill um, der den letzten Wachmann schon entwaffnet hatte und kühl die leeren Patronenhülsen aus dem Magazin von dessen Pistole entfernte.

Wo kam dieser Mann her? In kaum dreißig Sekunden hatte er fast einhändig und ohne jemanden zu töten, eine kleine Armee von geschulten Anti-Terror-Freaks ausgeschaltet, schwere Jungs wie aus den hinteren Seiten des Söldnermagazins *Soldier of Fortune*. Ich hatte das Gefühl, ohne mich hätte er auch bloß eine Minute gebraucht.

»Gute Arbeit«, sagte ich. »Ich muß zugeben, King King hat Talent bei der Wahl seiner Mitarbeiter.«

»Talent? Wie meinen Sie das?« sagte er in seinem förmlichen Singsang. »Bis gestern ich habe Mr. King noch nicht gekannt.«

Ich starrte ihn verwirrt an, als ich bemerkte, wie der New Yorker sich an dem Stahlgeländer hochzog und in den Schaft seines rechten Kampfstiefels griff. Er wirbelte herum und richtete eine Beretta direkt auf Drills Rücken. Noch bevor ich meine Waffe erheben konnte, bellte ein Schuß. Der New Yorker flog zurück, sein Kopf klappte weg, und seine Arme flatterten im Leeren, während seine Kanone über den Boden schepperte.

Ich drehte mich um und sah Chantal, wie festgefroren mit leicht gebeugten Knien und gespreizten Beinen. Ihre linke Hand konnte die rechte nicht daran hindern, zu zittern, während sie sich auf die Lippe biß und nach ihrem Handgelenk griff, wobei sie weiterhin ihre nagelneue Smith & Wesson Detective Special, Modell 36, auf den blutigen New Yorker gerichtet hielt. Auf ihrem Gesicht war eine Mischung aus Angst, Schock und Übelkeit zu sehen, als er auf dem Boden aufschlug.

Ich lief zu ihr hin. »Du hattest keine Wahl.«

Sie nickte.

»Jetzt weißt du, wie es sich anfühlt.«

»Ja, jetzt weiß ich es.« Sie sah auf ihre Hand herunter und starrte die Waffe an, als sei es ein fremdartiges Geschöpf wie z. B. eine Seegurke.

»Und jetzt wäre es besser, wenn du dieses Geld finden würdest«, sagte King King, der hinter mir auftauchte. »Und den Beweis, womit man meinen Bruder freilassen kann.« Er fixierte mich kalt. Von draußen konnte ich hören, wie Leute gegen die Feuertür schlugen.

Ich sah die Wendeltreppe runter in die Richtung, aus der die Wachmänner gekommen waren. Ich sah einen Container, einen weiteren offenen Kleinlastwagen und eine Tür mit der Aufschrift MEDIZINISCHE VERSORGUNGSGÜTER – EINTRITT VERBOTEN in großen signalgelben Buchstaben auf olivfarbenem Hintergrund. »Hier runter«, sagte ich und King schoß einen weiteren kalten Blick auf mich ab, als wir Omar und Lancaster zurückließen und mit Drill und Chantal wieder auf den Betonfußboden hinunterkletterten. Ich spähte durch die Planen des Lastwagens – er war leer – und gab ihnen Zeichen, mir zur Tür zu folgen. Ich hatte erwartet, daß sie abgeschlossen war, aber sie war offen. Wir schlüpften vorsichtig hindurch und traten auf einen schwach beleuchteten Korridor, der aussah, als sei er wie ein Bergwerksschacht in die Mitte eines Hügels gegraben worden. Das Geräusch unserer Schritte hallte vom Betonfußboden wider und echote von den engen Wänden zurück. Ich hoffte, daß wir uns nicht getäuscht hatten, als wir am Anfang sechs Sicherheitsleute gezählt hatten. Aber es erschien sowieso unsinnig, jetzt noch zurückzugehen. Am Ende des Korridors konnte ich eine andere Tür erkennen, die jetzt die Antwort auf alle unsere Fragen verbergen mußte. Wir schlichen uns näher ran, ein furchteinflößendes Arrangement von »Imagine«, Sandollars Titelmelodie, war schwach durchzuhören wie die Hintergrundmusik bei einer Beerdigung. Plötzlich schwang die Tür weit auf, und ein riesiger Scheinwerfer strahlte direkt in unsere Richtung und blendete uns.

»Tja, tja, Wine, wir sind aber früh auf heute, nicht wahr? Ich hab schon auf dich gewartet. Die ganze Zeit, seitdem du den verängstigten kleinen Westerner in Glendale besucht hast. Aber natürlich hab ich nicht gewußt, daß du deine eigene Miliz mitbringst.«

»Schon gut, Eddy, aber unser Geheimdienst hat uns unterrichtet, daß du selbst auch nicht gerade ein einarmiger Bandit bist. Und wenn man bedenkt, wie dein arbeitsloser Contra mich durch New York gescheucht hat ...« Ich ging einen Schritt auf ihn zu.

»Geh nicht weiter«, sagte er scharf. »Keiner von euch, es sei denn, ihr glaubt an Wiedergeburt!«

»Auf den Boden«, schrie ich, als ich direkt in das Licht feuerte und runter auf den harten Beton tauchte, zusammen mit Chantal, Drill und King wie einem Trio von Football-Hintermännern. Eine Garbe Maschinengewehrfeuer strich über unsere Köpfe und schlug in der Tür hinter uns ein, aber das Licht im Korridor ging aus. Dann erschien ein anderes Licht. Eine starke Stablampe in der Hand von Drill. Er richtete sie auf Sandollar, der im Türeingang stand, mit seiner Frau ein paar Zentimeter hinter ihm. Durch einen Spalt in der Tür konnte ich etwas sehen, das wie ein riesiger Berg Geld, gegen eine Wand gestapelt, aussah.

»Sehr heroisch, aber völlig nutzlos«, sagte Sandollar. »Dieser ganze Bunker ist mit Sprengstoff bestückt.« Er hielt eine kleine Fernbedienung von der Größe einer Zigarettenschachtel in den Lichtstrahl. »Bevor ich mich von einem einzigen Penny trenne, werde ich uns mit dem größten Vergnügen in die Luft jagen.«

»Ich kann mir vorstellen, daß du das tun würdest, Eddy. Aber was passiert dann mit Neutron City?«

»Ja, ich würde das auch sehr ungern den Bach runtergehen sehen. Aber was soll's. Ein weiterer Traum der Rockmusik beißt ins Gras. Das wäre nicht mein erster.«

»Und fünfundzwanzig Millionen dazu?« Ich versuchte einen weiteren Schritt vorwärts.

»Wohltätigkeitsgeld«, sagte Eddy abwertend. »Dazu da, daß sich alle großartig und großzügig fühlen. Dazu da, daß alle losgehen, vergewaltigen und plündern können wie jedes wirkliche Kind der Achtziger, ohne sich eine Minute lang schuldig zu fühlen. Wenn das kein Service ist. Wer kann das sonst bieten?«

»Ich weiß nicht, Eddy, nicht allzuviele Leute, glaube ich. Vielleicht ein paar Evangelisten wie dein Schwiegervater ...«

»Der? Nein, der hat mit ganz anderen sozialen Klassen zu tun. Völlig anderen. Der versteht nicht, was ich mache, und traut mir nicht eine Sekunde über den Weg, oder tut er das, Kim?«

»Nein, Eddy«, sagte sie.

»Ich meine wirklich, was weiß er schon darüber, wo wir alle herkommen, Moses. Dieser Idealismus und dann die Desillusionierung. Und dann hat jeder versucht, den großen Reibach zu machen, eine Gesellschaft wie ein gigantischer Dauerlutscher, die nur darauf wartet, abgeleckt zu werden. Kein Wunder, daß wir alle unseren Anteil wollten. Wer will schon einen alten VW, wenn sein bester Freund einen Mercedes fährt? Und bitte ein Supersuper-Tonband, das den Blues wirklich spielt. Oder eine dieser tollen

Body-Building-Maschinen. Was kann denn ein koreanischer Evangelist darüber wissen? Das ist nicht seine Szene. Das ist der Mars für ihn. Der versteht was von grauhaarigen alten Damen aus dem Mittelwesten und verirrten Teenager-Jesus-Freaks. Er hat keine Ahnung von uns. Aber er hat auch seine Schäfchen ins Trockene gebracht, und ich wußte das. Und er hat gewußt, daß ich das weiß. Seitdem wir verheiratet sind, hat er nach Möglichkeiten gesucht, mich auf Abstand zu halten. Aber jetzt hat er Angst. Wir wissen zu viel über seine Geschäfte. Wir sind in der gleichen Sparte. Wir sind auch eine Religion. Sie können uns nicht reinpfuschen. Bald sind wir größer als er.«

Ich machte wieder eine Bewegung nach vorne, aber er fuchtelte warnend mit der Fernbedienung vor meinem Gesicht herum, also hielt ich wieder an. Doch jetzt waren King, Chantal und Drill auch wieder auf den Beinen, ein paar Schritte hinter mir.

»Sieh mal, Moses«, fuhr Sandollar fort, »warum sind wir nicht klug und teilen die ganze Chose? Es kommt noch viel mehr rein. Du hast es doch satt, Privatdetektiv zu sein, hab ich recht? Ich meine, das klingt vielleicht verrückt, aber auf die Dauer tun wir doch diesen Afrikanern einen Gefallen. Wohltätigkeit kann vielleicht Krebs heilen, aber keine Armut. Alles was sie fertigbringt, ist, die Dinge auf die lange Bank schieben, menschliche Überweidung verursachen, verstehst du, das ist wie mit dem Vieh auf einem Feld, das nicht zum Grasen gedacht ist. Das macht die Sache nur noch schlimmer. Oder es züchtet Abhängigkeit wie ein Vater, der seinen Sohn unterstützt, bis er fünfundvierzig ist. Wer will das schon? Am Ende sind sie beide angeschissen. Ich meine, Wine, du weißt das doch. Haben die Chinesen jemals um Wohltätigkeit gebeten? Und verhungern die vielleicht? Ich gebe den Afrikanern nur eine Lektion, ich verbessere ihre endgültige Chance zu überleben, indem ich ihnen kein Geld gebe. Und wir anderen sind sowieso glücklicher, wenn wir dem Sound von Neutron City zuhören, hab ich recht?«

»Diejenigen von uns, die noch am Leben sind.«

»Aber Mann, ich bin doch kein Mörder. Ich hab nicht gewollt, daß irgendwas von dieser Scheiße passiert. Ich hatte bloß keine andere Wahl. Wenn Mike nicht so eifersüchtig gewesen wäre, hätte er auch seinen Schnitt machen können. Ich hätte ihn reingenommen. Aber er war wegen Emily und mir dermaßen durchgedreht, daß er alles rumgetratscht hätte. Das ist die moderne Welt. Dinge wie diese passieren. Das ist doch schon längst eine Alltagsüberlebensregel: Man ruiniert doch nicht mehr das Lebenswerk eines Mannes wegen eines kleinen libidinösen Exzesses. Also ich meine, Kim hat es auch nichts ausgemacht. Oder doch, Baby?« Seine Frau schüttelte den Kopf. »Und Nastase. Diesen rumänischen Weihnachtsmann habe ich durch meinen Schwiegervater kennengelernt. Alles, was ich von ihm wollte, war, daß er uns in die Picassosuite reinließ. Ich hab ihm überhaupt nichts erzählt. Oder seinem Bruder in Christo aus Glendale, diesem Billy-Jungen. Ich konnte doch nicht wissen, daß sie vollkommen durchdrehen würden, als du diesen alten Bluthund rumschnüffeln geschickt hast.«

»Burckhardt. Unter welchem Busch hast du denn das arme Schwein begraben?«

»Also sieh mal, was hatte ich denn für eine Wahl? Wenn ich nur ein bißchen Verstand gehabt hätte, hätte ich diesen Billy ebenfalls über den Jordan geschickt, aber so was schlägt mir einfach auf den Magen. Ich bin nicht so einer wie der.« Er deutete zu King.

»Ach, einen zu schwachen Magen hast du?« sagte ich. »Jedenfalls war er stark genug, Carl Bannister mit einem Küchenmesser niederzumetzeln und zu arrangieren, daß Otis die Sache in die Schuhe geschoben wurde.«

»Was? Seid ihr jetzt alle verrückt? Warum, zum Teufel, sollte ich das denn getan haben?«

»Dazu hattest du auch keinen Grund, weißer Junge. Da hast du völlig recht. Du hast es nicht gemacht«, sagte King ruhig. Sandollar drehte sich erstaunt zu ihm um, und im gleichen Augenblick schoß ihm King mitten ins Gesicht. Die Fernbedienung fiel ein Stück entfernt von dem zusammensackenden Sandollar auf den Boden, und Kim begann laut zu weinen.

»In Ordnung. Genug von dieser Riesenscheiße«, sagte King und stieß plötzlich mir die Pistole in die Rippen. »Laß fallen!« Ich gab ihm meine Waffe. »Und du auch, Nutte!« Er schlug die Special aus Chantals Hand, dann nickte er Drill zu, der unsere Waffen aufsammelte und rausging. King bedeutete uns allen – Chantal, Kim und mir – in den kleinen Raum hinter dem Geld zurückzuweichen. Es war viel mehr, als ich jemals gesehen hatte, selbst in den Schaufenstern von Las Vegas. Es war in Paketen von Tausenddollarnoten zusammengebunden und hüfthoch gestapelt.

»Na, willst du in Pension gehn, King?« fragte ich.

Er lachte sanft. Dann sah er uns einen Moment lang an, bevor er zu sprechen begann. »Weißt du, als Otis drei Jahre alt war, war unsere Mama auf der Straße, eine Nummer zu schieben, und ließ zufällig das Gas an. Klein-Otis erstickte fast, aber er hatte keine Ahnung, was er, verdammt noch mal, tun sollte. Ich meine, er wußte nicht, wo die Quelle war. Wie hätte er auch? In dem Alter. Also fiel er um und wurde ohnmächtig.«

Ich hörte ein Geräusch und sah auf der anderen Seite Drill den Korridor mit einem großen Gepäcktransportwagen entlangkommen. Die verletzten Lancaster und Omar folgten ihm. Sie parkten den Wagen direkt vor uns und begannen, ihn mit den Banknoten zu beladen. King hielt weiter seine Waffe auf uns gerichtet und sah ihnen einen Moment lang zu, bevor er fortfuhr.

»Und durch einen glücklichen Zufall«, sagte er, »kam ich gerade von einem Baseballspiel heim, um was zu essen, mehr oder weniger zu der Zeit, als er sicher erstickt wäre – ich war damals acht. Als ich die Tür öffnete, wäre ich beinahe selbst umgefallen. Aber ich war hell genug, mitzukriegen, was da passierte, also öffnete ich das Fenster, griff mir Otis und steckte seinen Kopf raus. War keine große Sache, aber er hat sein ganzes Leben geglaubt, daß ich sein großer Retter sei, oder so ähnlich. Vielleicht, weil seine Mutter eine Nutte an der Nadel war und sein Vater ein Knastbruder, denn selbst, wenn ich der allerschlimmste Drogenhändlerarsch in der Bronx gewesen wäre, für Otis war ich immer mehr als nur ein Bruder. Ich war sein Gott und seine Eltern. Sogar als er nach Hollywood ging und ein berühmter Komiker wurde, hat er mich jede Nacht angerufen und mir erzählt, wie sehr er mich brauchte und wie einsam er sich fühlte. ›The Tears of a Clown‹, wie Smokey singt. Nicht mal seine Freundin konnte ihm helfen. Nur Pappa King und Kokain. Kokain wie die Mutter und sein Bruder wie der Vater. Und als dieser Malibudoktor den Fehler gemacht hat, mich als Versuchskaninchen zu benutzen, indem er mein Leben und meine Sicherheit zu einem Unterpfand gemacht hat, Kontrolle über Otis zu gewinnen, als er nämlich angedroht hat, intime Einzelheiten aus meinen Unternehmungen zu enthüllen ... Der Seelenklempner hat nicht gewußt, daß er ab da ein toter Mann war. Das konnte ich auf keinen Fall tolerieren. Und ich konnte auch nicht zulassen, was er von Otis wollte – vertraglich abgesicherte Zwangsarbeit für das ganze Leben. Er wollte sogar in sein Testament aufgenommen werden. Kannst du dir das vorstellen? Und er war gerade dabei, sich durchzusetzen. Ich weiß das, denn Bannister hat meinem Bruder auf die übelste Weise ins Gehirn geschissen, er hat ihn genau dann zum Sklaven gemacht, als er zum ersten Mal in seinem Leben die Chance hatte, frei zu sein. Frei von diesem Malibu-Mephisto, frei von mir, ja, sogar frei von diesem weißen Pulver. Das ist der Grund, warum ich ihn nach New York geholt habe. Damit er nicht in der Stadt ist, wenn ich Bannister plattmache. Ich hab sie sogar extra eine Waffe aus Bannisters Haus benutzen lassen. Aber selbst das hat nicht geklappt, wie sich später rausgestellt hat.« Er schüttelte den Kopf. »Der einzige Grund, warum ich wirklich gehaßt habe, wer ich bin und was ich gemacht habe, war, weil Otis mich so sehr geliebt hat.« King verstummte und sah zu seinen Männern rüber. Das Geld im Transportwagen hatte sich zu ansehnlicher Höhe gestapelt. »Aber das ist jetzt vorbei. Das wird's jetzt sein: Tätige Reue. Ich muß Schadenersatz für mein Leben leisten. Meinen Brüdern in der Welt. Und meinem eigenen Bruder. Also zuerst: Das hier ist ein unterschriebenes Geständnis, mit allen Einzelheiten ausgeführt, so daß keine Fragen mehr offen bleiben. Ich möchte, daß Sie das der Polizei geben.« Er übergab mir einen versiegelten Umschlag. »Meine Gratulation, Mr. Wine, Sie haben sich in diesem Augenblick fünfzigtausend verdient. Soweit ich weiß, ist es nicht das erste Mal, daß Sie von einer großen Firma profitieren.« Er lächelte ein wenig, bevor er fortfuhr. »Wissen Sie, dieses Arschloch von Sandollar hatte völlig recht. Wohltätigkeit ist keine Antwort. Für niemanden. Aber besonders nicht für Schwarze. Die Selbstbestimmung ist es. All diese verhungernden Hurensöhne in Afrika werden besser dran sein, wenn sie sich selbst bestimmen. Die brauchen keinen Botha oder irgendein anderes weißes Arschloch, Christen, U. N. oder sonstwen, der sie mit Armeen und sogenannten Gesetzen übertölpelt. Auch keine sogenannten guten Taten. Sie haben ihre eigenen Hurensöhne dafür, und wenn es an der Zeit ist, werden sie auch mit denen Fraktur reden müssen. Aber im Augenblick sind sie in einem Krieg, in einem Rassenkrieg, und ich will ihnen helfen, ihn zu gewinnen. Darum hab ich den Typen da drüben kontaktiert.« Er deutete auf Drill. »Sein wirklicher Name ist nicht Drill. Ihr werdet nie erfahren, wie er wirklich heißt. Niemals! Aber er arbeitet mit einer Organisation in Soweto, Südafrika, zusammen, die das Geld hier gut gebrauchen kann, jeden Penny davon, für diesen Krieg. Und ich red hier nicht über Wohltätigkeit, ihr Wichser. Ich rede hier über Freiheit! ... *Uhuru!*«, schrie er. Nach allem, was ich bisher mitbekommen hatte, dürfte das das einzige südafrikanische Wort sein, daß er kannte. Und damit schob er sich seine Kanone in den Mund und blies sich das Gehirn aus.

22

»Ein berühmter Komiker ermordet. Ein anderer festgenommen und freigelassen. Sein berüchtigter Bruder verübt Selbstmord. Die Witwe des toten Komikers unter Anklage. Und hinter allem ein junger sogenannter Philanthrop. Mr. Wine und Dr. Nathanson, können Sie bitte-«

»Das hatten wir doch schon«, sagte Sonya. Ich saß mit ihr und Chantal und meinen Söhnen Jacob und Simon im Wohnzimmer und guckte fern.

»Was soll das darstellen? Straßentheater? Wir haben uns diese Woche schon drei dieser Shows angesehen, und das ist jetzt wirklich das letzte Mal, daß ich irgendeinem Seelenklempner zuhöre, der alles kriminelle Verhalten herunterdefiniert auf irgendso einen Blödsinn wie, daß die Mama vergessen hat, das Baby zu stillen, als es drei Monate alt war. Ich hab gedacht, du seist durch mit der Psychotherapie.«

»Stell dich nicht so an, Sonya«, sagte Jacob, »das ist doch keine Diskussion darüber, ob der Mensch Produkt seiner Erbmasse oder seiner Umwelt ist. Das ist doch nur eine Analyse der psychologischen Muster dieses einen Verbrechens.«

»Psychologische Muster«, knurrte sie. »Proudhon würde sich im Grabe umdrehen. Die Wurzel allen Verbrechens ist ökonomisch. Wie oft muß ich dir das noch sagen?«

»Eigentum ist Diebstahl«, Jacob rollte mit den Augen. »Aber da ist immer noch was, was ich nicht verstanden habe.« Er drehte sich zu Chantal und mir um. »Wie kommt es denn, daß dich zuerst Emily Ptak engagiert hat?«

»Weil sie«, sagte Chantal, »wie die meisten Kalifornier, seit Jahren zu einem Therapeuten geht. Und als die ganzen Schwierigkeiten anfingen, hatte sie Angst, daß Nathanson zuviel wußte. Also, um nicht allzusehr aufzufallen, blieb ihr nichts anderes übrig, als auf Nathansons Empfehlung einen Privatdetektiv zu engagieren.«

»Aber sie hat Dad gefeuert, als Bannister abgemurkst wurde.«

»Panik«, sagte Chantal. »Emily war gerade dabei, durch ihren Freund Sandollar ein Vermögen zu machen, und sie konnte nicht klar denken. Und natürlich begann von da an auch Nathanson, sie zu verdächtigen.«

»Stimmt das, Dad?« fragte Simon. »Hat Nathanson sie verdächtigt?«

Aber ich antwortete nicht sofort. Meine Gedanken waren woanders, ein paar Wochen früher bei meiner letzten Sitzung mit Nathanson. Ich saß in seinem Büro, das ockerfarbene Licht der Tiffanylampe erhellte sein Gesicht.

»Nun«, sagte ich, »jetzt werden Sie sich endlich keine Sorgen mehr darüber machen müssen, wie man Bannister die Zulassung entziehen könnte.«

Ein großes Grinsen machte sich auf dem Gesicht des Psychiaters breit. »Sie haben das begriffen, nicht?«

»Ich hab eine Weile gebraucht. Ich muß zugeben, daß ich jede nur mögliche Erklärung für Ihr Verhalten durchgespielt habe. Und dann, als sie nach Koreatown gelaufen sind, um mit Reverend Wu zu reden« – ich schüttelte den Kopf – »hab ich nicht erkannt, daß Sie sich Einblick in Bannisters Grundstücksgesellschaft verschaffen wollten.«

»Und wie haben Sie das Rätsel gelöst?«

»Wesen und Erscheinung.« Ich lächelte. »In diesem Fall war die Erscheinung das Streichholzbriefchen vom Bonaventure.«
»Und das Wesen?«
»Das Buch, auf dem es lag.« Ich deutete auf den Band, der sich mit der Approbationsordnung befaßte, der noch immer auf einer Ecke von Nathansons Schreibtisch lag. »Wie Sie gesagt haben, alles lag immer direkt vor meiner Nase. Und wenn man bedenkt, daß Bannister einer ihrer Schüler war, ist es nicht überraschend, daß Sie einige Mühe aufwenden würden, ihm das Praktizieren zu verbieten.«
»Er war mein Meisterschüler«, sagte Nathanson und preßte ein letztes Mal auf die Servolenkung, um seinen Sitz aufrecht zu stellen.
»Moses, ich glaube, es geht Ihnen besser.«
»Ich fühle mich besser. Aktion ist Therapie.«
»Ja, das ist alles, worum es auf lange Sicht geht, Aktion.« Er sah nachdenklich aus. »Aber in diesen vier Wänden hier ist alles, was ich von der wirklichen Welt zu sehen bekomme, nur eine Annahme.«
»Ich werde Sie vermissen.«
»Ich werde Sie auch vermissen. Aber wer weiß? Vielleicht führen die Umstände uns wieder zusammen.«

»Dad, wo bist du?« Simon schüttelte mich am Arm. »Willst du nicht die Enthüllung sehen?«
Ich tauchte wieder aus meinen Träumereien auf und sah auf die Mattscheibe. Ich war auf einem aufgeteilten Bild zusammen mit dem Moderator auf der anderen Seite zu sehen. Unter meinem Gesicht war der Untertitel »Los Angeles« und unter dem anderen Gesicht stand »Washington D. C.«
»Und noch eine letzte Frage, diesen Fall betreffend, Mr. Wine. Ist nach Ihrer Kenntnis irgend etwas dran an dem Gerücht, daß eine beträchtliche Geldsumme – genaugenommen, Millionen – irgendwo in den Eingeweiden von Cosmic Aid in Ojai versteckt war?«
Die Kamera zoomte mich in Großaufnahme.
»Nicht, soweit ich weiß«, sagte ich.

»So, meine Damen und Herren, jetzt haben sie die ganze Story. Es berichtete Larry King Live für Cable News Network. Gute Nacht.«

»Gottseidank hast du wenigstens diese Sache nicht vermasselt«, sagte Sonya.

Ich sah zu Chantal rüber und lächelte.